L'ARMOIRE ALLEMANDE

DU MÊME AUTEUR

Deux Journées à Bassora, Milan
Le Deuil de l'image, Philippe Olivier
Le Vent mauvais, Lucien Souny
Les Eaux profondes (*La Folie des justes*), Lucien Souny
Les Caramels à un franc, Lucien Souny
Le Domaine de Rocheveyre, Presses de la Cité
Les Vignerons de Chantegrêle, Presses de la Cité
Jours de colère à Malpertuis, Presses de la Cité
Quai des Chartrons, Presses de la Cité
Les Compagnons de Maletaverne, Presses de la Cité
Le Carnaval des loups, Presses de la Cité
La Tradition Albarède :
1. *Les Césarines*, Presses de la Cité
2. *Grand-mère Antonia*, Presses de la Cité
Une maison dans les arbres, Presses de la Cité
Une reine de trop, Presses de la Cité
Une famille française, Presses de la Cité
Le Crépuscule des patriarches, Presses de la Cité
La Rosée blanche, Presses de la Cité
L'Homme qui rêvait d'un village, Presses de la Cité
L'Auberge des Diligences, Presses de la Cité
Le Notaire de Pradeloup, Presses de la Cité
L'Or des Borderies, Calmann-Lévy
Soleil d'octobre, Calmann-Lévy
Les Encriers de porcelaine, Presses de la Cité
Les Noces de soie, Calmann-Lévy
La Villa des Térébinthes, Calmann-Lévy
Rendez-vous à Fontbelair, Calmann-Lévy

Jean-Paul Malaval

L'ARMOIRE ALLEMANDE

Roman

Terres de France

PRESSES DE LA CITÉ

ISBN 978-2-258-10114-2

Presses de la Cité | un département **place des éditeurs**

place des éditeurs

A Annie

1

D'un coup de griffes de chatte, Alexandrine rabattit le portrait de sa mère. Cette présence, en face d'elle, lui était devenue insupportable. D'où lui venait-elle, cette agressivité si prompte à se déclencher ? Le plus souvent pour des futilités. Tobias en savait quelque chose, lui qui faisait le dos rond sous les éclats de voix. Ce serait exagéré tout de même de dire qu'elle avait choisi son compagnon pour cette qualité... Un homme docile est confortable à vivre, dès lors que l'on veut ignorer ses capacités de ressentiment. Après tout, n'avait-elle pas fait de même avec sa mère ? Depuis l'enfance. Une petite reine, Alexandrine, choyée, pourrie, et enfin gâtée par la vie. A croire que dans le domaine des destins personnels on ne prête qu'aux riches.

Soudain prise de remords, elle redressa le portrait. Son regard sec s'attarda sur lui, longuement. Elle se voulut le plus objective possible. Elle comprit qu'à ce jeu, elle finirait par s'ériger en juge. Etait-ce le moment, alors qu'on venait juste de la porter en terre ? Dans le milieu judéo-chrétien, où elle avait baigné et dont elle s'était affranchie à la longue, l'usage ne veut-il pas qu'on prononce plutôt prières et suppliques, afin de soutenir les âmes devant le juge suprême ? Alexandrine n'appartenait pas à cette espèce d'avocate. Sa fonction se bornait aux divorces et aux conflits de familles, affaires bien terrestres, où rédemption et salut des âmes n'avaient pas droit de cité.

Figé à jamais par le studio Blanchard, année 1967, le portrait de la mère laissait sourdre une ironie aigre-douce. Ainsi avait-elle cultivé sa vie durant un pessimisme maladif, transmis à sa progéniture par mimétisme, sachant que les enfants reproduisent le comportement des parents. Nous avons été, mon frère et moi, pensa-t-elle, des buvards où toute la psychologie teintée de mélancolie et de catastrophisme de notre mère s'est ancrée au plus profond.

Du bout des doigts, Alexandrine caressa le portrait. Jusqu'à sa mort, ma chère maman aura conservé une beauté compliquée, pensa-t-elle, visage lisse, lèvres minces, chevelure opulente. La maladie le remodela à peine, ici et là quelques flétrissures. Que cachaient ses profondeurs insondables, tant la mère fut secrète jusqu'à la dernière seconde, ne révélant jamais rien d'elle-même, ni ses émotions ni ses désarrois ? A moins qu'elle se crût au-dessus de toutes contingences, qu'elle ne jugeât personne digne de l'entendre, ou qu'elle s'estimât pour si peu dans l'ordre du monde, tant d'hypothèses dénotant plus d'intelligence que de crasse bêtise.

Pourtant, ce n'était point faute d'interrogations formulées par lettres adressées de Bordeaux où on l'avait mise en pension, avec cette phrase lancinante : « Ma petite maman, m'aimes-tu ? » La réponse se faisait ainsi, bien tardivement, presque sidérée, comme si elle coulait de source : « Bien sûr que nous t'aimons, ton père et moi… »

Une porte s'entrouvrit dans son dos et elle se retourna le regard effaré, comme si elle craignait d'être prise la main dans le sac. Cette culpabilité instinctive lui venait sans doute du fait qu'elle se trouvait chez sa mère, dans sa chambre de surcroît, où enfant elle n'avait pas le droit d'entrer. En territoire étranger, songea-t-elle en remettant le portrait à sa place.

— Je t'ai fait peur ? dit François.

— Non. Tu m'as surprise.

Le frère s'approcha de la table de toilette. Il y avait cette sorte de meubles imposants dans toutes les maisons de campagne, avec brocs et cuvettes en faïence. Hélène Delalande en avait fait un bureau, en y adjoignant un fauteuil bridge tapissé d'un reps terre de Sienne.

— Tu ne te sens pas à l'aise ici.

— Toi, tu avais le droit de venir ici, autrefois. Maman te passait tous tes caprices.

— Je crois que tu exagères, reprit François. C'est un jeu facile, tu en conviendras, que de se juger désormais en fille flouée. Tu déformes la réalité, parce que ça t'arrange au fond. Ça flatte ton goût du martyre. Tu as toujours été ainsi... Moi, je n'étais pas mieux loti. Maman t'aimait bien plus que tu ne le crois...

— Stop ! s'écria Alexandrine. Je ne veux plus rien entendre. Mon opinion est faite. Le jugement est rendu. On ne revient pas là-dessus. Maman n'était pas douée pour les sentiments.

François posa la main sur l'épaule de sa sœur. Ce geste l'agaçait, elle n'avait pas envie de composer.

— Tu peux tout emporter, François. Jusqu'à la dernière cuillère en argent. Je m'en fiche.

— Ce n'est pas sérieux. Maître Lacourtin a dressé une liste, fait des estimations. C'est un expert hors de tout soupçon.

Alexandrine portait les cheveux coupés à la garçonne, un trait de rouge à lèvres sang vif et du khôl lilas sur les paupières. Une tunique indienne lui faisait un genre qui n'était pas le sien d'ordinaire, tout comme son jean fuseau élimé. Qu'importe, elle les avait choisis pour la circonstance, histoire de tromper les apparences. Seule fantaisie, toutefois, des chaussures à hauts talons. Pourtant, Alexandrine n'avait guère besoin de se grandir. Un mètre soixante-dix, c'était ce qu'on lui accordait au premier regard, sans discussion. Elle était mince, élancée comme sa mère, les traits réguliers, les yeux verts. Tout le contraire de François. On avait peine à croire que ces deux-là étaient frère et sœur. Lui, il traînait un embonpoint gracieux depuis fort longtemps et le mariage n'avait rien changé à cet état de fait. Il avait les épaules larges et le port de tête de son père, front haut et dégarni, cheveu buissonnant. Ses yeux ronds et noirs paraissaient caresser le monde sans s'y attarder. Lunaire à ses heures, pensif ou rêveur, comme l'on voudra, bien que personne ne sût jamais déceler en lui la moindre pensée originale. Au contraire, François Delalande se complaisait au rang des gens sans histoire, que la vie promène sur le dos des vagues comme une méduse portée au gré du flux.

— Je ne veux rien, insista-t-elle.

Le frère crut qu'elle rusait, ce rien pouvant signifier tout ou presque tout. Il fut effleuré par ce soupçon et son visage se crispa en une sorte de rictus indéfinissable.

— Je t'avouerai que la maison m'intéresse, ainsi que le parc et les dépendances. C'est en mauvais état. En un mot, ça ne vaut pas très cher, tout ça.

— Je l'admets. La Ferronnière n'a jamais rien valu.

— Tout de même ?

— Oui, François, tu as raison. Je me suis ennuyée ici, à Saint-Gillet. Les gens ne me connaissent pas. Et les quelques personnes qui se souviennent de moi ont sans doute une très mauvaise opinion de la jeune fille que j'étais, jadis. Voici ce qui donne un prix aux choses, François : la valeur sentimentale. Elle n'existe pas pour moi. Alors tu peux tout prendre. Je signerai d'un cœur vaillant.

Elle éclata de rire. Le voir ainsi désarçonné était impayable. Il avait attendu dans l'anxiété ce moment et elle l'en délivrait d'un trait généreux.

— Je compte te donner la moitié de l'héritage. Bien sûr. Sinon, ce serait inique. Comment pourrais-je me regarder dans une glace ? soutint-il.

— De l'argent ?

Elle parut surprise. François Delalande avait la réputation d'être pingre. Du reste, sa moitié Georgine était aussi avare que lui. Lors de leur mariage en 1969, Hélène n'avait-elle pas dit d'un ton amusé : « Ils sont bien assortis pour le bas de laine mais pour le reste, j'en doute, mes enfants... » Eugène Delalande avait jugé la réflexion de son épouse déplacée. « N'est-ce pas ce qui fait le bonheur, l'argent ? » Ne parlons point de la belle-famille, des paysans de La Chapelle fort décalés avec leur époque, et pour qui la terre constituait le seul capital enviable.

— Tu ne craches pas sur l'argent, tout de même. Nous n'avons pas été élevés dans cet esprit, défendit-il.

— Je vois que tu ne me connais pas. Décidément, tu ignores encore qui je suis. L'un et l'autre nous avons vécu ensemble comme des étrangers. Nous sommes partis chacun de notre côté. Ça n'a pas été douloureux, forcément, puisque nous n'avions rien en commun.

François était aux anges. Dans son for intérieur, il n'avait pas espéré un tel dégoût de sa sœur pour La Ferronnière. Depuis les obsèques de la mère, il avait passé tout son temps à échafauder des arguments et des parades pour conserver la grosse part d'héritage. Sur ce point, Lacourtin lui avait apporté de précieux conseils. Position favorable s'il en est, avoir un notaire dans sa poche... Voici que toute cette belle construction, édifiée heure après heure, désormais ne lui servirait plus à rien. Il se sentait à la fois libéré et bourrelé d'inquiétude. Trop beau pour être vrai, pensait-il. Et si ce n'était, tout compte fait, qu'une ruse diabolique ?

Le frère et la sœur descendirent ensemble dans le salon gris. Georgine s'était donné beaucoup de peine pour constituer deux lots équitables. L'un se trouvait amassé à droite de la cheminée centrale et l'autre à gauche.

— Je pourrais deviner le mien les yeux fermés, s'amusa Alexandrine.

Elle s'y dirigea à l'aveugle.

Bien qu'il parût plus imposant en volume, ce n'était que chaises, tables et armoires, n'appartenant à aucun style défini, ou plutôt médiocrement vintage, dont un sofa en skaï rouge et noir, une commode tarabiscotée en bois blanc passé au Ripolin, une bibliothèque cosy avec quelques restes de livres si chers à Eugène Delalande où l'on trouvait pêle-mêle Jean Bruce, et les deux Georges, Simenon et Arnaud... Il y avait aussi de la vaisselle commune, des soupières et des plats, mélange de terre et de faïence.

— Comment as-tu deviné ? interrogea François.

— Tu as choisi l'argenterie des Gommard, la porcelaine de Limoges, les meubles Louis-Philippe et Henri II. Ces derniers, tu as eu raison, je les déteste et je les ai toujours détestés.

Craignant sans doute les réactions de sa belle-sœur, Georgine s'était retranchée dans la cuisine. Alexandrine en profita pour l'épingler au passage.

— C'est ta femme qui a choisi, n'est-ce pas ? Même la télévision Telefunken, la machine à laver Flandria...

— Tu n'as pas besoin de ce fatras ?

— Non. En effet...

Elle éclata de rire en faisant le tour du lot de son frère, prenant par-ci par-là un objet et le reposant. Il y avait aussi les vieilles lampes à pétrole en porcelaine et en laiton, les culs-noirs en faïence de Rouen et quelques autres vestiges de La Ferronnière que le frère avait mis soigneusement de côté.

— J'ai rassemblé ces vieilleries mais on peut les répartir de nouveau, s'il en est qui t'intéressent ?

— Tu es un sentimental, François. Tu veux prolonger ton enfance dans ces horreurs... Quelle nostalgie ! Je n'y croyais guère. Pour un garagiste comme toi, amoureux des CX-Turbo et des Mercedes 300, tu me paraissais hors d'atteinte de ces foutaises sentimentales.

François fit front avec hauteur, comme d'habitude. Pourquoi s'en vexer en l'absence de témoin ? Il avait fait le tour de sa sœur aînée, de ses piques blessantes et de ses jugements vexatoires. Une si grande aisance lui venait sans doute de sa dextérité à manier l'art oratoire. Ce n'était pas pour rien si elle était devenue avocate dans un célèbre cabinet bordelais, même si elle se trouvait reléguée aux divorces. Le génie de la famille, pensa-t-il. Et moi l'idiot, déplora-t-il encore une fois en levant les yeux vers le plafond. Ainsi se décomposait l'ordre naturel chez les Delalande, Alexandrine née pour la fierté familiale et François pour la menue besogne, les mains dans le cambouis. On avait pris l'habitude de les classer ainsi, les enfants Delalande. Personne pour s'en émouvoir, à présent que les parents étaient au cimetière. En somme, François avait fini par dépasser le stade de la jalousie. Il aimait bien sa sœur, mais ne supportait plus ses leçons. Par la force des choses il les écoutait, sachant que l'argent de son affaire, une concession Citroën à Brive, le plaçait au-dessus de tout affront. Comme quoi on peut être un manuel à l'intelligence médiocre et gagner confortablement sa vie.

Ils traversèrent la cuisine au pas de charge, Alexandrine menant le jeu. Au passage, sa main effleura l'épaule de Georgine, une attention qui se voulait affective mais qui, dans le contexte tendu de la cérémonie des héritages, passa pour un geste de supériorité.

— Nous avons mené à bien notre tâche, dit-elle.

Georgine jeta un regard inquiet vers son mari. Il hocha la tête avec une moue de satisfaction. La belle-sœur soupira.

— Je craignais les disputes, murmura-t-elle.

François réitéra son sourire de contentement. Dans ces instants, il avait l'allure d'un représentant de commerce qui vient de conclure une bonne affaire. Au fond, l'homme n'était rien de plus que ce qu'on en voyait, un simple accordeur de contingences. Avec son talent de dissimulateur, il n'offrait de lui-même que plate banalité, vendre et acheter, composer et négocier. Lorsque le terrain jouait en sa faveur, il avançait quelques pions, sinon les retirait a minima pour garder encore la main.

— Elle ne veut rien, ma sœur, jubila-t-il à l'oreille de sa dulcinée.

— Rien ? Tu es sûr ?

François courut rejoindre Alexandrine au bout du couloir.

— Et le billard ? questionna-t-il.

— Quoi, le billard ?

— Tu veux l'emporter ? Le transport te coûtera plus cher que la table...

— Un Toulet ! s'offusqua-t-elle. Tu me prends pour une idiote. Ça vaut deux mille cinq cents francs au moins avec ses billes en ivoire...

— Très bien, je te le laisse, dit François en affectant la déconvenue.

Sa réaction l'amusa. Elle n'avait défendu ce lambeau d'héritage que pour en savourer la surprise.

— Où le mettras-tu ? Tu ne disposes que d'un salon. Autant qu'il me souvienne, plein comme un œuf.

Elle haussa les épaules.

— Les longues heures passées dans la salle du premier avec les copains de papa éclusant de la bière m'ont toujours paru interminables. Jusqu'au jour où j'ai fait un accroc dans le tapis parce que je ne savais pas me servir d'une queue de billard... J'ai écopé de deux gifles magistrales. Si maman a protégé sa petite reine, comme elle disait, papa, lui, a toujours eu la main lourde lorsque sa fille faisait des bêtises. Il ne me passait rien, insista-t-elle. Tu ne te souviens pas, François ?

— Non.

— Tu n'as plus de mémoire. Ou plutôt tu n'as de mémoire que lorsqu'elle t'arrange. Je sais. Je n'étais pas la préférée chez les Delalande. Pourquoi ? Je l'ignore. Parce que j'étais l'aînée ? C'est une explication insuffisante. Une fille ? Papa n'aimait que les garçons. Il a eu du dépit d'avoir une fille. Il n'y avait que les garçons qui comptaient à ses yeux. N'est-ce pas ? Heureusement que maman m'a soutenue. Jamais devant papa. Jamais. Elle veillait sur moi comme si elle avait le souci de réparer au fil des jours les tracasseries du père, en sourdine, en cachette. Ça nous faisait une étrange relation qui a jeté en moi le trouble. Même aujourd'hui, je me demande encore si j'ai été aimée d'elle.

— Je crois que tu exagères.

— Alors, mon petit François, tu peux le garder, le billard Toulet.

Georgine écoutait la conversation à distance respectable. Elle se sentait forte, lorsque sa belle-sœur larmoyait. Mais elle n'éprouvait aucune sorte de compassion. Elle se disait : De la vache enragée, il en faut pour tout le monde. Elle croisa les bras sur sa poitrine, la mine hautaine, fixant devant elle le miroir qui lui renvoyait son image. La lumière du dehors nimbait sa chevelure de reflets dorés.

J'ai épousé l'idiot de la famille, mais, comme disait Hélène : « Du moins ne vous rendra-t-il point malheureuse. » Ça, c'est terrible. Une phrase comme celle-ci reste dans votre tête jusqu'à la fin de vos jours, n'est-ce pas ? pensait-elle, les bras toujours croisés. J'ai su que je n'étais pas une beauté dès le premier jour, et la grand-mère Mage m'a soutenue à ce moment de mon adolescence à sa façon. Tu finiras par dénicher un homme gentil qui te rendra heureuse, m'a-t-elle dit, la grand-mère Mage. J'ai suivi son conseil à la lettre. François est venu me prendre. Notre première rencontre a été un jeu aimable dans une conversation entrecoupée de silences. Tout de même, il aura fallu six mois pour qu'il se déclare. Juste au moment où je commençais à désespérer. Je me disais : L'idiot de la famille, il finira par me laisser partir... Voilà, il s'est déclaré enfin. Quelle délivrance. Toutefois, j'ai voulu vérifier ses sentiments à ce moment crucial : Tu n'es pas aveugle ? Tu as vu que j'étais plutôt laide, non ?

Georgine pouffa de rire en agitant sa chevelure blonde dans la lumière du jour tombant d'une fenêtre entrouverte sur le ciel d'été. La beauté est éphémère, se dit-elle, heureusement. C'est notre consolation, à nous, les laides, de savoir que les belles se flétrissent aussi.

Le frère et la sœur Delalande arpentaient le couloir en parlant à voix basse comme dans un parloir de couvent. A quelle sorte de ferveur s'adonnait-on ?

— Nous sommes orphelins, déplora-t-il.

Le rire fort d'Alexandrine fusa entre les murs chaulés. La poussière et l'humidité avaient tracé des continents sur le blanc. C'était une marque du temps qui passe et qu'Hélène n'avait pas eu le loisir de décrasser, occupée dans les derniers mois à sa mort prochaine.

— Non, reprit Alexandrine, c'est une extinction. Une extinction qui en annonce d'autres. Il y a un ordre évident dans la mort familiale. N'as-tu pas encore compris ? Maintenant, ce sera notre tour, moi d'abord sans doute et toi après.

Il secoua la tête comme pour s'empêcher de penser. Ces idées mortifères, ça encombre inutilement l'esprit et entrave tout désir d'exister, se dit-il. A ce moment il en voulait à sa sœur, surtout qu'elle renchérissait à plaisir, ainsi qu'on tourne et retourne le couteau dans la plaie.

— Après, ce sera tes deux enfants, mon cher. Voilà comment court une extinction familiale. Moi, j'ai compris ça depuis si longtemps. Pour ne pas me laisser gagner par la tentation imbécile de l'immortalité, j'ai choisi de ne pas faire d'enfants

— C'est un choix, ça te regarde, jugea François les mains au fond des poches dont les longs doigts tripotaient quelques pièces de monnaie.

— Donc, l'héritage, je m'en fiche. Puisque je n'aurai jamais personne à qui transmettre toutes ces babioles.

— Décidément, nous ne nous comprenons pas.

— Certes. Je ne vois pas ce que nous pourrions partager.

— Si je venais à mourir demain, tu ne verserais pas une larme, pas plus que tu n'as versé une larme pour maman.

— C'est vrai, je n'ai pas pleuré. J'ai essayé, mais je n'ai pas réussi à me jouer la comédie.

— Tu es sans cœur. Tu l'étais déjà dans notre enfance. Le temps n'a fait que renforcer cette carapace d'indifférence.

Alexandrine l'observait fixement, d'un air hautain. Pourquoi me juge-t-il, celui-là ? Parce qu'il est mon frère ? Pour me remercier de lui abandonner ma part d'héritage ? A moins qu'il ne pense que mon désistement n'est qu'une expression de plus du mépris que je lui réserve... Non. Je m'estime si peu, en vérité.

François s'était tourné vers le mur, comme un enfant puni, le front appuyé contre la froide paroi blanche. Une odeur de moisi rôdait dans le long couloir, elle stagnait à fleur de mur, depuis si longtemps. Il eût fallu aérer ce monde clos, mais ici, on ne faisait que passer, on ne s'arrêtait jamais, on courait, chantait, riait, on avait hâte d'atteindre la chaude ambiance du foyer d'autrefois. Du temps de papa, pensait-il, au moins il y avait une odeur de tabac froid. C'était à ce signe qu'on reconnaissait son existence, avant qu'il ne se retire dans sa bibliothèque ou dans la salle de billard. Des lieux interdits pour moi. Plus encore pour Alexandrine. Les filles jouent avec leurs poupées et les garçons avec les cubes d'un jeu de construction. On a pris soin de nous séparer, se dit-il, de nous éduquer isolément.

Monsieur Delalande n'était-il pas professeur ? Il avait exercé sa pédagogie jusque dans le berceau familial. D'où tenait-il ces idées-là, rigides et austères ? Tant il est vrai que sa bibliothèque regorgeait de manuels sur l'éducation des jeunes filles... A la mort du père, Hélène fit un feu de joie de tous ces ouvrages pernicieux, d'autant que 68 était passé par là, et qu'il eût été ridicule de les ouvrir avec sérieux, ces ouvrages désormais juste bons à amuser une ribambelle de gamins dévergondés.

— Tout est la faute de papa, énonça François. Il a toujours voulu nous tenir éloignés l'un de l'autre. Cinq ans après sa disparition, nous en sommes encore là, à honorer sa secrète volonté.

2

Alexandrine s'était interdit de retourner dans sa chambre d'enfance. Elle l'avait décidé une bonne fois pour toutes en quittant le nid familial, et son retour à Saint-Gillet en cet été 1979 ne changerait rien à sa détermination. Maintenant que la cérémonie des adieux était terminée, que le père et la mère se trouvaient au cimetière, quelle impérieuse raison l'obligeait encore ? François se posa la question sans parvenir à comprendre.

Elle choisit l'une des deux chambres d'amis, comme on avait coutume de nommer ces chambrettes mansardées dans les combles. Servant de débarras, l'une d'elles, dont la minuscule fenêtre apportait assez de luminosité, parut lui convenir. Le temps de déménager quelques malles de vêtements, des paquets de livres endommagés, des collections de journaux et un ensemble de jardin en rotin, elle y établit sa cache avec une ribambelle de coussins qu'il suffirait de disposer sur un lit de coin pour en faire tantôt un sofa, tantôt une couche douillette.

Cette sorte d'enfermement dans un étroit espace, dépourvu de souvenirs – autrefois, l'enfant qu'elle était n'y venait jamais –, la rassurait, l'apaisait. Ici, la réflexion, la lecture, la rêverie, tout s'y trouvait aisé. Car Alexandrine redoutait sans doute de se faire grignoter par la maison familiale et les sortilèges du passé. Tant de fantômes dormaient dans les placards. Il lui suffisait de secouer une couverture, de déplier un paquet de vêtements, de fouiller un tiroir pour voir surgir quelques réminiscences.

Juste après avoir quitté François dans le salon du bas, Alexandrine poussa un grand soupir et alluma la lampe à pétrole. Dans les hauteurs de la maison, l'électricité avait été coupée pour cause de vétusté. La pâle lumière jaune ne l'embarrassait en rien, sinon qu'elle ajoutait un peu de magie au lieu, les ombres s'y dessinaient amplifiées et déformées.

Elle s'abandonna sur son lit, le dos calé avec soin contre le mur, les jambes allongées. Elle ferma les yeux et se mit à songer à l'autre chambre du premier étage, à celle où elle se refusait à entrer. Autrefois, Hélène lui avait dit que toutes les poupées en celluloïd, les dînettes en métal vernissé et les romans de la Bibliothèque Rose et de la collection Rouge et Or y sommeillaient en bon ordre.

« Un jour, ma petite, il te faudra les prendre. Un jour où vous déciderez, ton frère et toi, de vendre cette maison, avait-elle dit. Ce sera une charge trop lourde pour vous deux. Une maison comme celle-ci, si grande et inconfortable – mon Dieu, ton père a toujours eu la folie des grandeurs –, ne vous sera d'aucune utilité. Puisque tu ne veux pas d'enfants, tu n'auras pas besoin de maison, n'est-ce pas ? Ça t'a toujours plu, cette vie de pigeon voyageur. Quant à ton frère, il a tout ce qu'il lui faut. Son affaire à Brive ne fera que grandir. Contre toute attente, il a fini par faire son trou. Qui l'aurait cru ? »

Alexandrine passa une main sur son visage et étira sa chevelure vers l'arrière. Avec un élastique, elle se fit une queue-de-cheval dans un geste vif d'entortillement. Ça l'agaçait en vérité toutes ces phrases lointaines qui s'en revenaient battre à ses oreilles, comme des vagues mortes. Il lui semblait entendre sa voix pincée, insistante, avec des digressions qui l'emportaient hors le rivage commun. Elle se faisait ses romans, à sa façon. Elle y croyait dur comme fer à ses histoires. Pourtant, que saurait-on de sa vie ?

— Je ne sais rien de toi, maman, murmura-t-elle. Tu étais si discrète sur toi-même, si secrète sur les affaires de ta vie. Ainsi, te voilà couchée dans le froid et la ténèbre de la tombe. Je n'en saurai plus rien. Pourquoi n'avons-nous jamais pu nous parler ? Pourquoi fuyais-tu les questions ? Tu te sauvais ainsi, avec délicatesse, en disant : « Je n'ai jamais compté pour personne, moi. Allons, tu le sais bien, c'est ton père qui était l'âme de la famille. »

Elle se mit à sourire aux ombres qui flottaient autour d'elle, se plaisant à imaginer que leurs formes revêtaient quelque signification.

— L'âme de la famille, se répéta-t-elle à mi-voix, voici une phrase typique de ma chère maman. Croyait-elle à ça, aussi ? Je n'en sais rien. Son regard s'attarda soudain sur un tableau accroché au mur par un vieux clou enfoncé à même le plâtre. Une bondieuserie, se dit-elle. Une de plus. Que fait-elle ici ? Cachée ? s'interrogea-t-elle. Se pourrait-il qu'elle y soit venue prier, moi qui ne l'ai jamais vue s'adonner à la moindre dévotion ? Voici qui serait cocasse.

Alexandrine se leva pour arracher le menu tableau du mur. C'était un canivet mis sous glace. Traitement de faveur réservé à l'objet. Elle effaça la poussière qui en ternissait l'examen. C'était une image pieuse acquise pour une première communion, représentant le Christ entouré de ses apôtres. Une pincée de dorure était répandue sur la Cène. Les bords dentelés ajoutaient un soupçon de fantaisie à cette icône. Elle le porta à la lumière de sa lampe pour lire l'inscription en petits caractères. « O Seigneur combien est doux le festin dans lequel vous vous donnez vous-même en nourriture... » Un joli brin d'encens de sacristie, se dit-elle, en défaisant le cadre sans ménagement. Puis une fois libérée, elle retourna l'image. *Alexandrine Delalande, Eglise de Saint-Gillet, le 4 juin 1957.*

Vivement, elle glissa le canivet dans son sac à main. Ça finira au feu, se dit-elle, comme le reste, comme tout ce qui se rapporte à mon passage ici.

Au petit matin, un rayon de soleil la sortit de son engourdissement. Elle avait fait sa nuit d'un trait et ce n'était pas si fréquent, surtout lorsque Tobias la réveillait deux ou trois fois. Le sommeil de son ami était léger, jamais apaisé, quelquefois angoissé. Il y a de l'avantage à être seule, pensa-t-elle en allumant sa première cigarette.

En pyjama et ses vêtements fripés de la veille sur le bras, elle descendit aussitôt dans la cuisine. Elle se prépara un café fort et passa dans la salle de bains. Cette fois, je vais aller au village, se dit-elle. Même si je suis l'objet de toutes les curiosités, je me dois à cette visite. De quoi devrais-je rougir ? D'être partie de la maison à seize ans et de n'y être pas revenue...

Elle chercha dans sa valise un corsage orangé et une jupe courte. C'était un brin provocant pour Saint-Gillet, tout de même, mais l'idée la séduisait. Puisque des ragots courent sur moi, autant les attiser, pensa-t-elle. François se proposa de la conduire, comme s'il voulait lui servir de garde du corps. L'idée était ridicule. Elle s'en amusa.

— Tu ne ressembles pas à une avocate de renom, dit-il.

— Je ne suis pas ce que tu prétends.

— L'affaire De Rémond a fait le tour de toutes les gazettes. On a vu ta photo partout, même à la télévision.

— Les querelles de famille dans le milieu des viticulteurs bordelais, ça excite toujours les foules.

— Surtout s'agissant d'un château aussi prestigieux.

Ils traversèrent ensemble le parc qui entourait la maison, sous le regard insistant de Georgine.

— Pourquoi dormez-vous ici ? demanda-t-elle. Vous craignez que j'emporte tout l'héritage ? N'ai-je pas été assez claire ? Je laisse tout.

— Comment peux-tu croire une chose pareille ?

Il marchait derrière sa sœur, le regard rivé sur ses longues jambes fines et galbées. Ma petite Alexandre (il la surnommait souvent ainsi), ma chère Alexandre aurait bien tort de les cacher, pensa-t-il. Tant d'effronterie lui ressemble. Alexandrine sentit son regard sur elle et se retourna vivement. Ici, à La Ferronnière, ça la dérangeait, alors qu'à Bordeaux dans la rue Sainte-Catherine, c'eût été flatteur qu'on la détaillât de la sorte.

— Ne comprends-tu pas ? Nous sommes restés à La Ferronnière pour te tenir compagnie. Seule, toute seule, dans cette grande maison... Tu aurais peur.

Elle se souvint qu'après la mort de son père Hélène lui avait fait part de semblables craintes. Par une sorte de chantage affectif elle espérait la faire revenir en Corrèze, à tout le moins une semaine sur trois. Alexandrine avait rejeté cette supplique de sa mère par un long silence. C'était ainsi d'ordinaire qu'elle se libérait des contingences. Elle pensa alors qu'elle avait eu peut-être tort de lui refuser ses visites. Même si elle n'avait jamais ressenti son amour maternel et avait souffert d'attendre ses réponses en vain, peut-être eût-elle recueilli enfin quelques éclaircissements sur son étrange froideur ?

— Combien de temps comptes-tu rester ici ? demanda Alexandrine.

— Je pourrais te poser la même question.

— Une semaine ou deux. Pas plus, dit-elle.

— Il n'y a aucune raison puisque tu refuses ta part d'héritage. L'affaire est close.

François se sentait fier de sa réplique. Il avait hâte en vérité de la voir disparaître, de cesser cette comédie. Plus le temps passait et plus il avait l'impression qu'elle était venue chercher quelque chose. Mais quoi ? Quelque chose, pensait-il, qui ne se dénicherait que mieux sans témoin. Une chose qui était à ses yeux autrement plus importante qu'un héritage.

— J'ai envie de respirer l'air de Saint-Gillet. Ça me regarde.

— Ici, insista François, il n'y a rien d'intéressant pour toi. Les vieilles familles ne fréquentaient plus Hélène depuis longtemps. Elle avait fait le vide autour d'elle. C'était son caractère. Un peu comme le tien, d'ailleurs. Hautain, dédaigneux, méprisant... On n'en finirait pas de décrire la morgue dont notre mère faisait preuve à Saint-Gillet.

— C'est une énigme pour moi.

François éclata de rire. Ou plutôt d'un rire forcé. Il promenait sa bedaine en costume gris avec aisance, d'un pas dansant. La sueur ornait son front large, et le cheveu était un brin poisseux. Alexandrine n'aimait guère son frère, sans doute parce qu'ils n'avaient jamais eu l'occasion de vivre ensemble. Leurs années d'enfance s'étaient déroulées sans confidence ni attachement. Calme plat.

— Je me moque de toi. Il n'y a rien. Papa était un enfant de Saint-Gillet qui avait réussi. Professeur, tu te rends compte ? Sacrée promotion pour l'époque d'après-guerre. Notre mère était et est restée une étrangère dans l'esprit des gens d'ici. On ne l'appréciait pas pour cette seule raison. Voilà la réponse à l'énigme.

Alexandrine s'approcha du platane et enserra le tronc. Ses bras n'étaient pas assez longs. Elle fit signe à François d'ajouter les siens pour faire bonne mesure.

— Sa taille a doublé, constata-t-elle. En hauteur aussi. Curieux qu'un orage n'en soit pas venu à bout, ou une tempête.

— Certains arbres ont plus de chance que d'autres.

Elle désigna les branches maîtresses.

— Etait-ce ici que papa nous fit une balançoire ?

Le frère tourniqua sur lui-même, cherchant sa direction comme une boussole affolée. Il interrogeait ses souvenirs. Il finit par avancer vers le muret et s'arrêta au milieu de la pelouse, à dix pas du chemin qui conduisait à la route de Saint-Gillet.

— Ici, autrefois, il y avait un tilleul. Papa l'a fait couper. Ne m'en demande pas la raison.

— Un tilleul en effet. La lumière passant au travers des feuillages était plus lumineuse que sous ce platane. J'en ai le souvenir. Les odeurs aussi. Et plus encore que les arômes mielleux, la ronde persistante des abeilles.

Elle leva la tête vers le ciel, ausculta les alentours, et finit par raccorder dans sa mémoire quelques bribes de sensations.

— C'était le seul grand arbre que nous possédions, jadis ?

— Oui, en effet.

— Je n'ai jamais aimé l'odeur des platanes, ni des marronniers.

— Nous n'avons jamais eu de marronniers.

— Pourtant j'ai souvenir d'une épaisse ombre sous un marronnier avec ses fruits que nous nous lancions à la tête.

— Tu veux parler de la ferme d'Aimé Balthazar. Nous y allions passer nos jeudis avec les fils, Antoine et Gustave. Nous y jouions à cache-cache dans la grange à foin. Au moment des neiges, nous y faisions de la luge sur la pente proche de l'étable. En bas, il y avait un ruisselet où l'idiot prenait des écrevisses.

— Quel idiot ?

— Paul Jarmois. Celui que nous appelions aussi le Bégueux parce qu'il n'arrivait pas à foutre un mot devant l'autre.

Alexandrine se prit la tête dans les mains. Elle ne comprenait pas pourquoi tous ses souvenirs d'enfance s'étaient envolés. La rupture soudaine avec La Ferronnière avait coupé ce nerf affectif, comme si, le passé ne lui servant plus à rien, elle s'était empressée de le réduire au silence. Aujourd'hui, singulièrement, elle en avait besoin, se félicitant au fond qu'il s'en revînt, bribe après bribe, sans éléments perturbateurs qui eussent risqué de faire prendre tel fait pour des mirages de la mémoire.

— Hier, tu disais que j'avais la mémoire oublieuse. A ce que je vois, les rôles sont inversés.

— Je voudrais comprendre pourquoi j'ai enfoui tout ça au fond de moi. Quelle force m'y a contrainte ?

3

L'été, la vie déserte le centre du village pour les champs. Le labeur des paysans est comme une transhumance. On voue à la terre nourricière un culte ancestral. Il ne reste plus que les bras inutiles en déshérence, les vieux sur des bancs proches de l'église. Ils écoutent les heures s'égrener au tintement de la cloche. La chaleur qui monte peu à peu semble les abrutir un peu plus, surtout lorsqu'ils se mettent à parler une langue aussi ancienne que le porche de l'église. L'apparente immobilité du temps les rassure, comme si, ici, à la campagne, les heures étaient plus généreuses qu'ailleurs.

Bien sûr, on reconnut aussitôt à sa démarche citadine la fille Delalande, celle qui venait juste d'enterrer sa mère, sans même verser une larme, et qui s'était impatientée une fois la cérémonie terminée.

Les obsèques civiles, avait-elle pensé sachant sa mère croyante, c'est une manière de sauvage. On porte les gens en terre comme des chiens crevés. Trois coups de pelle et l'affaire est entendue. De surcroît, le maire n'avait même pas jugé nécessaire d'enfiler son écharpe tricolore. Les messes civiles avec oraisons républicaines ne sont réservées qu'aux gens d'importance. La femme du professeur, ce n'était qu'une morte insignifiante.

A ce moment, les vieux se regardèrent d'une façon bizarre, comme s'il y avait une connivence entre eux. Une histoire sans parole. La fille Delalande s'en vint les frôler, laissant un soupçon de parfum derrière elle, une fragrance de ville. Le léger balancement de la minijupe fit aussi son effet. Ça n'inspira sur le coup que des ricanements. Seul, l'un des bonshommes se retourna vers ses acolytes : « Elle a de qui tenir... »

Alexandrine entra à la maison de la presse et acheta *Le Monde* et *Libération*. *Le Monde* par habitude et *Libération* pour son titre provocateur sur l'exécution d'une femme adultère en Iran. Puis elle s'assit à la terrasse du Café de Paris, au milieu de trois ou quatre tables jaune citron. A l'intérieur, des gamins faisaient joujou autour d'un baby-foot et deux gamines en pantalon fuseau se tenaient près d'un juke-box pour écouter religieusement une ritournelle de Véronique Sanson. Le temps d'allumer une Camel et Alexandrine déplia ses journaux. Elle lisait les titres au hasard, se réservant une lecture plus approfondie à un autre moment, mais ce moment n'arriverait pas et les journaux disparaîtraient ainsi, pressés par l'actualité qu'elle prétendait pourtant suivre assidûment. Ici, formica et plexiglas s'accordaient dans les couleurs vives. Ça attirait la menue faune en vacances, comme la lumière les papillons. C'était une des particularités de la bourgade : côté rue des commerces le bar des jeunes où l'on se dandinait souvent le soir sur des airs de salsa et de reggae, côté usine l'estaminet des vieux où l'on tapait le carton autour des canons de rouge. Telle se déroulait la vie à Saint-Gillet, sans histoires. L'ennui suintait des murs, seulement troublé par le vrombissement des mobylettes, le crissement des pneus. Depuis 68, on maudissait la jeunesse par devoir. On ne la comprenait plus, on la jugeait turbulente et l'on espérait sournoisement que la vie finirait par la faire entrer dans le rang.

L'un des baby-footeux, un verre de Get-menthe à la main, s'approcha d'Alexandrine.

— T'es nouvelle, toi. Ça se voit, fit-il en couvant des yeux ses longues jambes.

Elle commit la maladresse de répondre par un sourire, ce qui activa la curiosité du garçon.

— Je ne fais pas couleur locale ? C'est bien ça, non ?

— T'as pas le genre du pays.

Elle détourna le regard. Elle ne voulait pas répondre. C'eût été une familiarité inutile.

— Ici, c'est la mort, soupira le garçon en s'étirant.

Il avait envie de se faire plaindre. Chacun son entrée en matière.

— Tout de même. Un été calme et serein.

Il haussa les épaules. Sans un sou en poche, et aucune envie de suer pour le gagner, autant dire rien. Envie de rien, sinon de s'amuser.

— Je vais de temps en temps au Cardi, à Brive. Parce que les bals de campagne, c'est tout juste bon pour se marier.

L'un de ses copains sortit à son tour.

— Faites attention ! C'est un dragueur.

Le gars parut désemparé. On lui cassait son coup, si coup il y avait, car Alexandrine se tenait prudemment à distance.

Ils rentrèrent dans le bar pour embêter les filles qui écoutaient en boucle le tube qu'elles s'étaient choisi.

A ce moment, un aventurier en casquette de prolo se faufila entre les tables, d'un pas hésitant.

— Faut pas les écouter, ces voyous, mademoiselle, fit-il.

Une Gitane papier maïs au bord des lèvres, passablement mouillée de salive, il examina l'étrangère. C'était Pierre Muraille, le localier de service, correspondant au *Courrier du Centre*. Il passait ses journées de retraite à traquer l'événement par le petit bout de la lorgnette. Naissances, décès, et faits divers. Tout naturellement, sans même réaliser l'incongruité de sa curiosité maladive, il lui demanda d'où elle venait et ce qu'elle faisait là, à Saint-Gillet, par un jour d'été, une si jeune et jolie femme avec des allures de ville.

— Permettez que je vous fasse la causette ?

Le bonhomme s'assit à la table à côté, la chaise tournée vers Alexandrine.

— Même si je ne le permettais pas... murmura-t-elle pour elle-même.

— On dit que vous n'êtes pas d'ici... Moi j'ai du nez. Je parierais une tournée que vous êtes de ce pays.

— A quoi devinez-vous ça ?

Il se toucha le pif. Une belle truffe nourrie au pinard. C'était un esthète, Muraille, dans son genre, à suivre les comices, les vendanges, les batteuses, et toutes les joyeuses activités de Saint-Gillet pour croquer dans son canard quelques billets d'humeur pittoresque.

— Un air de famille.

Le mange-disque débita à ce moment *Roadrunner* de Modern Lovers. L'atmosphère fut saturée d'un rythme binaire sauvagement envahissant. Il n'y avait plus de quoi placer un mot. Le journaleux attendit que la marée se retire, ou plutôt que le patron du bar calmât la déferlante.

— Les jeunes, les jeunes... Je ne dis pas ça pour vous. Vous êtes sage, bien élevée, plutôt classe si je ne m'abuse...

Elle éclata de rire. Le bonhomme portait fièrement sa bedaine de bon vivant, tiraillant ses bretelles lorsqu'il hésitait dans la conversation.

— C'est plus comme dans le temps... Ça manque de respect. Vous ne trouvez pas ?

Alexandrine vida le fond de sa bouteille de Perrier dans son verre.

— Vous connaissiez ma mère ? demanda-t-elle à brûle-pourpoint.

— Votre mère ? Oh, bon Dieu ! Celle que nous venons de porter en terre. Je ne savais pas.

— Si, vous saviez. Je parie même que vous avez adressé à Brive sa nécrologie. Rassurez-vous, je ne lis pas ce genre de journaux. Je me fiche des potins.

— Vous avez tort, mademoiselle. On en apprend plus sur la vie que...

Alexandrine balança la tête d'agacement. Le bonhomme joua à ce moment les pères offusqués. Il aimait à ce qu'on le prît au sérieux, le petit rédacteur des chiens écrasés.

Muraille prit un air accablé. Vieux comédien, pensa-t-elle. Elle les connaissait, ces gens-là, pour qui la vie n'était qu'une scène de théâtre où chacun jouait son rôle.

— Hélène, dit-il d'une voix apaisée. Bien sûr.

— Pourquoi personne ne l'aimait, ici, à Saint-Gillet ?

— Ah, je ne crois pas. Vous vous méprenez.

— Elle était détestée, ma mère. Il n'y avait pas dix personnes à son enterrement.

Muraille se mit à hocher la tête, transpirant l'embarras.

— A la réflexion, je parie que vous ne lui avez consacré aucune nécrologie. Une cérémonie anonyme. Un discret effacement. Que m'importe. Il n'y a pas de mort glorieuse. Force reste à l'oubli.

Le bonhomme hochait la tête, continûment.

— Madame votre mère, murmura-t-il, avait une seule amie, ici, Jeanne Angély. Vous la trouverez au prieuré.

— Le prieuré ?

— C'est ainsi que nous appelons à Saint-Gillet l'ancien presbytère.

Il désigna le clocher de l'église.

— Que fait cette dame ?

— C'est une catholique fervente. Il n'y en a plus beaucoup à Saint-Gillet comme elle.

— Ce n'est pas une profession, ça ! Catholique fervente.

Il ricana nerveusement.

— Elle vit de ses rentes. Edmond Angély était inspecteur des impôts à Limoges et il est venu se retirer ici. Le maire lui a vendu le presbytère. Il l'a rénové, comme il se doit. C'est pas terrible de dire qu'on vit dans un presbytère. C'est pourquoi les Angély ont rebaptisé le lieu.

— De confortables rentes donc.

— En effet.

Alexandrine parut absorbée par une intense réflexion. Le localier du *Courrier du Centre* n'osa l'en détourner. Il ne pouvait en dire plus. Il se sentait de trop et fit lentement pivoter sa chaise sur le gravier de la terrasse. Une esquive discrète se préparait dans sa tête.

— Il est curieux que ma mère ait fréquenté cette dame, « catholique fervente », qu'elle ait lié une relation avec elle...

— Pourquoi ?

— Je ne lui ai jamais connu le moindre intérêt pour la religion.

— Des fois, des fois... fit Muraille en se retirant sur la pointe des pieds.

4

Peut-être était-ce une fausse impression. Alexandrine sentit en tirant la sonnette du prieuré qu'elle ne serait pas la bienvenue. Son métier d'avocate lui avait appris à surmonter les situations les plus scabreuses, et celle-ci n'était en vérité que de pure forme. Il ne s'agissait que de faire parler une vieille dame sur un lointain passé. Elle insista à trois reprises et sentit qu'on l'observait derrière un rideau. Elle prit l'air le plus inspiré qui fût et l'appela.

— Madame Angély ? Je voudrais juste vous parler. Si vous aviez la gentillesse de m'accorder quelques minutes...

Cette fois, le rideau ondula après qu'une main l'eut écarté. Alexandrine se recula de deux ou trois pas pour bien se mettre en évidence. Puis la fenêtre s'entrouvrit, timidement, dans un grincement de vantaux.

— Que me veut-on, zut alors ? dit une voix pointue.

— Je suis la fille d'Hélène.

Elle crut que le prénom suffirait. Mais la fenêtre se referma, brutalement. Alexandrine annonça alors d'une voix forte son nom de famille. Ultime tentative pour un sésame récalcitrant.

Il conviendrait tout de même de ne pas perdre le sens de l'humour, pensa-t-elle. Si je ne parviens à mes fins aujourd'hui, qu'importe, je reviendrai et si ça ne suffit pas, alors je forcerai sa porte.

Muraille avait omis de lui dire que la vieille était claquemurée dans sa maison comme une forcenée. Qu'est-ce donc qui l'avait rendue aussi soupçonneuse et craintive ?

Deux ou trois allées et venues le long du mur lui firent mesurer l'importance du lieu. La demeure se cachait derrière un jardin en fouillis. Volontairement ou par négligence, on avait laissé pousser les seringas et les troènes dont l'effet buissonnant servait de rempart, ajoutant au mur déjà assez haut quelque défense supplémentaire. « Si nous nous cachons, c'est que nous avons quelque chose à nous reprocher », marmonna-t-elle. En considérant l'escalier qui conduisait à la porte d'entrée en bois plein, elle songea à sa mère qui l'avait si souvent escaladé, furtivement sans doute. Moi, hélas, se dit-elle, je ne gagnerai pas aussi facilement son amitié. Sacrée madame Angély...

— Dommage ! s'écria-t-elle. Dommage.

Comme Alexandrine s'apprêtait à lever le camp, de guerre lasse, déçue et courroucée de trouver porte close, elle apparut enfin, la petite dame, si minuscule et amaigrie dans une tenue bariolée, une robe tunique qui la faisait ressembler à une femme-sandwich.

— Que me veut-on encore ? dit-elle avec un geste d'agacement.

Madame Angély se tenait sur son perron, la porte tout juste entrouverte derrière elle et prompte à disparaître comme un escargot dans sa coquille.

— Je voudrais que nous parlions de ma mère. Elle était assez proche de vous, si je ne m'abuse...

— Qui vous a dit ça ?

Alexandrine franchit le portail et s'approcha timidement de l'escalier. Un mouvement audacieux et décisif, tout de même, qu'elle avait entrepris, au risque de rater son entrée. La dame s'avança au bord du palier, d'une main rajusta sa chevelure blanche.

— Je ne vous connais pas.

— Alexandrine, dit-elle. J'ai quitté Saint-Gillet il y a longtemps. C'était en 1961, pour n'y revenir qu'aux vacances.

Jeanne Angély fixa sa visiteuse d'un regard las. Visiblement, elle détestait cette visite, les politesses et les amabilités auxquelles celle-ci l'obligerait. Ses yeux bleus et transparents se voulurent plus affables lorsque Alexandrine parvint à sa hauteur. Elle lui tendit la main, mais madame Angély la refusa par habitude.

— Je sais ce que ça me coûte, la pitié dangereuse de ces gens d'ici, expliqua-t-elle en lui ouvrant la porte.

— Je ne suis pas d'ici, se défendit Alexandrine.

— On ne sait jamais. J'ai mis des années à leur échapper, résolument. Et surtout ne rien leur permettre. Ni un bonjour ni un au revoir. Rien. Sinon, on est pris dans leur nasse. Ils n'ont que ça en tête, les misérables, vous mettre à leurs bottes.

Les murs du couloir étaient parés de boiseries sombres. Ça sentait l'encaustique et l'essence de térébenthine, comme dans les pensions de famille que la jeune femme avait fréquentées à Bordeaux, durant ses années de galère. Les carreaux noirs et blancs au sol formaient un jeu de dames sur lequel on avait envie de jouer en plaçant ses pas.

Jeanne Angély marchait en trottinant. Elle était voûtée, cassée par l'âge. Il n'était plus que son regard qui paraissait vif et ardent. L'épaisseur des rideaux aux fenêtres du salon maintenait de la fraîcheur qui eût été agréable si l'atmosphère n'avait été saturée par ces relents de vieilles demeures. Alexandrine chercha sur les murs quelques traces de bondieuseries : crucifix, chapelets, vierges béates ou médaillons miraculeux. Pourtant, « chrétienne fervente », avait dit Muraille d'un air moqueur. Rien de tout cela, s'étonna la visiteuse.

Une fois assises, l'une en face de l'autre, près de la fenêtre où filtrait un filet de lumière, elles s'observèrent longuement. Alexandrine se plia volontiers à cet examen, ne sachant comment engager la conversation.

— C'est vous l'avocate de Bordeaux, n'est-ce pas ?

Elles hochèrent la tête ensemble. Effet comique. Madame Angély s'autorisa un délicat sourire.

— Je suis venue enterrer maman, dit Alexandrine. J'ai été surprise du peu de cas qu'on faisait de cette cérémonie.

La vieille dame respira fortement en détournant le regard pour cacher son émotion.

— Plus encore des obsèques civiles, ajouta-t-elle. C'était donc sa volonté ? Vous qui la connaissiez ?

De ses longs doigts fins, Jeanne Angély caressait nerveusement le velours cramoisi du fauteuil.

— Croyez-vous qu'elle ait choisi quoi que ce soit ? Ça lui a été imposé.

— Mon frère François ?

— Il a fait ce qu'on lui a dit de faire.

— Qui donc ?

Les fines lèvres de Jeanne Angély se mirent à palpiter. Aucun mot ne s'échappait de cette bouche. Bien qu'Alexandrine insistât, elle n'obtint rien. Un ténébreux silence.

A ce moment, la visiteuse comprit qu'il lui fallait desserrer l'étreinte des questions, laisser aller le cours paisible de la conversation, quitte ensuite à y revenir obstinément. C'était un des principes qu'elle avait acquis dans son métier, ce jeu du chat et de la souris, lorsqu'il fallait dénicher une faille dans les âmes les mieux carénées.

— Vous n'êtes pas tenue de me répondre. Ce n'est pas un interrogatoire, tout de même, dit Alexandrine en prenant ses aises dans le fauteuil.

Elle imagina en s'y abandonnant que sa mère s'était assise à cette même place. On devait boire le thé et déguster quelques gâteaux secs.

— Comment avez-vous connu Hélène ? J'aimerais savoir, car je n'ai en vérité aucun souvenir de vous.

— Depuis si longtemps, fit Jeanne, embarrassée.

Elle dédaignait de dater ses souvenirs, prétextant que sa mémoire lui jouait des tours.

— Avant la guerre, ajouta-t-elle.

— Avant la guerre ? s'étonna Alexandrine. Voilà qui est étonnant. Je croyais, ou plutôt j'ai entendu dire que vous aviez acheté le prieuré au moment de la retraite de votre mari ?

Jeanne haussa les épaules.

— Si vous écoutez les gens d'ici, vous n'avez pas fini de vous perdre. Ils feront tout pour vous égarer sur des chemins qui ne conduisent nulle part. C'est une de leurs occupations favorites, cacher ou travestir la réalité. Ils sont champions à Saint-Gillet pour cet exercice. Si mon pauvre Edmond était encore là, il vous en dirait des belles...

— A quelles fins ? Je ne comprends pas.

Jeanne Angély ferma les yeux pour réfléchir. Elle donnait une impression d'assoupissement, mais ce n'était qu'une impression. Il avait suffi que sa visiteuse poussât le jeu des questions plus loin pour que la vieille dame redressât vivement la tête.

— Il semble que les Angély et les Delalande soient aussi peu appréciés les uns que les autres.

— Vous apprendrez qu'ici il n'y a que deux sortes de familles, les estimées et les pestiférées. Entre les deux, une frontière infranchissable. Quiconque s'aviserait de transgresser cet ordre cannibale serait immanquablement mis au pilori. Il y a peut-être au milieu de tout ça quelques gens de bonne volonté, n'ayez crainte, ils sont mis sous l'éteignoir. On ne les voit pas, on ne les entend pas.

— Qui donc a instauré cette règle assez curieuse ? Quel tribunal populaire ?

Madame Angély se leva de son fauteuil pour faire quelques pas. Elle avait tendance à avoir les jambes engourdies. Elle faisait sa gymnastique, comme elle disait, celle-ci consistant tout au plus à trottiner dans le salon, le couloir, la cuisine... Elle revint vers Alexandrine plutôt guillerette.

— Je connaissais Hélène alors que vous n'étiez pas encore née.

Elle tendait l'index vers elle, et parlait d'une voix chevrotante. Il y avait de l'émotion dans cette affirmation.

— Mon mari et moi, nous ne vivions pas encore dans cette demeure. Nous l'avons achetée en 48. Le maire de l'époque, Justin Boissineau, voulait la détruire pour faire un parking. Un presbytère, pensez donc ! S'il avait osé, il aurait démoli l'église. C'était un triste sire, acoquiné avec...

Jeanne s'interrompit soudain.

— Je ne devrais pas dire ça. Je risque gros.

— Comment cela ? Vous ne risquez rien. Vous le savez bien, madame Angély, je n'ai rien à voir avec les vieilles histoires de Saint-Gillet. Tout ce qui se dit ici ne sortira pas de la maison, assura Alexandrine.

— Votre mère était une femme fort honorable, quoi que vous puissiez entendre sur elle. Sensible et délicate, ajouta-t-elle. Oh oui, Hélène, murmura-t-elle, tu les valais tous.

En disant ces mots, Jeanne glissa une main dans la poche de sa tunique et en extirpa un chapelet de nacre. Puis elle se mit à la prière, la prière étant sans doute sa seconde nature. Alexandrine ne voulut pas contrarier son occupation, elle se retira aussitôt, sur la pointe des pieds. Elle refusa qu'on l'accompagnât à la porte.

Sur le moment, elle en voulait à la vieille dame, pour ses grands airs énigmatiques, et peut-être aussi qu'on l'eût confondue avec ce qu'elle nommait « les cannibales de Saint-Gillet ». Puis elle prit la direction du cimetière par un raccourci, le chemin du canal. C'était un sentier de troupeau, mal entretenu, pavé de pierres branlantes et de galets instables, tapissé de bouses. Au passage, elle dérangea quelques colonies de mouches. Ça pullulait dans un bourdonnement incessant. En ce lieu insalubre, la chaleur ne faisait qu'exacerber les odeurs de purin et de fumier. Aussi, elle regretta de s'être engagée avec des hauts talons dans ce cloaque putride.

Le portail du cimetière était resté grand ouvert. Elle y entra en veillant à ce que personne ne la surprît. Pourquoi cette crainte ? Jeanne Angély aurait-elle réussi à lui instiller cette suspicion ? Cependant, au milieu de l'après-midi, les gens du village vaquent à leurs besognes. Ils se moquent bien de la fille Delalande. Les avertissements de madame Angély lui parurent bien dérisoires. Serait-ce un cas de paranoïa aiguë ? se demanda Alexandrine en suivant l'allée jusqu'au carreau des anciennes tombes. Les effets désastreux de la sénilité ? Elle l'avait longuement observée durant toute la conversation. Son opinion était faite. Cette femme avait vécu des années durant dans la peur. Elle présentait tous les symptômes des épouses martyrisées par leurs maris, auxquels Alexandrine avait été confrontée dans sa jeune carrière d'avocate. Quel crédit accorder à ces assertions ? Néanmoins, pensa-t-elle, je vous accorde, chère madame Angély, le bénéfice du doute. Il se peut que vous ayez souffert de la malfaisance de quelques familles. Certes un loup dans un paisible troupeau suffit à installer la barbarie, chez les hommes l'affaire est plus sournoise, distillée comme un lent poison dont l'effet insidieux se mesure au fil du temps.

La terre fraîchement remuée paraissait défier les vivants. Bien qu'elle fût en général indifférente à ce genre d'émotion, Alexandrine en éprouva un malaise.

Le visage lointain de sa mère lui revint en mémoire dans une scène d'été. Elle marche dans une ville. Sa robe légère en vichy bleu pâle virevolte à chacun de ses mouvements. Elle a une démarche dansante, une taille fine et de longues jambes nerveuses. Sa chevelure châtaine, ondulée au fer, lui fait un visage apprêté, comme si elle sortait d'une gravure de mode. Elle a des lèvres fines, redessinées au bâton de rouge. Parfois, le trait déborde de la lèvre supérieure. Mais elle s'accommode de ces détails, car Hélène n'est pas aussi coquette qu'on pourrait le croire, comme toutes ces jeunes femmes nées plutôt belles et bien faites qui n'ont jamais eu à se soucier de leur charme. François est toujours à la traîne, accaparé par le spectacle de la rue. Un rien mobilise son attention. C'est une manie dangereuse, il se plante là, immobile, au milieu de la chaussée, malgré les voitures qui doivent klaxonner pour le sortir de son hébétude. Soudain, Hélène se retourne en poussant un cri. « Tu ne peux pas t'occuper de ton frère ? Tu es l'aînée, tout de même... »

Alexandrine s'accroupit au bord de la tombe pour prendre une poignée de terre. Ce n'était pas n'importe quelle terre, celle qui rendrait sa petite maman poussière. Soudain, elle vit que la plaque funéraire de sa mère avait été brisée. Patiemment, elle rassembla les morceaux de marbre noir et reconstitua le puzzle, puis elle les disposa du mieux qu'elle put sur la terre meuble. C'est alors qu'elle constata que celle du paternel – *Eugène Delalande 1920-1975* – était toujours intacte.

C'est bien à ma mère qu'on en veut, se dit-elle. Une haine implacable, féroce, aveugle, par-delà la mort. Sans prescription.

5

Ils n'avaient rien en commun et pourtant ils s'aimaient. Ça faisait trois ans déjà qu'ils partageaient la même existence, quelquefois en pointillé, mais c'était pour mieux se retrouver. En ce sens, Alexandrine et Tobias formaient un couple moderne.

Lorsque le jeune homme proposa de la rejoindre à La Ferronnière, il y eut au téléphone un interminable silence. La jeune femme se retint de dire ces mots qui lui brûlaient les lèvres : « J'ai envie d'être seule... » Elle le pensait à ce moment précis, dans le réduit de la Poste, entre un chariot de colis et des sacs de lettres. On s'agitait autour d'elle. Deux employées de guichet écoutaient sans en avoir l'air, mais comment être sûre ? Bref, le moment était plutôt mal choisi pour exposer de longs arguments avec le doigté nécessaire dans la vie ordinaire des couples. « Viens si tu veux, dit-elle. – Tu n'en as pas envie ? Je le comprendrais, Alexa. Chacun a ses raisons. – Mais non. Tu fais fausse route. – Alors, je viens. – Oui, tu viens », ajouta-t-elle en regardant le bassin de pierre à travers une vitre ternie par la poussière.

Elle sortit aussitôt avec le sentiment de s'être fait voler sa liberté. Que ferons-nous tout le week-end ? L'amour, certes. Et après ? Il ne pourra rien pour moi, une fois encore, alors que tout mon esprit sera mobilisé par cette affaire familiale. Au passage, Alexandrine jeta un regard dans le bassin. C'était bien ce qu'elle pensait. La fontaine était à sec, le fond tapissé de feuilles pourries depuis l'automne dernier. Ici, le temps n'a pas d'importance. C'est angoissant au possible, pensa-t-elle en tirant de son sac Longchamp en veau foulonné un paquet de Camel.

Trois bouffées rapides suffiraient à lui calmer les nerfs. Elle remonta la rue des Patriotes au pas de charge, s'arrêta devant la pharmacie Lacroix et se décida à entrer pour renouveler son stock de pilule. L'oiseau rare qui lui tenait lieu de compagnon n'aimait pas les préservatifs. Il trouvait que ça gâtait ses sensations. Moi, en vérité, se dit-elle, je ne vois pas la différence. Au contraire, c'est plus rassurant. Je ne sais pas s'il ne va pas traîner ailleurs... Dans ce milieu interlope des rockers, ça baise dans tous les coins.

Elle ressortit aussitôt, écrasant nerveusement sa cigarette sur le trottoir. Pourquoi faut-il que ce soit toujours les femmes qui s'adaptent à la situation et jamais les hommes ? Elle se mit à sourire en se remémorant que deux ans plus tôt elle avait fait partie d'un Collectif Femmes à Bordeaux. Pilule pour homme ou vasectomie ? Solution provisoire ou radicale ? On vote ! Toutes ces idiotes avaient défendu, mordicus, la solution douce. Pourtant, il n'était pas rare dans son métier de rencontrer des épouses qui, accablées par les avortements et les fausses couches à répétition, finissaient par se faire ligaturer les trompes de Fallope, histoire de gagner en tranquillité. Ainsi prit fin son expérience féministe, déplorant la mort dans l'âme que les femmes soient toujours les dindons de la farce.

Un kilomètre seulement séparait Saint-Gillet de La Ferronnière. Pour cette journée en demi-teinte, elle s'était choisi une tenue adéquate, pantalon corsaire et polo à rayures bleues. Ça faisait marin de charme, de quoi faire retourner quelques têtes. Au long de la route, on faisait cueillette de fruits. Il était temps, parce que les prunes reines-claudes, gorgées de sucre, tapissaient le macadam. Elle se fit siffler deux ou trois fois, mais négligea évidemment de se retourner.

A La Ferronnière, elle alla s'allonger sous le platane pour feuilleter des magazines féminins.

— Un de vos associés a téléphoné, vint lui dire Georgine sortant d'on ne sait où.

Sa robe sac était si légère que le contre-jour révélait chaque détail de son corps. Elle s'en amusa en pensant à son frère qu'elle ne pouvait imaginer, pour le coup, sans une maîtresse. Elle s'en voulut aussitôt d'être aussi mauvaise. Comme ma mère, se dit-elle, teigneuse et imbuvable à mes heures. Elle se força donc à quelques amabilités, alors qu'elle avait envie de la rabrouer sans ménagement, la belle-sœur.

— Nous ne nous aimons guère, toutes les deux, lui dit-elle. Pourquoi faites-vous des efforts, je ne le mérite pas.

— Trop de personnalité, admit Georgine. Moi, pas assez. Voilà le problème. On est vouées à se regarder en chiens de faïence.

Pour un peu, la Bordelaise eût pu être flattée si elle n'avait repéré d'un coup ce qu'il y avait de méprisant dans cette réflexion. Georgine, décidément, pensa Alexandrine, elle n'est pas mal non plus dans le genre vipère. Où donc a-t-elle appris ça, ces piques à fleuret moucheté ?

— Il vous a sortie dans le monde, mon frérot, non ? Pas de voyage à Venise... C'est mode pour les nouveaux riches.

Georgine l'écoutait patiemment, les bras croisés. Elle ne se laissait pas impressionner par ces lazzis. Au contraire, elle se sentait forte, depuis qu'on avait compris que la Bordelaise ne réclamerait pas une miette d'héritage.

— A votre place, Alexandrine, je quitterais La Ferronnière, puisque rien ici ne vous intéresse. Pas même nous.

Pourtant, nous faisons l'effort de rester dans ces murs. Pour vous, Alexandrine.

L'avocate s'abrita le visage avec un de ses magazines, grand ouvert. Depuis quelques minutes, à travers les feuillages du platane, il y avait un rayon de soleil qui lui faisait de l'œil. Désagréable.

— Je vais faire des saucisses aux lentilles. Ça vous va, belle-sœur ?

Alexandrine écarta son cache-visage.

— Roboratif.

— Alors faudra vous contenter de ça ou appeler un traiteur.

Georgine repartit vers la maison d'un pas décidé. Encore une fois, elle avait tenté des approches, pour rien. Ce n'était qu'un jeu, tout de même, entre femmes. Sans conséquence.

Alexandrine la rejoignit dans la cuisine.

— Je suis en rage contre moi-même. Pardonnez-moi.

Georgine ne releva pas la tête. Elle coupait en dés des carottes pour donner du goût aux lentilles avec une feuille de laurier, une branche de thym.

— Pourquoi en rage ?

— Je viens de découvrir que je ne sais rien de ma mère. J'ai passé de longues années à entretenir des idées fausses sur elle. Sans doute a-t-elle quelque responsabilité dans cette histoire, mais aujourd'hui je voudrais tout savoir. Pourquoi était-elle si distante et si peu aimante ? Sur ce point, je ne peux pas compter sur François.

La belle-sœur ne répondit pas. Il y avait longtemps qu'elle ne s'intéressait plus aux Delalande. Alexandrine la fixait intensément, attendant on ne sait quoi. C'était comme une sorte d'appel au secours.

— Je crois que je vais finir par aller voir du côté de la mairie. Vous ne croyez pas ?

— La mairie, pour quoi faire ?

— Actes de naissance, actes de mariage... Ce sera une manière de mettre un peu de compréhension dans la chronologie des faits. Je sens que, dans mon affaire, il y a quelque chose qui cloche.

Georgine éclata de rire.

— Vous êtes folle, Alexandrine, folle à lier. Il y a encore des gens qui réclament vos services ? Vous devez perdre vos procès coup sur coup...

La Bordelaise l'examina avec indulgence. Elle ne pouvait lui en vouloir. François l'avait rendue ainsi, pleine d'aigreur. Son caractère s'était aggravé avec le boom sur les DS 20 et les ID 19, l'argent facile, les livrets A, les Codevi, les assurances-vie... Les bénéfices et les profits mal digérés avaient assis ce couple sur un volcan de suffisance et de morgue.

— Mon compagnon va me rejoindre, dit Alexandrine. Pour quelques jours. Il ne vous plaira pas non plus. C'est un artiste. Enfin, un joueur de guitare électrique. Un rocker comme Jimi Hendrix. Vous connaissez Jimi Hendrix ?

Pour leurs retrouvailles fusionnelles, Tobias ne prit même pas le temps de lui demander s'il était nécessaire d'enfiler une capote. Après coup, Alexandrine réalisa qu'elle s'était abandonnée bien légèrement. Elle s'en voulut. Pour la rassurer, encore, Tobias lui jura une fidélité hors de tout soupçon. Comment le croire ? Il y avait autour du Rock Band Macaroni des adolescentes déjantées qui ne rêvaient qu'à ça, se faire un rocker matin, midi et soir.

— Tu ne dois pas être le dernier à aimer ça, non ?

— Pourquoi ne me fais-tu jamais confiance, Alexa ?

Elle tenta de chasser cette idée de sa tête, cette crainte des MST qui la poursuivait jour et nuit et qui venait, insidieusement, lui gâcher son plaisir. Lorsque son Tobias était en elle, s'escrimant comme un beau diable, variant les jeux et les caresses, elle ne se donnait qu'à moitié. Chaque fois, il jouissait avant elle, quand elle ne parvenait même pas à l'orgasme et qu'elle devait courir dans la salle de bains pour achever son affaire, loin des yeux loin du cœur. Heureusement, Alexandrine était plutôt clitoridienne. Tobias négligeait chez elle cet aspect de sa sexualité. Elle lui en voulait, en se disant : « Si un jour je le trompe, mon bonhomme, ce sera à cause de cette coupable négligence. »

Au milieu de la nuit, ils descendirent dans la cuisine, histoire de se faire des œufs au plat.

— Alors tu vas hériter de tout ça ? Chouette. En arrivant à La Ferronnière, j'ai repéré une grange qui nous ferait bien un chic studio...

Alexandrine laissa échapper sa fourchette dans l'assiette.

— Perds cette idée, Tobias.

— Pourquoi ? C'est la cambrousse, certes, l'été, ça ferait bien l'affaire... Pour le heavy metal, on pourrait faire monter les décibels peinards.

— Tu ne m'écoutes pas, tu ne m'écoutes jamais. Tu poursuis ton idée. C'est comme ça que tu vis ton existence, putain, s'écria Alexandrine, comme si je n'existais pas, comme si mon avis comptait pour du beurre !

Le jeune homme se leva, tournant le dos à la table. Il y avait de la hargne en lui. Il avait envie de casser de la vaisselle, d'envoyer valser deux ou trois chaises. Mais il se retint. Il n'était pas chez lui. Ça, oui, elle le lui faisait sentir.

— Tu ne supportes pas ma musique. On mute pourtant vers le hard rock. C'est comme ça. Toute ma vie. Faut me prendre avec cette passion ou me lâcher.. Tu comprends ?

— Oui, je comprends. Au studio du Meriadeck, chez Ozzy, dans sa turne à décibels, tu peux faire ce que tu veux. Tu le sais, putain, je n'y mettrai jamais les pieds. Fais ça en fonctionnaire, huit heures midi, deux heures cinq heures, point final. Et le reste du temps, pas un mot, pas un son, pas de zizique, rien. C'est notre statu quo. On en a discuté des nuits entières. Est-ce que je t'embrouille, moi, avec les articles du Code pénal ?

Tobias s'assit près de la fenêtre, tournant toujours le dos à sa dulcinée. Il s'était mis lui-même au piquet comme un mauvais élève. Une autoflagellation qui lui ressemblait bien, en somme. Ça le sauvait du pire. Sa chère Alexandrine aurait pu ajouter un couplet de plus à son discours, par exemple : « C'est moi qui t'entretiens, qui te donne ton argent de poche, qui te paye tes santiags et qui achète les cordes de guitare, quand ce n'est pas les heures d'enregistrement et d'arrangement. Tout ça pour d'improbables maquettes qui finissent à la poubelle. »

Dès l'aube, Alexandrine l'abandonna à son sommeil. Le pauvre chéri avait tellement de nuits à récupérer. Elle quitta la chambre en catimini, emportant avec elle ses fringues pour les enfiler en toute sécurité, veillant à ne pas faire craquer les lames de parquet.

Dans la cuisine, elle croisa la gardienne des lieux, fidèle au poste. Ça faisait trois jours qu'elle vivait à demeure, sans s'agacer, alors que François était à Brive pour veiller au devenir de la concession Citroën.

— Période difficile, expliqua-t-elle. Tous les bons mécaniciens sont en vacances. Alors, il faut veiller sur les intérimaires. François a bien raison de ne pas les laisser seuls avec les clients. Révision des cinq mille, des dix mille. C'est du sérieux.

Alexandrine écoutait en sourdine les propos de sa belle-sœur. Ça ne l'émouvait guère, les soucis de la classe moyenne. L'inflation du franc ne s'arrêterait-elle donc jamais ?

— Ah oui, commenta Georgine, on peut faire des emprunts à des taux extravagants. Ça se paiera un jour.

— Vous êtes pour Giscard, n'est-ce pas ?

— Oui, pourquoi ?

— Ça s'entend.

Une radio nasillait sur le buffet. C'était le vieux poste de monsieur Delalande. Un Ducretet-Thomson des années 50.

— Il nous a sauvés de la gauche, ajouta-t-elle. Mitterrand, rendez-vous compte ? Nous aurions vu entrer les communistes au gouvernement... Mon Dieu, quelle horreur.

Alexandrine s'étira voluptueusement sous le regard soupçonneux de Georgine. Elle a dû baiser toute la nuit, pensa-t-elle. Rien qu'à voir son air, ses yeux battus... Mine de rien, elle examina sa nuque, son cou, histoire de dénicher quelques traces de dissipation nocturne. Mais rien.

— J'ai fait la connaissance de votre ami. C'est un gentil garçon. Un peu jeune, tout de même.

— Selon votre goût, Georgine. Moi, je le trouve parfait.

— Vous ne le garderez pas. Ce n'est pas le genre de garçon qui s'accroche à une jolie femme comme vous. Bref, mon avis est qu'il ne vous mérite pas.

— Merci. Vous reprenez du café ?

La belle-sœur demeurait sur sa réserve, appuyée contre le buffet, les bras croisés sur son opulente poitrine. 90 D ou 95, pensa Alexandrine. Ce que les hommes aiment par-dessus tout, n'est-ce pas ? Tâter, peloter, triturer, titiller... Elle se mit à sourire. Elle avait envie de lâcher quelques méchancetés, mais se retint.

— Tobias va rester le week-end. Moi, je ne sais pas. Je me plais bien ici. Rien ne vous oblige à me tenir compagnie, Georgine ?

Elle ne répondit pas. Alexandrine la fixa intensément, histoire de lui faire baisser le regard. C'était une fière, une orgueilleuse, une battante.

— Tant pis pour vous, déplora la Bordelaise.

— Votre associé vous réclame. Les dossiers s'entassent sur votre bureau. Les divorces, c'est une affaire qui marche, non ?

— Comme la vente des berlines CX et pourtant vous restez là, Georgine, alors que vous pourriez faire de la paperasse. Ça soulagerait François, non ?

6

— Pourquoi voulez-vous consulter le registre d'état civil ? Imaginez que tout le monde fasse la même demande...

— Je ne suis pas tout le monde. Du reste, tout le monde n'a pas eu la même vie que moi. Croyez-vous, madame la secrétaire de mairie, que je ne préférerais pas m'occuper à d'autres jeux que feuilleter des registres poussiéreux ? A mon âge...

L'employée était revêche par nature, peut-être aussi par obligation, histoire de se protéger des insatiables caprices de l'espèce humaine. Elle portait de grandes lunettes rondes à fine monture, ce qui lui faisait un regard lunaire, elle avait la peau blanche, le cheveu grisonnant et la robe noire boutonnée jusqu'au cou avec, seule fantaisie, un col Claudine bordé de dentelle. Trop caricatural, et point trop n'en faut pour être cru, se dit Alexandrine en l'observant. Quand je raconterai ça à Micheline, elle ne me croira pas. Elle dira avec l'air de bâiller : « Tu exagères, Alexa ! »

— C'est de la généalogie que vous faites ? reprit-elle. Faut vous adresser aux Archives départementales... A Tulle, ils ont du personnel pour ça.

L'avocate comprit à ce moment qu'il lui faudrait jouer de son charme naturel. Hélas, la Bordelaise était plus douée pour le passage en force, l'autorité cinglante. Mais ici, claquer du talon et faire la moue, lippe en avant, comme au prétoire, c'était à haut risque.

— Je veux juste vérifier deux ou trois petites choses sur mes parents, les Delalande, les Delalande de La Ferronnière, reprit-elle.

— Je vous connais ! Enfin, se dédit-elle tout en nuance, je sais qui vous êtes. J'ai établi un certificat d'hérédité à votre frère. C'est lui qui se porte fort. Vous n'y voyez pas d'inconvénient ?

— Non, bien sûr.

— Parce que dans les familles, parfois, il y a des salmigondis à démêler.

— Pas de salmigondis. Tout est clair. Je veux juste consulter le registre me concernant. Quelquefois, il existe des mentions marginales...

La secrétaire se prit la tête dans les mains. Elle baissa les yeux vers son pupitre, parut réfléchir, mesurer sa décision, le pour et le contre, comme s'il s'agissait d'une affaire de très haute importance.

— Ce qu'il vous faudrait, mademoiselle Delalande, c'est rencontrer l'adjoint au maire, Paul Courtieu. Il connaît toute l'histoire des familles de Saint-Gillet, bref, vous me comprenez, tout ce qui ne figure pas dans nos registres et qui pourrait vous aider.

Alexandrine lui répondit par un sourire. Elle hocha la tête avec insistance.

— Arrangez-moi un rendez-vous.

La dame ôta ses lunettes et se frotta les yeux. Puis elle fit le tour de la banque et l'invita à passer dans une pièce qui servait de débarras. Trois minutes plus tard, elle se retrouva devant les registres : décès, naissances, mariages, entre 1940 et 1945. Avec aisance, sans se perdre en chemin, Alexandrine alla à l'essentiel. Elle avait acquis cette dextérité du registre civil lorsqu'elle était encore stagiaire chez maître Ducroisset à Libourne. C'est là qu'elle avait fait ses classes avant de passer sa deuxième année de capacité en droit.

Ainsi remonta-t-elle dans le temps, un temps si proche et si lointain en vérité, d'autant plus lointain que c'était devenu une règle chez les Delalande de n'en jamais parler. Il y avait ainsi des sujets tabous, dont l'adolescente qu'elle était alors ne se souciait guère.

Hélène Cazot avait épousé en mai 1940 un jeune étudiant en mathématiques et chimie, Eugène Delalande. De cela, il n'est aucune trace à La Ferronnière. Pas même un portrait de photographe, comme il est d'usage en ce temps-là, ne serait-ce que pour immortaliser l'événement. Certes, nous sommes au moment de la guerre, celle-ci prit fin dès juin 40, c'est-à-dire un mois après les épousailles. Compte tenu de son âge, vingt ans, Eugène appartenait à la classe 40. Mais la signature de l'armistice à Rethondes le dispensa de mobilisation.

Mon père n'a pas été appelé sous les drapeaux, se dit-elle. Voici pourquoi dans la famille Delalande on ne parlait jamais de la drôle de guerre. Qu'a-t-il fait de son temps ? Sans doute étudie-t-il pour devenir professeur... A moins qu'il se contente d'une existence oisive auprès de sa jeune épouse. On n'oserait croire qu'il devînt résistant ? Alexandrine se mit à sourire. Mon père réfractaire, on aurait tout vu ! Pas de héros, surtout, chez les Delalande. Juste des gens paisibles, indifférents aux drames de leur époque. Alors, se dit-elle, Eugène s'est caché, comme la majorité des Français, pour qu'on ne le trouve pas. Voici l'hypothèse la plus plausible.

Elle referma un à un les registres et se décida à les rendre à la secrétaire. Cette dernière s'enquit de savoir si elle avait trouvé ce qu'elle cherchait.

— Rien que je ne savais déjà, répondit Alexandrine.

— Pourquoi ces vérifications alors ?

— Une idée saugrenue, sans doute. On a envie de voir de ses propres yeux les actes par lesquels on acquiert une existence réelle.

A ce moment, la jeune femme éprouva une sensation de malaise en se souvenant que son père ne lui avait jamais parlé de ces années-là où elle fut conçue. Elle aurait aimé connaître ce qu'il faisait de sa vie quotidienne, si cette naissance - la sienne - avait été une bienheureuse nouvelle ou un accident de parcours. Il avait suffi que sa mère disparaisse pour que ce désir lui vînt, comme si elle avait été jusqu'au bout la gardienne d'un silence. Etait-ce elle qui lui avait interdit de parler ou lui, ou une manière propre aux Delalande ? Car François aussi se satisfaisait de ne rien savoir de ce passé. Si depuis l'enterrement d'Hélène elle lui avait tendu la perche, une ou deux fois, il n'avait jamais daigné mordre à l'hameçon.

Au moment où Alexandrine allait traverser le hall de la mairie, la binocleuse la rappela.

— Mademoiselle Delalande ! Mademoiselle Delalande...

Ce n'était pas ce qu'elle aimait le plus qu'on la gratifiât d'un « mademoiselle » ambigu. A Bordeaux, rue Sainte-Catherine, cela eût paru assez conventionnel et même plutôt chicos, mais à Saint-Gillet ça relevait du genre vieille fille qui se défie de la mâle engeance. C'est pourquoi elle hésita à se retourner. Il y avait trop de monde dans ce hall. A partir de quel âge le « mademoiselle » devient inconvenant ? Trente-quatre, c'est déjà préoccupant, se dit-elle en rajustant ses lunettes de soleil.

La secrétaire lui saisit le bras, elle se retourna vivement, feignant de ne pas avoir entendu pour ne pas paraître trop insolente.

— Pardonnez-moi, l'adjoint est prêt à vous recevoir.

— Quel adjoint ?

— Monsieur Courtieu... Vous ne vous souvenez pas ?

Elle avait oublié cette honnête proposition. Un élu du peuple au savoir local sans faille. Ça existe. C'est un genre qui tendrait à disparaître. La petite histoire ne se noie-t-elle point dans la grande ?

Paul Courtieu lui ouvrit sa porte et la fit asseoir. Il s'assit à son tour. Jusque-là, rien à dire, les hommes de pouvoir mettent toujours un bureau entre eux et le peuple.

— Je ne voudrais pas que nous tombions dans le marécage de la médisance, dit-elle, soupçonneuse.

— Pourquoi dites-vous cela, mademoiselle Delalande ?

— Quand il s'agit de l'histoire des familles, c'est un air couru d'avance. Et je crains, à ce que j'ai pu constater jusqu'alors, que nous ne soyons guère estimés dans le voisinage, nous, les Delalande.

Courtieu prit son air grave des cérémonies qui requièrent la minute de silence. Elle le laissa réfléchir tout à son aise. Il était encore temps de faire machine arrière. Car elle n'avait pas envie d'entendre des vilenies. La vie présente et passée de Saint-Gillet, tout compte fait, ne lui disait rien qui vaille ; bourgade corrézienne de deux mille âmes, peuplée de gens chicaniers et vindicatifs, dixit madame Angély.

— J'ai bien connu vos parents, reprit-il en joignant les mains comme un prieur.

Cette sainteté républicaine faisait compassé. Ça ne manquait pas de charme. Après tout, on la recevait dans le cabinet des adjoints, de ceux qui se coltinent les tâches ingrates.

— Mon père, surtout, c'est de lui que je voudrais entendre parler.

— Eugène, le professeur, dit-il. Mort si jeune. Il ne fréquentait guère les gens de Saint-Gillet. C'était un monsieur, un grand monsieur.

— Il ne me reste rien de lui, pas une photo, pas une lettre.

— Des souvenirs d'enfance ? Tout de même.

— Oui, bien sûr. Pour composer une mémoire du passé, il faut bien plus que des images. Mon père ne m'a jamais parlé de lui. Il n'avait sans doute pas une haute idée de lui-même.

Alexandrine détourna le regard. Il y avait une si profonde tristesse en elle que Paul Courtieu en fut ébranlé.

— Je ne sais pas ce que je peux faire pour vous, mademoiselle Delalande. Comptez-vous vendre La Ferronnière ? Je peux vous trouver des clients.

Elle haussa les épaules.

— Je me fiche de La Ferronnière.

— Une belle maison de caractère, toutefois.

— Un décor d'enfance où j'ai épuisé ma solitude. Comprenez-vous ?

— Parfaitement. François, qu'en pense-t-il ?

— Je ne sais pas.

— Ça vaut des millions, une demeure comme celle-ci.

Alexandrine se laissa gagner par un sourire. Il était drôle, ce Paul Courtieu. Un homme d'affaires avec l'esprit terre à terre, comme on les aime dans ce pays.

— Il n'y a que les nuages qui ne se vendent pas. Ils passent. On ne peut rien faire pour eux. On les admire, si l'on a ce mot de Baudelaire en tête, vous savez, les merveilleux nuages... Moi, je suis un nuage.

Elle se leva, lassée par la conversation. Courtieu n'était décidément pas son homme. Il se leva aussi. Ils se regardèrent par-dessus le bureau.

— Qu'a-t-il fait, mon père, durant la guerre ?

L'homme glissa ses mains au fond de ses poches, pour réfléchir sans doute.

— Il avait vingt ans au moment de la guerre. Si je ne m'abuse...

— Oui, confirma-t-elle.

— Il est resté à Saint-Gillet auprès de votre grand-mère. Il s'est marié, ici même, dans cette mairie.

— A l'église aussi ?

— Je ne crois pas. Vos parents n'étaient pas croyants. Ils se moquaient du qu'en-dira-t-on. Du reste, vous le savez bien, mademoiselle Delalande, ils ont exigé un enterrement civil.

— Ensuite ?

— Votre père a été nommé professeur à Brive, au lycée Bugeaud. Il enseignait les mathématiques. Aussi la physique et la chimie pour les classes de seconde et de première.

— C'est tout ?

Courtieu contourna son bureau et vint se placer à côté d'elle, légèrement de biais, pour que leurs regards ne puissent se croiser. Alexandrine ressentit à ce moment une curieuse impression. Il est fuyant comme une anguille, se dit-elle. A ce moment, elle songea à la fameuse expression populaire qui la fit sourire : « Il y a anguille sous roche »...

— En 1942, je crois, il est parti au STO. Peut-être les chantiers de jeunesse, avant ?... Oui, les chantiers de jeunesse. Je ne vous citerai pas les dates exactes. A Lodève, je crois. Il y avait un camp.

— Le Service du travail obligatoire, dit Alexandrine. C'était en Allemagne, n'est-ce pas ? Il a été volontaire pour travailler en Allemagne...

Elle se mit à hocher la tête. Courtieu fixait la pointe de ses chaussures.

— Non, pas volontaire, mais il a obéi à Vichy, ça oui. Certes, il n'a pas pris le maquis, votre père, si c'est ce que vous voudriez entendre. Il aurait pu rejoindre le maquis, en effet, déplora-t-il. Beaucoup de nos jeunes l'ont fait à ce moment-là. La vérité, c'est qu'il n'a pas été dans la Résistance. Mais...

— Quand est-il revenu à Saint-Gillet ?

— A la fin de l'automne 44, je crois.

— Ce n'est pas possible, rétorqua Alexandrine.

— Pourquoi cela ?

— Je suis née en avril 45. Allons, monsieur Courtieu, comprenez-vous ? Je n'ai pas été conçue par correspondance, tout de même…

7

Tobias avait gratté sa guitare électrique à s'en casser les ongles. Il avait fumé aussi. Ça lui donnait un air lunaire par sourire interposé, sourire figé s'entend, sans autre expression que cette infâme béatitude artificielle qu'on confond avec le bonheur.

Il y avait eu du vent toute la journée, un vent chaud et calcinant. De l'avis des paysans, c'était une affaire douloureuse pour la terre, puisque ce vent du sud ne ferait que renforcer la sécheresse. Alexandrine s'en fichait, de la sécheresse. C'était pour avoir l'air de s'intéresser au pays qu'elle répétait bêtement ces on-dit. Elle se sentait épuisée, avec un mal de tête persistant. Rien n'allait comme elle le voulait. Rien.

— Tobias, je te quitterai pour ça.

— Quoi ça ?

— La fumette. Ça me dégoûte et ça rend con.

Il se leva de la banquette en titubant. Le geste était imprécis, comme si les objets qu'il tentait de saisir ou l'espace dans lequel il essayait de se mouvoir étaient distordus, distendus. Alexandrine l'observa avec agacement.

— C'est ça que tu veux me montrer ?

Elle prit sur le guéridon un carnet et le lui tendit. Il le laissa échapper, elle le ramassa, l'ouvrit. Tobias avait noté des accords musicaux. C'était un charabia auquel elle n'entendait rien. Il y avait aussi des paroles de futures chansons écrites en anglais.

— Hyper génial, dit-il.

— Tu vas retourner à Bordeaux.

— Moi, je suis bien ici.

— Je ne veux pas que Georgine voie ce désastre. Encore moins les gens du bled. A Bordeaux, tu peux raser les murs ou danser au milieu des rues, personne ne te remarque. Mais ici ?

— Tu me traites comme un gamin.

— Le rock ne te réussit pas. Je préférais quand tu étais avec Jenny et la bande du Tacot-bar. Tu faisais dans le folk. C'était assez attendrissant. Ça ressemblait à du Bob Dylan ou du Phil Ochs.

Tobias leva les bras en signe de protestation.

— Là, tu délires, Alexa, j'ai jamais été comme ça. C'est ringard tout de même la country.

— Je ne sais pas, se défendit Alexandrine. Je n'y connais rien.

— La musique ? Pour toi, c'est *Winterreise*.

— Là n'est pas la question.

Il se laissa choir sur le divan, rompu.

— Je boirais bien un scotch.

Alexandrine partit vers la cuisine et revint avec deux verres de Ballantine's. Elle s'amusa à faire choquer les glaçons avant de prendre une lampée, délicatement. Tobias le buvait sec, d'un coup. Elle se promit de ne pas le resservir.

— Pourquoi restons-nous ensemble ? questionna-t-il.

Il y a un moment dans le kif où le retour est douloureux. L'homme insecte retombe sur terre et de préférence sur le dos, comme le scarabée de Kafka. Personne ne sait comment faire pour le retourner sur ses pattes. Il doit se débrouiller tout seul. L'aider par une main complaisante ne ferait qu'amplifier la confusion.

— Je n'irai pas t'en acheter. Je déteste ce milieu de petites frappes, Tobias. Tu le sais. Je ne suis ni ta maman ni ta putain.

— Je te demanderais pas ça.

Il chercha une main secourable. Mais Alexandrine ne fit pas un mouvement vers lui.

— Tu iras dégueuler tout seul, comme un grand garçon. Ça te fera les pieds.

— Tu ne m'aimes pas. Tu n'es avec moi que pour baiser. Je le sais.

— Dire qu'il me faut entendre ça, marmonna-t-elle.

Tobias éclusa quelques sursauts larmoyants, comme s'il était dans la détresse, à deux doigts de se noyer dans son marigot. Elle l'observa avec une froide hauteur. Elle se disait, l'amour pour un homme, quel qu'il soit, doit rester à géométrie variable. La bêtise serait de le maintenir continûment. Ici, à cet instant, je le déteste. Il faudra qu'il me reconquière s'il me veut de nouveau, sinon bernique.

Alexandrine avait ses habitudes, sous le platane, pour y lire ou y rêver. Elle s'assoupit à même l'herbe rase, tantôt versée d'un côté, tantôt de l'autre. Le crissement des pneus de la DS 21 la sortit de sa torpeur. C'était Georgine qui revenait de Brive où elle était allée faire quelques courses.

— Votre ami, il m'a fait un de ses concerts. J'ai préféré partir.

La Bordelaise l'aida à décharger les sacs de provisions.

— Je vous ai acheté de la crème protectrice. C'est nécessaire ici contre les coups de soleil. On ne croirait pas, c'est aussi violent que sur une plage.

Elle la remercia et pour lui montrer sa bonne volonté Georgine lui proposa de la pommader sur les bras, les épaules, les cuisses. Alexandrine refusa au départ mais finit par se laisser faire. Déjà, des plaques rouges marbraient sa peau.

— Vous ne voudriez pas perdre votre mue ? C'est disgracieux pour une femme, comme vous, belle et séduisante.

— Je peux vous en passer si vous voulez ?

— Non. Ce ne sera pas nécessaire.

Alexandrine sentit une pointe de gêne dans ce refus qu'elle ne comprit pas.

— Moi, j'ai une peau de paysanne. Ça ne craint rien. Et puis, quelle importance. Je n'ai plus rien à prouver à un homme.

— Vous ne pouvez pas vous détester à ce point, Georgine ?

La Bordelaise sentit qu'il ne lui faudrait guère insister longtemps pour que sa belle-sœur se mît à pleurnicher et forcément à s'abandonner aux confidences. Alexandrine s'en garda bien. Elle n'avait aucune envie de jouer les consolatrices.

— Peut-être finirions-nous par nous comprendre ? insista Georgine.

— Sans doute, répondit Alexandrine, entre femmes, n'est-ce pas ? Nous trimbalons toutes les mêmes récriminations contre les hommes. Ça pourrait faire une longue conversation, hélas, nous ne sommes pas destinées à nous voir souvent.

Sur le coup, Georgine cessa d'étaler la crème. Pourtant, elle y mettait de la bonne volonté. Petite peste, pensa-t-elle. Où donc a-t-elle été dénicher ce sale caractère ? Elle la suivit d'un regard sombre jusque dans la cuisine.

— François souhaiterait en finir au plus vite avec La Ferronnière.

Alexandrine l'écouta dans un recueillement sacré. Puis au bout d'un long silence, elle dit :

— Je n'ai plus qu'à signer l'acte du notaire. Mon renoncement à tout héritage.

— Il reste les vieilleries amassées dans la grange. François dit qu'on pourrait en brûler une partie. Pour la vieille Panhard, nous appellerons un ferrailleur. Dans son métier, il en connaît toute une ribambelle.

De fort bonne heure Alexandrine conduisit Tobias au train de Bordeaux.

— Tu rentres quand ?

— Je ne sais pas. J'ai beaucoup à faire.

— Je croyais que tout était réglé.

— J'ai besoin de savoir d'où je viens.

Le jeune homme se mit à réfléchir. Mille questions lui brûlaient les lèvres, mais il était trop tard. Coup de sifflet strident, on embarquait. A peine le garçon eut-il mis les pieds dans le train qu'Alexandrine s'engouffrait déjà dans sa Capri.

A la sortie de Brive, elle poussa un soupir de soulagement. Bien joué, se dit-elle. J'ai réussi à le remettre au train sans répondre à la moindre question embarrassante.

A La Ferronnière, François l'attendait en grillant une cigarette. Pour un type calme, il paraissait bourrelé d'inquiétude. Elle l'observa en train de faire les cent pas, tandis que finissait sur la station de France Musique le dernier des *Vier letzte Lieder* de Richard Strauss dans la somptueuse interprétation d'Elisabeth Schwarzkopf. Pourtant, malgré son impatience et l'humiliante sensation de faire le pied de grue, il résista à la tentation de lui ouvrir la portière.

— J'ai du boulot. Cette baraque, maintenant, j'en ai ma claque. Tu peux comprendre ça ?

Elle accueillit le coup de semonce sans répondre. En quoi l'avait-elle obligé, son frérot, à venir compter les rebuts de la maison Delalande ?

— Je m'interroge aussi sur la raison de ce rendez-vous si matinal. A croire qu'aujourd'hui on va manger du lion. Pour quel résultat ?

François Delalande détestait l'humour grinçant de sa sœur. Ça lui rappelait chaque fois qu'il n'avait qu'un BEPC en poche.

— Courtieu m'a avisé que tu lui avais rendu visite. On dirait que tu as perdu la mémoire. Si tu me l'avais demandé, je te l'aurais dit, nom de Dieu, que papa n'a jamais participé à la guerre de 40.

Il fouilla dans la poche de sa veste et trouva la clé de la grange, la glissa dans la serrure. Puis il se retourna l'air rasséréné. Le complexe du technico-commercial reprend le dessus sur celui de l'homme des bois, pensa-t-elle.

— Tu le savais qu'il avait été travailleur volontaire en Allemagne ?

— Evidemment. Qu'est-ce que tu croyais ? Qu'il était un héros ? Père était égoïste, indifférent à tout, cynique dans ses jugements, imbu de sa personne. Il n'avait pas le profil d'un résistant prêt à se sacrifier pour une cause. D'ailleurs, sur ce point, je ne le blâme pas.

— Ici, en zone libre, beaucoup ont préféré prendre le maquis plutôt que d'aller en Allemagne comme des moutons.

— Hélas, papa se fichait bien du maquis. Est-ce qu'il existait vraiment le maquis à ce moment-là ? La Résistance, c'était une poignée d'hommes, des idéalistes qui ne se résignaient pas à vivre sous le joug allemand. A mon avis, notre père se fichait bien de l'Occupation et de ses conséquences.

— Qu'a-t-il fait là-bas ?

— Je ne sais pas, Alexandrine, je ne sais pas.

— A quel endroit il se trouvait ?

— Il me semble que c'était à Francfort.

A ce moment, elle le soupçonna d'en savoir plus qu'il ne voulait le laisser croire. Aussi lui en voulut-elle de conserver ce ton agacé, comme si l'on tentait de réveiller quelques souvenirs en lui qui l'eussent dérangé.

En vérité, l'agacement de François était motivé par une curiosité de sa sœur bien tardive. Que n'a-t-elle pas interrogé le père plus tôt ? Mais non, se dit-il, ma grande sœur a préféré se murer dans son univers de petite princesse, se tenir toujours dans les jupons de la mère. Du reste, seule maman comptait pour Alexandrine. C'est bien connu. Une maman protectrice et secrète. Je doute qu'elle s'en soit aperçue, tout accaparée par sa personne. Tandis que moi, le petit homme de la famille, je n'étais digne de rien. Elle le répétait bien assez, Hélène, que j'étais l'homme, l'homme. Il ne suffit pas de naître garçon, disait-elle, encore faut-il le montrer par un effort quotidien. Ne jamais se plaindre, ni pleurer ni gémir. Papa était loin, lui, loin, toujours loin, enfermé dans son bureau, ou avec ses amis de Limoges ou de Brive. Le poker, le billard... A disparaître des semaines entières. Personne ne s'en inquiétait. Où est papa, demandais-je à une mère effacée, où est-il ? Chut ! disait-elle. Tu es trop grand pour réclamer ton père. Sois un homme tout de même.

François se tenait adossé à la porte de la grange. Il fixait la longue perspective du parc, l'arbre absent sous lequel autrefois on jouait à la balançoire. Balance donc ta sœur, allons, François ! commandait la mère. Tu es l'homme, c'est à toi de la balancer. Petite princesse ! Ça n'allait jamais assez fort. Alexandrine geignait jusqu'à ce qu'il se remît à pousser.

— Ça ne va pas ? demanda Alexandrine.

— Non. Rien. Je pensais à des choses.

— Quelles choses ?

— Des choses qui font mal, mais qui ne regardent que moi.

Outre la vieille voiture bleue d'Eugène Delalande, il y avait aussi une carriole à cheval, des brouettes en mauvais état, une ribambelle d'outils de jardinier, et plusieurs chaises en skaï des années 50. François les prit une à une pour les ausculter. Cette réaction amusa sa sœur. Voudrait-il en tirer quelques francs ? se demanda-t-elle.

— Tu sais bien que maman gardait tout, tout, absolument tout, s'énerva-t-elle.

— Et la table de ping-pong ?

— Je n'en ai aucun souvenir, déplora Alexandrine.

— J'ai récupéré dans le grenier notre vieux Monopoly, prévint-il.

— Tu peux le garder. Maintenant que nous sommes grands, ces jeux-là avec les vrais banquiers sont moins drôles, tu ne trouves pas ?

Il éclata de rire.

— Désormais, je fais de meilleures affaires. Tu gagnais toujours.

— Je trichais avec la banque.

— Ça ne m'étonne pas. Moi, je n'y voyais que du feu. J'ai toujours été un peu benêt, non ?

Ils montèrent à l'étage par une échelle meunière. C'était la zone du bric-à-brac. Les ruchers n'avaient pas accueilli le moindre essaim depuis les années 60, depuis qu'Eugène était tombé malade. Dans un recoin était amassée une multitude de pots en terre, de toutes les tailles. A une époque, les Delalande avaient imaginé faire du parc un joli jardin d'agrément avec des massifs de rosiers, de rhododendrons et de camélias... Eugène s'était découragé au premier coup de pioche. « A quoi bon ! Nous ne recevrons jamais personne... »

— Ça, par contre, ça me rappelle quelque chose ! s'écria Alexandrine.

— Quoi donc ?

— L'armoire, là ?

— Cette horreur.

Elle s'approcha du bahut, tout en hauteur, sans relief ni caractère, conçu en bois simple, du pin du Nord à peine veiné, avec des garnitures de porte en bois blanc de piètre qualité.

— L'armoire allemande, dit-il, bras croisés.

— Tu as dit : l'armoire allemande ?

— Oui, je crois que maman l'a toujours appelé ainsi, ce bahut. Je ne sais pas pourquoi.

Alexandrine saisit le gros cadenas en laiton qui la fermait puis se mit à l'agiter, nerveusement, comme s'il allait céder sous la simple pression de sa main.

— Nous n'avions pas le droit de l'ouvrir.

— Oui, dit-il. Je me souviens maintenant.

— C'était une interdiction absolue.

— En effet. Comme de toucher à la machine à coudre Singer ou à la vieille Underwood de papa. Il y tapait avec deux doigts. Il y avait de longs silences entre les frappes. Je crois qu'à la fin de sa vie il cherchait encore les touches.

Alexandrine n'écoutait plus son frère. Elle n'avait d'yeux que pour cette armoire insignifiante.

— Je la veux, dit-elle. Ce sera mon seul héritage.

8

Il n'y a pas de menue vengeance, noblement accomplie ou piètrement exécutée, elle mobilise une force aveugle et une énergie qui frise l'hystérie. Ainsi, Georgine... Qui le croirait à la voir, si soumise à son mari, trop peut-être, comme dans les vieux couples. Ce qui ne se gagne pas dès le commencement se noie si vite dans la servitude conjugale.

— Pourquoi avez-vous fait ça ?

— Je ne veux pas être votre secrétaire, Alexandrine. Ça fait dix fois que vos collègues de Bordeaux appellent et vous ne daignez pas les joindre. C'est une situation désagréable pour moi. Alors j'ai décidé de faire couper le téléphone. Du reste, c'est François qui paye. Il ne vous viendrait pas à l'esprit ce que tout ça coûte... Le téléphone, mais aussi la nourriture, l'électricité, l'eau...

— Vous voudriez me faire payer des charges locatives pour La Ferronnière ?

Georgine faisait front avec brutalité. Elle savait se montrer méchante dans certaines situations, comme tous les gens faibles, en vérité. Elle parlait haut et fort, le regard incendiaire.

— Je vais payer ma pension, ma chère. N'en parlez surtout pas à mon frère, je serais vexée qu'il veuille me rembourser. Que ça reste entre nous.

Elle prit son sac, brassa le tout, jusqu'à mettre la main, enfin, sur un carnet de chèques.

— Deux mille francs, ça ira ?

— Vous êtes folle, Alexandrine.

— Je compte rester jusqu'au bon milieu de septembre. Et puis, le téléphone, je m'en fiche. Au contraire... Qu'on ne puisse me joindre constitue un luxe appréciable.

Son frère avait fait transporter, par deux de ses mécanos, l'armoire allemande dans le salon. Cette manœuvre avait activé la curiosité de la belle-sœur, et peut-être en avait-elle ressenti le besoin de mettre quelques grains de sel sur le feu. Puis les employés du garage avaient terminé le déménagement de la grange.

Désormais, le meuble l'obsédait. Il l'attirait et la repoussait à la fois. C'est une boîte de Pandore, pensait-elle. Une fois ouverte, on ne sait plus ce qui va advenir. Ce sera comme un acte irréversible. Peut-être sera-ce un pétard mouillé et j'en aurai de la déception. Puisque de cette sorte de ridicule on ne se relève pas, pensa-t-elle. Le ridicule d'un secret qui n'en est pas un. Peut-être sera-ce le déferlement d'une vérité dévastatrice et irrépressible comme un torrent sans maître. Je ne pourrai plus fuir, ni cesser le cours de ma quête. Je deviendrai prisonnière de ses fantômes.

Alexandrine se tenait assise sur le sofa, face à l'objet trônant au beau milieu de la pièce, sous la lumière crue d'un lustre orné de pampilles. Elle se décida enfin à l'examiner de plus près. Jusqu'alors, elle n'avait fait qu'en ôter la poussière, décrasser le bois avec de l'essence de térébenthine.

Au dos de l'armoire, elle avait repéré une inscription en écriture gothique apposée par un tampon encré de noir. Des lettres, des chiffres et un aigle nazifié, c'est-à-dire l'emblème impérial allemand auquel on avait ajouté la croix gammée du IIIe Reich. Les inscriptions renvoyaient à une époque terrible dont la compréhension exigeait sans doute quelques recherches ultérieures. S-R 95 en lettres capitales. Puis une date : 1939. C'était tout.

Le meuble avait donc appartenu à l'armée allemande d'occupation. Que faisait-il à La Ferronnière ? Par quelles circonstances avait-il atterri dans la maison des Delalande ? S'agissait-il d'une récupération au moment de la débâcle des troupes allemandes ? Pourquoi l'avait-on conservé intact, fermé à double tour ?

A ce moment d'interrogation, Alexandrine se sentit prise par une angoisse. Elle avait hâte d'ouvrir la boîte de Pandore. Pour ce faire, il lui suffisait de couper le cadenas. Ce n'était rien, une simple opération à l'aide d'une scie à métaux ou d'une pince-monseigneur. Elle comprit que cette affaire ne se pourrait accomplir sous le regard de Georgine. Il lui faudrait attendre que sa belle-sœur quittât enfin La Ferronnière.

Pas de témoin, se promit-elle. Pas de questions d'intrus. Une affaire entre l'armoire allemande et moi. Une affaire intime.

A la nuit, Alexandrine descendit à Saint-Gillet. Depuis qu'elle en avait soupé de la campagne corrézienne par une chaleur suffocante, sans un souffle d'air, elle prenait sa voiture même pour faire cinq cents mètres. Elle se gara près de l'église et décida de se mettre en terrasse au Café de Paris pour un Campari chargé de glaçons. C'était un apéritif qui lui rappelait chaque fois un séjour à Venise avec Aldo Morante, un de ses amants, à l'époque où elle occupait son temps à collectionner les aventures. Devenue sage, pensa-t-elle, il me reste la saveur du Campari. Ce n'est pas la part la moins intéressante.

Le serveur, répondant au nom approximatif de Toni, vint lui faire la causette. Ce n'était pas désintéressé. Depuis cinq jours au moins il essayait de la mettre dans son lit. En pure perte, Alexandrine n'avait pas l'esprit à la gaudriole. Pourtant, ce soir-là encore, il ne manqua point de conversation. Le beau temps, la sécheresse, les clients désagréables et le désert des plaisirs. Il fallait au moins se rendre à Brive pour trouver une discothèque convenable. C'est alors qu'il se proposa à l'accompagner, si elle voulait bien. Trop grosse ficelle, pensa-t-elle. Encore le genre de garçon qui espère me sauter sur le siège avant de sa voiture, coincée entre le tableau de bord et le levier de vitesse.

— Vous êtes bien aimable, Toni. Je retiendrai votre proposition pour un autre soir. Au fait, avez-vous vu le journaliste du *Courrier du Centre* ? Je le cherche. C'est bien son genre, n'est-ce pas, d'écumer les bars ?

Dépité, le godelureau se retira sur la pointe des pieds, en tenant son plateau en équilibre sur une main, comme un prestidigitateur.

— A la Taverne des Druides, dit-il. C'est son quartier général.

Le lieu était infect, sombre et ringard au possible. Les tables en bois brut, taillées dans des billes de chêne, étaient maculées de vinasse. Les mouches n'étaient pas assez suicidaires pour se coller aux rubans de glu qui ornaient le plafond. Derrière le zinc, il y avait un beau bébé de cent vingt kilos au moins qui essuyait les verres en marcel. La clientèle paraissait assoupie dans les vapeurs d'alcool. Au mur, une télé suspendue diffusait un *Intervilles*. Des types en maillots de bain à rayures 1920 tentaient de marcher sur une planche savonnée. Tous tombaient l'un après l'autre dans la piscine dans un brouhaha nasillard d'applaudissements et de rires. Les clients ne regardaient que leurs verres. La culture populaire n'atteignait donc point la France profonde, comme on semblait le croire à Paris. Cette marée d'ennui et de moiteur faisait fondre les derniers glaçons dans le verre à whisky de Muraille.

— Expliquez-moi ce que ces cornes signifient au-dessus du bar ?

— Ce sont des bois de salers, répondit Muraille, les plus belles cornes de vache qu'on puisse imaginer. Quand ça vous charge, il n'y a plus qu'à monter aux arbres. Mais dans la montagne cantalienne, il n'y a pas beaucoup d'arbres.

— Un trophée de chasse ? insista Alexandrine.

— Ici, dit le serveur en marcel, c'est le bar des cocus. Alors on fête ça, chaque fois qu'il y a du rififi dans les ménages. Ça vient se consoler aux Druides.

Il montra le carton noir Cinzano où les noms des malheureux étaient inscrits à la craie. C'était une gloire passagère qui en valait bien une autre, surtout qu'à chaque baptême on fêtait ça à coups de canons de rouge.

— Vous avez oublié les femmes dans votre liste ? nota Alexandrine.

— Foutaise, dit le serveur. A ce jeu, elles nous en remontreraient. On arrive toujours trop tard.

A la Taverne des Druides, la clientèle ne faisait guère de place à la gent féminine, comme dans les clubs anglais. Si bien qu'Alexandrine se sentit, soudain, bien seule, sous le regard insistant des hommes. Elle faisait plutôt bourge et ça se sentait jusqu'au bout des ongles. Muraille avait toujours eu la réputation d'un séducteur, et tous ces braves gens se demandaient comment il avait pu la courtiser celle-là, avec son allure de vieux chien en bout de parcours. Pour faire taire le moulin à fantasmes, il prit soin de décliner l'identité de la jeune avocate, sans en avoir l'air, au fil de la conversation. A la vérité, le localier détestait qu'on le prît pour ce qu'il n'était pas. Tant de malentendus déjà avaient ruiné son existence.

— Avez-vous vu la vieille taupe ?

— Madame Angély ? Oui, bien sûr. Je n'ai pas appris grand-chose. Je crois qu'elle en sait plus sur ma famille qu'elle ne voudrait le laisser croire.

— C'est la morale de nos gens à Saint-Gillet : tout savoir et ne rien dire.

— Je crois que, vous aussi, vous jouez à ce jeu ?

— Pour un journaliste, ce ne serait pas fort.

— Je ne crois pas que vous soyez un bon journaliste, monsieur Muraille. Peut-être un érudit local. Un puits de science. Je vous le concède.

Il se sentit flatté et commanda une tournée de whisky. Alexandrine accepta à la condition de payer. Cette manière vexante eut l'air de l'exaspérer. Il sortit de sa poche quelques biftons pour montrer qu'il en avait, malgré son costard élimé aux entournures. Ça lui plaisait bien ce genre négligé, vieux garçon, peu enclin à la coquetterie. Passé un âge, à quoi bon ?

— Je ne voulais pas vous faire de peine.

— Bien sûr.

— Etes-vous marié, monsieur Muraille ?

Après coup, Alexandrine trouva sa question osée. Rien ne l'autorisait à la poser.

— Certes non. La vie conjugale n'est guère enviable.

Elle lui rendit un sourire par trop attendrissant. C'était plus fort qu'elle, ce goût pour l'humaine condition des gens perdus dans la marge.

— S-R 95, savez-vous ce que ça signifie ? questionna-t-elle. Sacrée colle, n'est-ce pas ?

La jeune femme était trop attentive pour qu'il se défilât, Alexandrine comprit tout de suite qu'il ne le ferait pas, alors elle relâcha son attention sur lui, ce regard sec et autoritaire qui avait suivi soudain, d'un vif éclair, son étrange question.

— Oh, ça nous emmène loin, fit-il. Dans une zone obscure. En enfer même...

— En enfer ?

— Aux heures sombres. Après tout, je n'ai aucune raison de ne pas vous répondre. Curieuse comme vous êtes, je ne doute pas que vous finirez par le découvrir vous-même.

— S-R ? répéta-t-elle. Cessez de jouer avec moi.

Le journaliste avait l'air du type qui attend un billet pour se déboutonner. Juste une coquetterie, pensa Alexandrine. Elle avait l'habitude de ces opportuns qui adorent faire grimper les enchères sur leur personne.

— J'ai trouvé cette inscription sur une vieille armoire. Dans ma famille, on avait coutume de dire que c'était une armoire allemande. Je voudrais vérifier avant de la foutre au feu.

— Armoire allemande, certainement.

Muraille se mit à la décrire. Il en avait vu des tonnes dans sa jeunesse, au moment de la reddition du colonel Bohmer. La glorieuse Wehrmacht semait tout son fourniment sur le chemin pour alléger la retraite. Ça faisait le bonheur des maquisards, surtout ceux de la dernière heure en quête de butin de guerre pour s'octroyer le beau rôle au moment de la distribution des prix. Muraille lui-même avait délesté un soldat mort de ses médailles, Croix de fer et autres bimbeloteries, surtout de son appareil photo, un Zeiss Ikon. Comment expliquer qu'il conserva ces reliques par-delà les années malgré l'oubli et le pardon ? Pour se prouver quoi au juste ? Il ne fut pas un héros, ou du moins ne parvenait-il pas à le croire, parce qu'il avait eu l'audace de tirer sur quelques traînards de la Wehrmacht.

— Vous avez été du côté des résistants ? Je ne le savais pas.

— Si peu, reconnut humblement Muraille, bien qu'il eût la faiblesse à la Libération d'accepter une médaille.

— Quand même ! s'exclama Alexandrine. C'est autre chose que d'avoir été au STO...

D'un geste, il écarta ces vieilles querelles de Français. S'il avait été récompensé à la distribution des prix, alors qu'il n'avait que vingt-trois ans à l'époque, un péché de jeunesse, ce n'était que par vanité.

— S-R, reprit-il avec un sourire de jubilation, ça veut dire simplement Sicherungs-Regiment. Et le chiffre 95, le numéro de l'unité. Car le 95e régiment de sécurité de l'armée allemande est venu au printemps 44 à Brive pour combattre et anéantir les maquis de Corrèze avec le colonel Heinrich Bohmer à sa tête.

Alexandrine et Muraille s'observèrent longuement dans la poisseuse atmosphère de la Taverne des Druides. Il n'avait plus envie de parler, sinon il eût fallu évoquer les vieilles rengaines de sa jeunesse. De toute évidence, le journaliste du *Courrier* avait fait une croix dessus, ainsi qu'on se débarrasse d'oripeaux encombrants. Car le pire, hélas, ce n'avait pas été la guerre, mais la paix.

— Mon armoire, ma fameuse armoire allemande, elle vient donc de ce régiment. Tout cela n'explique pas pourquoi elle a fini son existence entre les murs de La Ferronnière.

— Peut-être y a-t-il une raison. Peut-être pas. Un hasard. Un concours de circonstances.

Il se mit ainsi à égrener les lieux communs de l'incertitude et de l'ironie qui fondent l'histoire des gens ordinaires.

— Moi, fit Muraille en dodelinant de la tête, j'ai bien conservé une Croix de fer et un appareil photo d'un sergent de la Wehrmacht que nos hommes avaient abattu.

— Drôle d'idée.

— Son visage de jeune homme mort me hante parfois. C'est pourquoi je ne suis jamais parvenu, depuis tout ce temps, à tirer le rouleau de pellicule inséré dans l'appareil et le faire développer. Je crains de croiser son image bien vivante dans les instants familiers de la vie. Vous comprenez ?

— Oui, dit-elle.

— Vous êtes une femme de la ville, une personne instruite, je peux donc vous en parler sans que ça entraîne des ricanements. Mais j'ai jamais eu le cœur à ça, faire la guerre, tuer des gens inconnus, et me repaître ensuite de ces exploits.

9

— Enfin seule ! s'écria Alexandrine en découvrant sur le buffet de la cuisine le mot laissé par Georgine.

Aussitôt, elle fut prise d'un doute. Serait-ce un piège ? Alors elle courut dans tous les couloirs, visita les pièces une à une, stupidement, avec le sentiment que sa belle-sœur se cachait quelque part pour lui jouer un vilain tour.

A l'évidence, l'ennemi avait déserté La Ferronnière. Les promesses de signatures et paraphes sur l'acte de propriété avaient enfin détendu l'atmosphère et soldé les suspicions.

La vie reprit donc sur de nouvelles bases, centrée sur la fameuse armoire allemande avec pour cadre le salon, une pièce de vastes proportions, la plus belle de la maison. Alexandrine s'y établit en toute commodité : une longue table en noyer, deux chaises, un fauteuil, un sofa, c'était tout ce dont elle avait besoin pour commencer sa quête.

En vérité, elle comprit qu'il y avait quelque avantage à se claquemurer de la sorte. Apaisant et protecteur, ce resserrement sur soi convenait à son état d'âme dès lors que les besoins du quotidien seraient réduits à l'économie. Cette situation lui rappela les mois précédant le passage de son Certificat d'aptitude lorsqu'elle s'était retranchée cours Victor-Hugo dans une existence quasi monacale.

A l'instant où Alexandrine se décida à couper les attaches du cadenas, elle hésita encore. L'interdit, jadis promulgué par sa mère, selon lequel elle ne devrait jamais ouvrir l'armoire allemande, pesait encore de tout son poids.

De ce geste décisif qu'elle devrait entreprendre, tôt ou tard, elle en avait cauchemardé la nuit dernière.

Une marée de serpents s'était déversée à ses pieds, laquelle, répandue dans le salon, avait occupé tout l'espace, grouillante et rampante. Pire encore, tandis que les uns montaient aux murs et s'accrochaient aux rideaux, les autres refluaient vers une impossible issue. Au réveil, elle comprit la signification de son cauchemar, sans qu'il fût nécessaire d'ouvrir un manuel sur l'interprétation des rêves. Elle s'en amusa tout en se souvenant qu'à La Ferronnière les fourrés et les taillis pullulaient de couleuvres dont certaines venaient parfois se prélasser sur la terrasse ou se lover sur les hautes branches du tilleul.

Coupé à la pince-monseigneur, surprise, le cadenas résista encore. Un examen rapide lui permit de constater que l'on avait cloué la porte à six endroits dans le bâti. On aurait voulu en condamner définitivement l'accès que l'on n'aurait pas agi autrement. Elle poussa un cri de rage. Maintenant qu'Alexandrine avait décidé son ouverture, il fallait que ce fût fait sans délai. Elle brûlait de curiosité. De peur certes, d'angoisse, mais le besoin de savoir était plus fort, comme un désir violent qu'il faut combler sans retard.

Au crayon à papier, elle fit un repère là où l'on avait cloué les vantaux. A l'aide de tenailles, elle tenta de retirer les pointes, une à une. Il s'agissait de pointes sans tête qu'on avait enchâssées dans le bois tendre du pin à l'aide d'un chasse-clou. Restait donc à utiliser un pied-de-biche, quitte à détériorer le meuble. Certes, celui-ci n'avait pas grande valeur. Par on ne sait quelle sentimentalité, Alexandrine ne se résignait pas au gâchis. Elle désirait lui conserver son état originel.

Après réflexion, la jeune femme se décida à couper les pointes par le travers à l'aide d'une lame de scie à métaux. Glissée entre la porte et le bâti, la scie fit sa place jusqu'à mordre enfin le fer. Les clous étaient assez corrodés par la rouille pour n'offrir qu'une résistance limitée.

L'ouvrage terminé, Alexandrine alla se consoler d'une tasse de thé. Lorsqu'elle revint dans le salon, il ne restait plus qu'à ouvrir les portes. Une odeur de poussière lui prit le nez, elle se recula instinctivement. Ça sentait le papier moisi, les vieux livres, aussi les journaux anciens et les paperasses, une fragrance acide exsudée par la décomposition des encres et de la cellulose.

— Pleine comme un œuf, ma boîte de Pandore, dit-elle en glissant les mains sur les étagères.

Chaque geste emportait la poussière dont la volatilité prenait le nez. C'est comme un tombeau qu'on exhume, une momie qu'on délivre de son sarcophage, de même le passé, pensa-t-elle.

Longuement, ces derniers jours, Alexandrine avait réfléchi à sa méthode d'investigation. Elle se disait que le passé mérite d'être mis au jour quel que soit le prix à payer. Autant il est indifférent d'étudier une histoire pour laquelle nous n'avons aucun intérêt intime, autant il est scabreux de fouiller dans la sienne propre, ne sachant si l'on en sortira indemne, conforté ou blessé.

Voici ma crainte, songea-t-elle en dégustant son thé, la vérité. Soudain, elle se leva pour prendre dans son sac son dictaphone de poche dont elle faisait grand usage à n'importe quelle heure du jour ou de la nuit, lorsqu'une idée lui venait en tête. Elle enclencha l'enregistrement puis elle dit d'une voix posée, chaque phrase entrecoupée d'un court silence : « La vérité, elle ne se découvre pas pour nous être agréable, elle est indifférente à nous-mêmes, à nos émotions, à nos peurs, à nos angoisses. Elle contrarie les certitudes, joue de l'ironie, quand elle ne vient pas remettre en question tout ce que nous avions cru et espéré. Qu'importe, j'en cours le risque, même si la vérité, de par sa nature, est tyrannique. Pourquoi devrais-je accepter celle que je me suis inventée dans mon enfance, et plus tard, loin de La Ferronnière, parce qu'elle me satisfaisait, s'il est prouvé aujourd'hui, au terme de ma quête, qu'elle m'a conduite sur un chemin trompeur ? » Elle ajouta la date et l'heure presque par habitude, bien qu'ici ce détail ne revêtît aucune nécessité.

Allongée sur le divan, qu'elle avait traîné face à l'armoire, Alexandrine contempla avec attention l'ordonnancement des étagères. Le meuble était empli selon un ordre particulier. En haut à gauche, une douzaine de cahiers d'écolier, à droite cinq cartons à chaussures contenant des lettres, des photographies, des cartes postales, au-dessous à gauche des piles de livres et des dossiers toilés, à droite les journaux dont une collection de *La Croix de la Corrèze*, une douzaine de *Signal* et quelques autres numéros peu nombreux de *Je suis partout*...

Alexandrine avait déjà choisi d'examiner les cahiers. Ceux-ci à première vue étaient emplis de commentaires. Elle y reconnut aisément l'écriture ronde de sa mère et cela la rassura, car elle n'avait envie de lire personne d'autre qu'Hélène et surtout pas son père. Cette perspective lui tira des soupirs de ravissement. C'était un long voyage qu'elle allait entreprendre et elle ne savait pas encore vers quel port il allait la conduire. Après tout, rien ne l'empêcherait d'abandonner plus tôt que prévu, si celui-ci se révélait trop ennuyeux ou douloureux.

En se frottant les mains, elle alla prendre le premier cahier de la pile. Il était d'un bleu pétrole avec au dos les tables d'arithmétique. Première page, première ligne, pas un blanc, pas un titre, le récit commençait.

Au bout de cinq minutes, Alexandrine arrêta sa lecture tant la luminosité du salon était faible. Elle fit ce qu'elle détestait le plus, c'est-à-dire ouvrir les rideaux sur le parc, là où le soleil se coucherait derrière l'écran d'arbres dans deux bonnes heures au moins.

Immanquablement, se dit-elle, nous aurons des curieux à La Ferronnière pour espionner ce que je fais de mes jours et de mes nuits. Ce sera d'autant plus inéluctable que l'on ne me verra pas paraître dans le village avant longtemps. Je gage que mon journaliste a vendu la mèche avec mes questions sur le Sicherungs-Regiment et ma visite chez la dame Angély. Que cherche-t-elle ? De bonnes raisons pour ne plus remettre les pieds de sa vie à Saint-Gillet... Le pauvre homme, s'il savait combien je me moque de ce coin de terre française où je suis née par hasard. Là ou ailleurs, du reste, ça ne change rien. Ce qui importe, n'est-ce pas ce que j'ai fait de ma vie, un bon job qui m'offre plus de satisfaction que je n'en avais jamais espéré, assez d'argent pour entreprendre un ou deux voyages par an dans le vaste monde. Il n'est qu'en amour où j'ai copieusement merdé, c'est un genre assez couru chez les frangines de ma génération, nous qui avons cru dur comme fer à la libération sexuelle et à l'émancipation du deuxième sexe. Quelle désillusion.

Le téléphone, que Georgine avait rétabli pour un mois encore, se mit à sonner dans la cuisine. Elle hésita à répondre. Elle ne voulait point se laisser envahir par des voix discordantes comme elle disait, à croire qu'il lui fallait concentrer toute son attention sur l'essentiel. Heureusement, pour le coup, l'intrus raccrocha assez vite. C'est à ce moment qu'Alexandrine décida de couper la ligne à sa façon, c'est-à-dire en arrachant le fil. Solution radicale. Son geste la surprit elle-même. Elle était d'ordinaire accro à la téléphonie, attendant ou guettant les appels comme des conversations interrompues qui reprennent enfin là où on les a laissées. Cette fois, rien. Sans doute était-ce son cabinet d'avocats du cours Victor-Hugo ? Franklin et Eric lui avaient envoyé des lettres et des messages qu'elle avait omis d'examiner. C'était ce qu'elle désirait, à dire vrai, une réclusion volontaire, loin des éléments perturbateurs de la vie quotidienne, comme si pour elle le temps était devenu un élastique qu'il suffirait d'étirer au plus fort. Distendre son temps à elle, et laisser aux autres le leur, voici ce à quoi elle songeait en se dirigeant vers le salon, là où l'attendait l'histoire d'Hélène. Elle en reprit sa lecture, le cœur battant la chamade.

10

8 juin (1944)

Aujourd'hui, j'ai reçu la visite de Jacques Minet, le mécano de Vazet, pour adapter un gazogène sur ma voiture. A l'entendre pérorer sur la question, ce serait une opération assez simple, peu coûteuse. Je me vois mal en train d'enfourner du charbon de bois dans une chaudière accrochée à l'arrière de la Renault. Dommage qu'Eugène ne soit pas là, hélas, mille fois hélas, lui saurait de quoi il retourne par ces temps de restrictions.

Minet est bel homme, volontiers galant, maniant le compliment, sans trop insister. Il sait mon mari en Allemagne, alors sans doute juge-t-il que je suis une proie facile. Mais je suis rodée à la duplicité masculine, aussi m'assuré-je de le maintenir sur le pas de ma porte. Quant au gazo, comme disent les gens, je ne m'engage guère. Je dis que je vais réfléchir. Il rit, le bel homme. Réfléchir ? Est-ce qu'une femme est capable de réfléchir sur ces questions de mécanique ?

Le tour du parc, je le fais une fois ou deux par jour. Je m'oblige à enfiler des bottes de caoutchouc pour traverser la partie des ronciers et les fondrières proches du taillis. Pourquoi avons-nous acheté toute cette terre ? Nous n'en avions pas besoin. Eugène disait que ça pourrait servir un jour. Servir à quoi ? Je ne comprends pas toujours les hommes, leurs motivations et surtout ce qu'ils ont dans la tête. Pourtant je l'ai épousé, celui-ci. Pourquoi l'ai-je épousé ? Par amour, par distraction... Rien de tout ça. Je me suis placée. C'était la règle chez les jeunes filles d'avant la guerre de se caser dans un bon mariage. Ma mère m'y a encouragée. Finalement, je crois que ma mère a décidé pour moi.

Un auteur, que je lis en ce moment, à temps perdu, dit que « les femmes tournent avec obstination autour de ce qui doit les brûler ». Il s'agit de Montherlant, un homme qui n'aime guère la gent féminine, c'est le moins qu'on puisse dire. Dans l'ensemble, c'est assez réconfortant autant de lucidité à notre encontre, du moins savons-nous enfin à quoi nous en tenir au sujet des hommes. Peut-être que nous ne sommes pas faits pour vivre ensemble, alors l'amour que vient-il faire là-dedans ? je me le demande.

De retour de ma promenade, je décide de changer de robe. Celle que je porte est trop sévère pour une jeune femme comme moi : bleu foncé avec des pois blancs. La coupe est près du corps, mais la jupe manque de plis. Ce flou des formes m'en crée plus que je n'en possède. Il suffit cependant de mettre une fine ceinture blanche bien serrée à la taille.

Au moment où je passe la robe à fleurs devant le miroir, je suis prise d'un doute à l'idée d'aller traîner à Saint-Gillet dans cette tenue. En général, je réserve mes extravagances pour Brive où j'adore me promener, en fin d'après-midi, sur la Guierle. C'est l'heure où toutes les biches vont boire à la rivière, pimpantes et légères et si peu réfléchies. Les fauves veillent alentour, alléchés par ce défilé de proies faciles. Admirable comédie. C'est le plaisir de mes samedis, le seul plaisir de la semaine, car le reste du temps, je demeure à La Ferronnière, bien sage, à guetter une lettre de mon homme, si loin en Germanie.

Finalement, je me décide à la retirer. Elle est trop transparente. Comme je ne veux pas porter un dessous, jupon ou combinaison, c'est attirer le diable sur moi. Restons classique avec un mari absent. On se fait des idées pour rien dans ce patelin. Une femme seule, dont le mari s'est porté volontaire pour aller travailler en Allemagne, ce n'est pas la même chose qu'un mari prisonnier. Dans le second cas, on la respecte, l'épouse esseulée. On n'ose trop la courtiser. Je vois bien la différence. Les hommes aiment à jouer avec moi, quelquefois à la limite de l'outrage.

Pourtant, je n'ai jamais failli depuis le départ d'Eugène. Si cette fidélité m'honore, elle me rend parfois stupide. Car je ne sais pas ce qu'il fait là-bas avec les *Fräuleins*, mais je conserve cette pudeur de ne pas m'en inquiéter dans notre correspondance. Dans le même temps, au cœur de la nuit, tandis que je ne parviens pas à trouver le sommeil, il est une voix perfide qui me dit : « Tu es jeune, Hélène. Les années s'envolent. Tu ne les regagneras pas. Tout ce temps perdu ne sera plus tard que du regret. Mille et mornes regrets... »

En définitive, j'ai opté pour la robe à pois. En dégrafant deux boutons à l'encolure, je rends grâce à ma féminité. Ma poitrine mérite d'être mise en valeur. Juste ce qu'il convient pour qu'on la remarque. J'enfile des socquettes blanches et je les retourne sur l'attache du pied. C'est un côté jeune fille qui me paraît convenir. Ça ne fait que mettre en valeur le galbe de mes mollets, fins, longs et nerveux.

La Renault démarre en toussotant. L'essence est de mauvaise qualité. Chère, introuvable et médiocre, tels sont les trois mots qui résument l'existence présente. On se damnerait pour avoir du carburant à satiété. Voici une liberté qui n'a pas de prix : rouler, rouler des heures durant, avec un sauf-conduit en bonne et due forme.

A Saint-Gillet, les bonnes femmes médisent sur leur pas de porte. Ma voiture qui passe les fait lever de leur chaise. Elles me dévisagent. Ça y est, elles savent qui je suis. Elles m'ont reconnue. Je les méprise trop, ces gens, pour leur faire un signe, même un bonjour. Je gare la berline près du monument aux morts. Il est fleuri tous les trois jours par des gens en béret basque et en tenue bleu horizon. C'est l'équipe locale de la Légion. Les serviteurs du Maréchal. Mieux vaut ne pas avoir maille à partir avec eux. Ils ont le pouvoir de vous faire arrêter par la police allemande. Même sans raison.

En fait de police allemande, ce sont des Français, de bons Français en tenue de *Staatspolizei*. Ils se sont enrôlés dans cette secte milicienne parce qu'ils croient que la guerre va durer jusqu'à la fin des temps. Avant 40, ces braves gens n'étaient rien. Employés de commerce, ouvriers, paysans et trimardeurs... La guerre leur a tout donné : pouvoir, argent et haine institutionnalisée, c'est-à-dire le droit de torturer et de tuer, sans rendre compte de leurs actes. Combien de temps nous faudra-t-il supporter ces vilenies ?

Le rendez-vous avec monsieur Legendre se fait attendre. C'est un homme poli, distingué, mais sa passion pour la Révolution nationale lui a gâté l'esprit. Dix personnes dans la salle d'attente, des mères avec leurs mouflets, conduisent d'assommantes conversations sur le rationnement que nous supportons tous, les uns et les autres, depuis 41. A quoi bon en parler ? N'est-ce pas suffisant de le subir, jour après jour, avec nos malheureux tickets qu'il faut mendier à droite et à gauche ?

La secrétaire me fait signe d'entrer par une porte dérobée. Les bonnes femmes me fusillent d'un regard haineux. Je sais ce qu'elles pensent, que je suis bien vue dans la maison, que monsieur Legendre fait partie de mes amis, que je joue les courtisanes pour obtenir des faveurs. Je m'esquive prestement, avant qu'un crachat ne m'atteigne, comme il m'est arrivé un matin à la boulangerie Bertot, un crachat et un coup de poing dans les côtes pour avoir obtenu cinq cents grammes de pain supplémentaires.

— Des bons de carburant ? Vous n'y pensez pas, madame Delalande. Il n'y a que les médecins qui ont droit à ce traitement de faveur. Que voudriez-vous en faire ?

Je baisse la tête. Je sais mimer comme personne la femme capricieuse. Il n'est, hélas, par ces temps de mépris, que la comédie qui vaille. Pleurnicher, se battre la coulpe, inutile. Le malheur n'est guère récompensé. Trop de détresse n'inspire que la raillerie. Qui tombe ne doit pas se relever.

— Je suis une bonne Française, dis-je. J'ai toujours répondu à l'appel, chaque fois que l'on a demandé mon concours. Pour le secours national, pour les colis des prisonniers... Je peux faire plus encore si le Maréchal me le demande.

Monsieur Legendre, président de la Délégation spéciale de Saint-Gillet et vétérinaire dans le civil, notable hautement apprécié et aimé de ses concitoyens, vient me prendre les mains, comme un curé, les siennes moites et caressantes. Il ne me lâchera pas facilement, maintenant qu'il me tient, l'animal.

— Avez-vous des nouvelles de votre mari ?

Il n'attend pas une réponse de moi, il s'en fiche, de mon homme, au contraire, ça lui plaît bien qu'il soit aux cent diables.

— Un bon Français volontaire pour le travail en Allemagne. C'est une espèce rare, savez-vous, madame Delalande ? Surtout depuis que les communistes font régner la terreur dans les campagnes, les jeunes se laissent enrôler dans le maquis. Il n'y a plus de conscience. Le Maréchal n'est plus autant écouté qu'en 43. Ah, ce discours de Commentry. J'en frémis encore. Heureusement, il reste toujours des gens comme nous. Des fidèles...

Legendre s'assoit en face de moi. Ses genoux frôlent les miens. Je sens qu'il voudrait glisser l'un d'eux entre mes jambes. Je les serre farouchement pour ne lui abandonner aucune prise. Du bout des doigts je viens toucher son visage. Il sue l'animal, comme un porc, excité, tout excité. Je ne peux rien pour lui. Comment supporterais-je même sa peau sur la mienne ? Quant au reste, n'y pensons pas. Je n'irai pas pleurer de l'essence pour ma voiture à ce prix-là.

— Vous êtes cher, monsieur le président. Trop cher pour moi.

Il éclate de rire. Il veut m'embrasser, furtivement, je ne me dérobe qu'à moitié. Ensuite, je m'en voudrais forcément de lui avoir autorisé cette privauté. Peut-être lui suffit-elle ?

— Un ticket alors ?

— De quoi aller à Brive et revenir.

— Pour quoi faire ? Les routes sont si dangereuses. Les terroristes attaquent, rançonnent... Une jolie femme comme vous, Hélène ? Otez-vous cette idée de la tête. Dans un mois ou deux, la division de Lammerding aura mis fin aux menées de ces voyous. Les routes redeviendront aussi sûres qu'en 41.

Le bonhomme pose ses mains à plat sur mes cuisses et les serre avec force. Je me tortille sur le siège, histoire de montrer quelque impatience.

— Vous êtes bel homme, monsieur le président. Mais je ne peux me résoudre à des infidélités. Que penseriez-vous de moi ? Un mari en Allemagne... Ce serait une trahison scandaleuse. Je suis trop bonne Française pour ça. Ne m'obligez pas, monsieur, vous me blesseriez cruellement.

— Ne soyons pas plus maréchaliste que ça.

Il éclate de rire.

— La vieille baderne commence à fatiguer avec ses discours moralisateurs. Heureusement que Laval est là pour tenir le glaive. Celui du Maréchal mollit, si vous voyez ce que je veux dire.

— Ce sont des subtilités auxquelles je n'entends rien, monsieur le président.

Il fait le tour de son bureau en traînant le pas, avec lassitude. Puis il disparaît dans un cabinet voisin. J'entends quelques bribes de conversation. Je m'interdis d'en saisir le sens. J'ai acquis une grande capacité d'abstraction. Par ces temps, il est recommandé de ne rien voir, rien entendre, rien dire.

Dix minutes plus tard, il revient avec une carte de carburant à mon nom et frappée du ministère de l'Industrie. C'est plus que je n'en attendais. Ainsi n'aurai-je pas besoin d'accrocher une chaudière au flanc de ma voiture pour y faire brûler du charbon de bois ou que sais-je encore.

— Permettez, fait-il en se penchant sur moi.

Sa rapide approche me met en alerte. Je veux me lever du siège, il me retient d'un geste ferme. L'animal, il vient glisser entre mes seins sa grosse patte velue avant de m'y abandonner son inestimable cadeau.

Il se recule, satisfait de lui et si fier de l'état dans lequel il m'a mise.

Le feu aux joues, que je ne peux dissimuler, hélas, l'excite encore plus. Un rien suffirait à le faire revenir à la charge, monsieur Legendre. Je me lève, mue par un ressort. Il flaire que je n'ai guère apprécié cette humiliation, un homme reste un homme. On attendrait en vain quelques excuses ou un rien de commisération.

— Désormais, madame Delalande, vous n'ignorerez plus l'attachement que j'éprouve pour vous. Souvenez-vous-en ?

Je vais prendre un remontant au Café Beaulieu, bien cachée au fond de la salle, là où les soirs de défense passive, les vitres badigeonnées d'un bleu de méthylène, les notables s'en viennent taper le carton. De rage, je ne peux refréner les larmes qui me submergent. Je m'en veux d'avoir croisé Legendre, et pire encore de lui devoir quelque chose. Car je ne doute pas qu'un soir où il aura bu un coup de trop, l'animal viendra frapper à ma porte. Aurai-je assez de cran pour lui refuser mes faveurs ? Ne mettrais-je pas alors ma liberté en péril ? Ces gens sont capables du pire pour parvenir à leurs fins. Celui-ci de surcroît possède de sales manières. Il caresse les femmes comme le cul des vaches.

Suzy m'apporte un second remontant, une fine à l'eau. La diablesse connaît mes goûts. Ce goût sirupeux d'alcool me fait rêver à une vie que je n'aurai jamais. D'autant plus que pour le bonheur, je suis plutôt mal partie, un mariage précipité avec un homme que je n'aime pas et, pour clore le tout, la guerre. Pourtant, s'il faut y voir un avantage dans cette infâme Occupation qui a fait de nous tous un troupeau de moutons, c'est bien de voir Eugène éloigné pour de longs mois. Sinon, j'ose croire que mon cher professeur de mari m'aurait déjà collé un gamin. Pour tout dire, ce n'est pas l'avenir que je me souhaite. De ce point de vue, j'aurai gagné un sursis.

A certains instants, lorsque je me surprends à rêver en mettant un disque, *Marjolaine* par exemple, je m'imagine libre comme l'air. C'est une illusion de courte durée, une illusion qui n'est pas assez forte en moi, sinon je n'hésiterais pas un seul instant à partir en ville danser au Globe, avenue de Paris. Le sentiment de la faute est si fortement ancré dans ma tête qu'il n'est guère possible de s'en défaire ne serait-ce que pour une brève parenthèse. Il n'est aucune liberté qui ne puisse s'accomplir sans un assentiment intime et profond. Hélas, les mots que ma mère n'a cessé de me seriner au creux de l'oreille durant toute mon enfance ont tracé leur chemin insidieusement. « Tu devras toujours être à la hauteur de ton destin, faire un bon mariage, avoir des enfants et leur apporter la meilleure éducation, etc., etc. »

Un Legendre serait de nature à me perdre, si j'avais le moindre penchant pour cet homme-là. Il ne suffit pas de se donner, encore faut-il y trouver une ivresse personnelle. A ce jour, aucun homme ne m'a offert cette chance dans la vie, me brûler à la lumière du dieu Plaisir.

11

A neuf heures du soir, Alexandrine s'était laissé tenter par une affiche à l'entrée du cinéma : Romy Schneider et Yves Montand côte à côte dans une ville la nuit en tenue bourgeoise. Elle ne fut pas déçue, c'était toute l'histoire de *Clair de femme*, une rencontre improbable, un amour furtif, une parenthèse, comme aurait dit Hélène.

La passion de Lydia et Michel lassa tellement la jeune femme qu'elle sortit avant la fin. Ce n'était pourtant pas dans ses habitudes, de quitter un film en cours, et à bien y réfléchir *Clair de femme* n'y était pour rien. Alexandrine ne parvenait guère à se concentrer sur une histoire qui n'était pas la sienne. A peine fut-elle sous les néons du Splendid qu'elle sentit derrière elle une présence. Elle se retourna vivement. Elle n'avait pourtant pas rêvé. Un homme la suivait, un jeune homme, un si jeune homme. C'était Toni, le gentil serveur du Café de Paris en chemise Hawaii, pantalon et mocassins blancs. Elle ne put s'empêcher de sourire. Mais il n'en fut guère affecté pour autant. Le garçon avait l'habitude d'essuyer des tôles, surtout avec les Parisiennes – toutes les vacancières de Saint-Gillet étaient des « Parisiennes » à ses yeux.

— Vous n'êtes pas de service ?

— Non.

— Vous me suiviez ?

Toni mâchonnait son chewing-gum en se tortillant, comme si on l'avait jeté sur un gril.

— Non, c'est un hasard.

— Un hasard ?

Elle l'observa avec un sourire amusé. C'était la première fois qu'il la voyait plus avenante qu'elle ne paraissait. Alexandrine possédait cette froideur hautaine des jeunes femmes qui n'attendent rien de la vie et qu'un brin de flirt ne suffit pas à attendrir.

— Ma proposition tient toujours.

La Bordelaise fit semblant de ne pas se souvenir. Elle espérait le lasser à ce jeu. Toni était plus tenace que son ombre, collant à la nuit, à sa nuit, et à ce besoin de solitude qui la maintenait sur ses gardes.

— Une jolie femme comme vous, hasarda-t-il, ce n'est pas Dieu possible d'être seule, dans ce minable trou du monde ?

Elle traversa la chaussée, se portant sur le trottoir d'en face pour se retourner sur la façade du cinéma. Elle ne se souvenait plus du Splendid d'autrefois, lorsqu'elle allait à la séance du dimanche après-midi avec Jeanne et Maria, ses deux copines des années 60.

— Je croyais qu'il était fermé, ce cinéma, dit-elle.

— Mais ici, vous faites fausse route, ma chère, déplora Toni, tout est immobile. On n'aime pas le changement. On se complaît dans ses habitudes. C'est une religion, cette manière de vivre.

— Les souvenirs aussi, fit-elle. Immobiles et tenaces comme une nuit sans fin.

Il ne comprit pas ce qu'elle voulait dire, d'autant qu'Alexandrine avait pris pour énoncer cette phrase énigmatique un ton de lassitude.

A ce moment critique, Toni déplorait de ne pas la faire sourire. Pourtant, il y avait quelque chose de risible en lui, dans sa manière de tourner autour d'elle avec un déhanchement affecté. Rien ne paraissait devoir la distraire. Il craignait qu'elle ne le rabrouât dans la minute.

— Nous pourrions prendre un verre ensemble ?

Elle ne répondit pas. Il insista encore. Le serveur du Café de Paris avait assez de psychologie féminine pour comprendre que cette jeune femme désœuvrée avait sans doute besoin de parler à quelqu'un. Il ne se trompait guère. Si la solitude de La Ferronnière lui était confortable pour ce qu'elle avait entrepris, elle pouvait néanmoins s'accorder du divertissement. Quel mal y aurait-il à parler de la pluie et du beau temps avec un jeune homme tellement éloigné de moi ? se dit-elle.

Ils descendirent au buffet de la gare. C'était un lieu neutre où les gens ne faisaient que passer. Les regards passaient sur les visages sans s'attarder. Ils choisirent un recoin pour s'asseoir, face à face. A peine servis, Toni lui prit les mains. Elle les retira délicatement, en les faisant glisser sur la table de formica. Le garçon parut désappointé.

— Je ne vous plais pas. Ma compagnie... sans doute.

Il balbutiait joliment, pourchassé dans ses doutes, tandis qu'elle évitait son regard, pénétrant et bleu.

— Vous dites n'importe quoi, Toni.

— On ne se connaît pas.

Alexandrine inclina la tête de côté. Un sourire se dessina sur ses lèvres.

— Nous nous sommes vus trois fois, dit-elle. Ça ne suffit pas pour faire une amitié. Comprenez-vous cela ?

— Vous aimez jouer, Alexandrine, comme toutes les femmes qui portent en elle un charme indéfinissable.

Elle accueillit son compliment d'un hochement de tête.

— Et vous ? Comment doit-on nommer ce que vous faites en ce moment ? Un flirt. Un flirt minuscule.

— Je suis navré.

— Vous n'avez pas à vous justifier.

Ils sortirent à la première vague d'un train de nuit, d'un pas hésitant, contournant les valises et les paquets qui encombraient la salle des pas perdus.

— Quel train allons-nous prendre ? demanda-t-elle.

C'était juste une réflexion absurde qui lui était venue à l'esprit. Ça lui arrivait dans les situations insolites. Parfois, elle prenait le temps de les inscrire sur un carnet dont elle ne se séparait jamais. Sans réfléchir, ils s'en vinrent buter à la porte de l'hôtel Terminus.

— C'est bien là que nous devons aller, Toni, n'est-ce pas ?

Il passa un bras autour de sa taille et la serra contre lui.

— Vous m'intimidez, Alexandrine.

— Ce sera une émotion passagère, le rassura-t-elle.

— On dit que vous êtes avocate. Ça m'en fait une...

— Ne réfléchissez pas à ces choses-là tout à fait inutiles ici à onze heures quinze du soir.

Alexandrine paya avec sa carte bleue, puis ajouta un pourboire.

— Nous ne la garderons pas pour la nuit, prévint-elle.

Le gardien baissa les yeux. C'était ce qui ravissait le plus la jeune Bordelaise, l'ascendant qu'elle prenait sur les employés d'hôtel. A croire qu'ils étaient chaque fois plus embarrassés qu'elle.

— Je vais monter devant vous, Toni, et vous me suivrez sagement, le regard à hauteur de mes jambes. Vous verrez, trois étages ainsi, et vous ne penserez plus que je suis avocate.

Elle portait une jupe courte et en jouait admirablement. Ça la flattait plutôt ce rôle de belle de nuit occasionnel. Le voyage se fit tout en douceur, jusqu'à ce que, n'y tenant plus, le garçon s'en vienne glisser une main entre ses cuisses. Elle accéléra l'ascension pour lui échapper, lui aussi se força à la rejoindre.

— Ne soyez pas impatient, Toni.

Il l'avait contrainte à s'asseoir sur une des marches et la caressait avec vigueur.

— Je te désire depuis la première seconde où je t'ai vue, dit-il fébrilement.

Soudain, Toni se reprit :

— Tu ne vois pas d'inconvénient à ce que je te tutoie ?

— Non. Moi pas question. Le « vous » est de rigueur. Compris.

Elle repartit en finissant la montée d'un pas rapide. Il la rejoignit à la porte de la chambre. Elle se tenait adossée à elle, les mains le long du corps, offerte.

— Vous pouvez même me traiter de « salope » si ça vous chante, mon cher. Dans le plaisir, tout est permis, à la condition que j'en fixe les règles.

— Ce n'est pas juste.

— A prendre ou à laisser.

Devançant ses craintes, le jeune homme se perdit avant qu'elle n'eût ressenti la moindre jouissance.

— On ne vous a rien appris ? reprocha-t-elle.

— Quoi donc ?

— A jouir quand on le décide. C'est la seule politesse que les hommes doivent aux femmes. Sinon, on pourrait tout autant s'amuser avec un godemiché. Au moins, il tient la distance.

— Pardon, pardon, pleurnicha-t-il en l'embrassant.

— Vous auriez pu jouer avec moi. Vous n'avez songé qu'à vous.

— Je te désirais trop fort, reconnut-il.

Ses doigts s'insinuèrent dans la fine toison, cherchant à lui rendre la fameuse politesse qu'il avait omis de lui témoigner. Toni se montra assez adroit à ce jeu et Alexandrine finit par se pâmer en poussant de petits cris.

Aussitôt, elle alla s'enfermer dans la salle de bains. Il y avait chez elle une obsession de la propreté qui lui gâchait ses plaisirs. Faire l'amour avec un inconnu reste un risque librement consenti, après l'orgasme les défiances s'en reviennent.

Alors qu'elle tardait, l'homme vint gratter à la porte de la salle de bains.

— Non, je n'ai pas besoin de vous, monsieur Toni, dit-elle à travers le battant. Toni comment, au fait ?

— Duvernet, dit-il. Je fais le serveur pour gagner un peu d'argent l'été, le reste du temps je suis étudiant.

— Où donc ?

— A Limoges. Je veux devenir...

— Non, l'interrompit-elle. Je ne veux pas savoir.

— J'ai vingt ans, ajouta-t-il d'un ton triomphant.

Alexandrine éclata de rire. J'ai le don d'attirer les jeunots, se dit-elle, alors que mes goûts personnels me pousseraient plutôt vers la trentaine. Celui-ci, l'ai-je choisi ? Il est venu vers moi, je l'ai pris, comme un objet.

Elle revint dans la chambre seulement vêtue de son tee-shirt blanc. Sa chevelure était apprêtée, son visage aussi, du fond de teint, du noir sur les cils et du rose aux lèvres. Il ne lui suffirait plus que d'enfiler sa culotte et sa jupe pour être prête au départ. Le garçon était nu, debout devant elle, la main sur le sexe. Il le caressait, presque machinalement. Alexandrine ne se laissa point émoustiller comme il l'avait espéré. Elle s'assit sur le bord du lit. Il tomba à ses pieds, puis écarta ses jambes.

— C'est fini, dit-elle en lui caressant le visage.

Il y avait tellement de douceur en elle, portée par une pulsion maternelle, qu'il se retrouva en érection. Elle le titilla négligemment du bout des ongles. L'homme se mit à haleter, comme si ce simple jeu suffirait à le faire jouir. C'était un rappel qu'elle n'avait nulle envie de satisfaire. Elle était sans désir. Trop jeune, trop tendre, trop bellâtre, avec son visage lisse d'adolescent.

— Tu ne peux pas me laisser comme ça !

Alexandrine écarta les cuisses et lui montra effrontément son sexe.

— Débrouillez-vous, mon garçon.

Il comprit qu'elle ne lui accorderait pas le droit de revenir en elle. Alors, il se termina, fébrilement, tandis qu'elle l'observait d'un regard attendri. Puis elle se rhabilla aussitôt.

— Quand nous reverrons-nous ?

— Toni ! s'exclama-t-elle. Vous n'y songez pas. Ce serait une piètre romance que notre affaire.

12

10 juin

Où puis-je porter élégamment, sans rougir, ma robe à fleurs, sinon à la ville ? Je l'ai enfilée avec délectation. Dommage que nous ne trouvions pas de bas de soie. La peau nue enlève tant de grâce à une femme. Pourtant, j'ai passé une matinée entière à éliminer les poils disgracieux. C'est un supplice qui rend hommage à la beauté, me dis-je. Je n'aurais pas cette folie d'user de teinture sur la peau ou de brou de noix et de dessiner sur la jambe de haut en bas un fil marron pour imiter la couture. Mieux vaut le naturel au factice, la réalité à l'illusion. A l'aide d'une pierre ponce j'ai savamment nettoyé ma peau au point de la rendre brillante. Quelques après-midi au soleil ne suffisent-ils pas à apporter ce léger hâle qui fait son effet ?

J'ai préféré faire le plein de ma voiture à Brive, chez Allary, route d'Espagne. A Saint-Gillet, on se serait posé trop de questions. Inutile de dresser à mon encontre une curiosité malsaine. Comment cette madame Delalande est-elle entrée en possession d'une carte de carburant ? Vous vous posez la question, vous ? Moi, je n'ai aucun doute là-dessus. Il y a des relations qu'une honnête femme ne saurait entretenir..

Vivre caché est un luxe qu'on ne peut satisfaire en temps de guerre. L'ennemi est partout. On espionne le voisin. On écrit aux autorités pour dénoncer je ne sais quel manquement. C'est le règne intempestif de l'excès de zèle. Pourtant, il nous faut tenter de vivre. Vouloir ignorer le monde alentour ne se peut exercer durablement. Si je fais valoir, parfois, que je suis la femme d'un mari qui travaille en Allemagne, c'est pour m'entendre dire que d'autres choisissent le chemin de l'honneur. Mais n'est-ce pas grâce à des gens comme mon pauvre Eugène que des prisonniers français sont revenus au pays ? La relève... C'est une question qui soulève plus d'indignation que de respect aujourd'hui. Pourtant Pierre Laval n'avait-il pas dit et martelé que trois travailleurs volontaires permettraient le retour d'un prisonnier ? Mon Eugène est parti en 42 avec cet état d'esprit, la solidarité entre Français. Aujourd'hui, ça ne vaut plus rien, pas plus que notre monnaie à trous.

Les jardins de la Guierle foisonnent de promeneurs. Tandis que nos rues de Saint-Gillet sont désertées, ici on prend le temps de se distraire au premier rayon de soleil. On forme cercle autour des bancs publics. Les poussettes et les bicyclettes se faufilent parmi les passants. Toutefois, les femmes seules sont rares. Il est de bon ton de marcher suspendue au bras d'un homme. Moi, je n'ai point de bras pour me porter dans la société, fringante et dédaigneuse comme j'ai toujours rêvé vivre un grand amour. Je suis seule et si je ressens l'ennui telle une plaie quotidienne qui ne se referme jamais, c'est que le bonheur des autres me rend envieuse. Pourtant, rien de semblable ne se dévoile au premier regard. Je parais satisfaite de mon existence, tant il serait nuisible de montrer sa détresse, je n'en serais que mieux isolée dans ma carapace.

Ainsi se joue la comédie au grand jour, sur une scène où les apparences sauvent de l'infortune. Il ne faut en rien croire à la pitié ou à la commisération des autres. Ce chacun pour soi est sanctifié avec la plus insolente hypocrisie.

Quand donc reviendra l'insouciance de l'avant-guerre ? Les jours paraissaient s'écouler paisiblement, sans défaut. Ce que nous déplorions jadis semble aujourd'hui bien dérisoire à côté de ce que nous vivons jour après jour.

Ma promenade sur les allées de la Guierle se poursuit jusqu'au canal. L'endroit est malodorant, à l'image de l'époque. Il suffit de se pencher pour distinguer l'épouvantable fange au fil de l'eau, alors que passer sans voir, comme les Français en ont pris l'habitude depuis quelque temps, est d'un lâche confort. Un simple remugle suffit à mettre en éveil, tournons la tête de côté et bouchons-nous le nez. Je fais demi-tour, d'un pas lent, attentive au regard des hommes. Il en est de fort jeunes qui parlent assis sur leurs bicyclettes. Ils regardent les femmes, intéressés certes, mais baissent aussitôt le regard. Ce n'est guère encourageant. Ils voudraient sans doute que ça leur tombe tout cuit. Allons, un effort ! Je ne vois rien venir. Si ce n'est un rire gêné, et beaucoup de dépit de n'avoir su tenter le destin.

A la terrasse du Globe, je me trouve un peu folle de ces vilaines idées qui me trottent dans la tête. Si à La Ferronnière je suis tout à moi, c'est que je n'ai pas l'occasion de convoiter quelques mâles dans le voisinage. Ils sont laids et bêtes, ces hommes de Saint-Gillet. Tout à moi, dis-je, ce qui signifie que je soigne mes appas : je me rase les jambes, je m'épile, je masse mon visage avec de la crème Tokalon – celle qui garantit une peau blanche – et j'expérimente mille lotions pour rendre mes cheveux souples et luisants. Pourquoi donc ferais-je toute cette comédie, sinon pour me tenir prête, en somme, prête à séduire, si d'aventure...

Comme chaque fin de semaine, les tenanciers du Globe offrent un récital à leur clientèle. Un ensemble à cordes entièrement féminin joue des valses sans prendre garde à la justesse des cadences. Ça donne envie de danser, même si personne ne danse encore. Peut-être plus tard, sur le trottoir. A moins que la police n'intervienne pour arrêter ces élans d'allégresse qui, paraît-il, font injure à la souffrance des prisonniers. Le Maréchal a des idées vieillottes et tout le monde s'en accommode. On a du mal à imaginer que le peuple français a fait une révolution pour renverser l'ancien régime. De nos jours, l'apathie est une mode qui fait chorus, contre la mode zazou accusée d'avoir perverti la jeunesse. Bientôt il sera interdit de rire. Pleurer, certes, sur son sort, à la condition que ça reste dévot.

Ma toilette est remarquée. Un instant, je me prends pour une bourgeoise en fumant une Player's. Les ronds de fumée agacent l'atmosphère. Il y a quelques dandies au comptoir qui surveillent le va-et-vient. J'imagine que le jeu consiste à commettre quelques commentaires sur les dames. Rien d'irrévérencieux, et moi-même, je le confesse le feu aux joues, je ne voudrais pas qu'on me trouve trop guindée. Du reste, d'un geste discret sous le tissu je fais saillir les formes élancées de mes jambes. Je les croise et les décroise, dans une sorte d'impatience lascive. Puis je change de place pour me mettre en évidence.

A deux pas de moi, trois officiers allemands sont installés autour d'une table ronde. Je m'interdis de rencontrer leurs regards. C'est ainsi que les événements nous ont appris à vivre, la tête baissée, l'effacement coupable. Du reste, tous les habitués du Globe se comportent de la même manière. Cet état de vaincu nous a empoisonné l'âme, nous a réduits à avancer dans cette nuit tragique l'échine courbée. Ça parle haut et fort en dégustant des bières. Tournée après tournée, les esprits s'échauffent. L'un des trois hommes a son regard posé sur moi, continûment. Je n'ai nul besoin de tourner la tête pour le sentir. Ça frise l'inconvenance. Tant d'insistance est comme une brûlure. Faut-il que je me lève et que je parte ? Je déplace mon siège de côté. Maintenant, je distingue le visage de l'homme. Puis nos regards se croisent. C'est un dilemme scabreux qu'il me faut assumer enfin, baisser les yeux ou braver l'insolent. Je le fais. L'Allemand détourne les yeux le premier. Voit-il la jubilation qui éclaire mon visage, cette soudaine résistance que je lui oppose ? Cette fois, me dis-je, il me laissera tranquille.

La minute d'après, malgré moi, je ne peux m'interdire de l'observer à la dérobée. Il a vu clair dans mon jeu. Un sourire teinte son beau regard bleu.

Soudain, il s'avance vers moi pour rallumer ma cigarette. Il prend le paquet posé sur la table où je déguste une tasse de thé.

— Des anglaises ! fait-il dans un accent français impeccable. Les *ingliches* ne sont pas encore arrivés à Brive ? Rassurez-moi ?

Il éclate de rire.

— Ce n'est pas interdit de fumer des cigarettes anglaises ? dis-je. Le Maréchal n'a rien dit là-dessus.

— Le Maréchal ! s'exclame l'officier d'une voix si forte que l'attention de ses camarades se déporte sur moi. Comment dites-vous ? ajoute-t-il. La vieille baderne...

La réflexion attise quelques mouvements d'humeur chez nos voisins. Il faut bien que ce soit un occupant pour oser un tel avis en public. Le regard bleu acier de l'officier insolent décourage les réactions. On fait comme si on n'avait rien entendu. Comme d'habitude.

— Permettez-moi de vous offrir un verre ?

En frappant d'un ongle sur la faïence de ma tasse, je lui fais comprendre que je suis déjà servie.

— Oui mais quelque chose de plus fort ?

— Je ne bois pas d'alcool.

— Une coupe de champagne ? propose-t-il. Ce n'est pas de l'alcool.

Une heure plus tard, les valses s'épuisent dans un ronron sonore. Les musiciennes les enchaînent à la suite, sans conviction. Ça sent la fin de bal, la pluie de confettis sur le parquet, les serpentins multicolores accrochés aux lustres. A mesure que la nuit avance, on s'offre quelques audaces. Mon Allemand est toujours là à me faire la conversation. La bouteille de champagne est vide. Volker Aldermann, pour montrer qu'elle est bien vide, l'a mise à l'envers dans le seau de glace. Ça nous fait un trophée plaisant pour honorer notre soirée.

— Vous me plaisez, mademoiselle. Bien sûr, je suis allemand. J'occupe avec mes collègues cette délicieuse région. Si ce n'était la guerre, on se croirait en villégiature. Je n'aurais pas à prendre cet air coupable pour parler à une jolie Française. Rassurez-vous, je ne vous demanderai pas ce que vous pensez de la situation.

— Plus vite vous aurez quitté la France et mieux ce sera, dis-je. Voilà ce que je pense, et ce que pensent nombre de mes compatriotes.

Il éclate de rire, se laissant aller à l'arrière comme sur un siège à bascule. Il fixe le plafond du Globe et ses décors champêtres. Soudain, son visage est empreint de gravité, comme si ce qu'il allait me dire à ce moment de notre soirée était un étrange aveu qui lui coûtait beaucoup.

— Je ne suis qu'un *Oberleutnant*. Je fais une guerre que je n'ai pas choisie, comme un jeune lieutenant de l'armée de Napoléon à Borodino. Comprenez-vous, mademoiselle Hélène Delalande ? C'est une tragédie intime comme dans le roman de Tolstoï, *La Guerre et la Paix*. Ce qui se passe sur les champs de bataille est contraire à la raison. Nous ne sommes que des pions sur l'échiquier. Si l'on avait écouté notre cher Emmanuel Kant, nous aurions la paix perpétuelle. Mais c'est une utopie.

— Votre Führer n'est pas Napoléon.

Volker Aldermann me fait signe d'approcher, puis il me dit près de l'oreille d'un ton confidentiel :

— Tout ça finira de la même manière. Par un fiasco militaire.

Comme chaque fois qu'Alexandrine s'abandonnait à ses turpitudes, comme elle disait pudiquement pour ne pas ajouter à sa détestation, elle se réveillait sale et d'une immoralité sans bornes. Le souvenir de Toni la harcelait déjà, les heures passées dans cette chambre d'hôtel lui faisaient l'effet d'un cauchemar. Elle jeta à la poubelle sa culotte ainsi que son tee-shirt imprégnés du parfum de bazar et de sperme de son baiseur occasionnel. Puis elle prit trois douches à la suite, se frottant le corps énergiquement avec une brosse. Elle n'arrivait pas à se sentir propre, enfin délestée de ces images nocturnes qui la poursuivaient.

Néanmoins, il lui restait une satisfaction, celle d'avoir maîtrisé du début à la fin la situation. Il n'avait accompli sur elle que ce qu'elle avait autorisé, et bien plus encore, puisqu'elle s'était passablement amusée de lui en le privant d'un second coït dont elle n'avait pas ressenti la moindre nécessité.

Enfin, elle s'aspergea copieusement d'eau de toilette, jusqu'à recouvrer l'estime de son corps. Puis un maquillage long et laborieux la rassura sur elle-même. Elle prit même un certain plaisir à se durcir les traits en se redessinant une ligne de sourcils avec un crayon plus foncé que sa couleur naturelle. Elle préféra un bâton mauve pour orner ses lèvres, sans leur prêter d'épaisseur comme elle le faisait généreusement d'ordinaire avec le rose ou le rouge.

Je ne suis plus la salope qui s'abandonne au premier venu, se dit-elle en vérifiant l'effet dans le miroir, mais l'estimable et talentueuse avocate de Bordeaux spécialisée dans les affaires familiales. Enfin, elle ajouta du blush sur les tempes plutôt que sur les pommettes. Je mettrai un corsage rose et un pantalon gris, des escarpins noirs. Voici qui me donnera un air vieille fille, avec les cheveux tirés en arrière. Queue-de-cheval ou chignon ?

Cet intermède bain et maquillage lui avait volé deux précieuses heures. C'était plus qu'elle n'eût souhaité, alors qu'elle avait hâte de retrouver le journal de sa mère. Avec une tasse de thé, elle alla s'installer sur le sofa, face à la porte-fenêtre ouverte sur la terrasse. La chaleur du jour montante et le bourdonnement des insectes ne l'embarrassaient guère. Au contraire, cette intrusion d'une nature indomptée par les paravents du confort correspondait à son état d'âme. Pour un peu elle eût voulu aller jusqu'au bois, malgré la crainte des reptiles dont on disait qu'ils proliféraient dans cette partie proche de la rivière, et plus encore s'y baigner ou du moins s'y tremper jusqu'à la taille.

Ce serait folie, se persuada-t-elle. Je n'ai rien appris de la campagne environnant La Ferronnière et de la manière prudente de l'appréhender. Comme certains hommes du reste ! Après le frisson du plaisir, comment s'en débarrasser sans qu'ils s'incrustent ? Elle se persuada que celui de cette nuit ne reviendrait pas à la charge, pour la bonne raison qu'elle avait été cruelle avec lui, dans le style femme castratrice. C'était le genre qu'elle s'était choisi avec ce Toni, tout de même, en toute connaissance de cause, par peur des hommes, peur de cette supériorité qu'ils s'accordent parce qu'ils possèdent un pénis.

Alexandrine lut d'un trait les pages consacrées au 10 juin 44, la visite à Brive et la rencontre avec Volker Aldermann. Elle songea alors à sa propre situation. Si celle-ci ne porterait sans doute point à conséquence dans ses rapports avec Tobias, lui-même étant souvent infidèle, ce qu'elle se refusait en général à voir, il en allait différemment de sa mère.

— Un Allemand ! s'exclama-t-elle. Un nazi ! Un officier en plus... Certes, un petit officier sans importance. Mais tout de même. Quelle folie ! Se rendait-elle compte des conséquences ? A moins que son désir fût plus fort que ses préjugés. Ma chère maman avait-elle des préjugés ? Elle ne dit rien là-dessus. Elle n'en dit rien, forcément, assurée que ce journal n'est rédigé que pour elle-même, que nul autre regard ne s'y portera un jour. Pourquoi ne l'avoir pas détruit, alors qu'il était encore temps ?

A ce moment, Alexandrine fut tentée d'ouvrir les boîtes à chaussures qui contenaient des photos et des lettres. Elle résista. Cette investigation lui parut prématurée alors qu'elle n'avait pas encore assez avancé dans le journal. Elle se retira dans le parc, cherchant l'ombre du platane. C'était un arbre généreux sous lequel elle fit un somme de trois quarts d'heure.

Lorsqu'elle se réveilla, le soleil l'arrosait à moitié. Elle courut dans la salle de bains chercher de la crème solaire. Elle dut l'étaler sans le concours de Georgine. A vrai dire, Alexandrine regrettait ses petits plats, mais la solitude lui apportait bien plus de satisfaction.

En milieu d'après-midi, elle prit sa voiture et se rendit à Saint-Gillet. Une fois dans le hall de la mairie, elle examina les boiseries en vieux noyer qui ornaient les murs. Sans doute ces décorations massives étaient-elles déjà là à l'époque où Hélène Delalande avait rencontré Legendre. Et cette visite la replaça dans l'ambiance de l'époque. Il lui suffisait de fermer les yeux pour voir les bancs occupés par les pleureuses, entendre les criailleries des enfants et les bavardages des bonnes femmes.

— Disposeriez-vous du portrait des anciens maires de la commune ? demanda Alexandrine à une secrétaire qui se tenait près de la banque.

Une dizaine d'années auparavant, le service de documentation, ainsi pompeusement nommé, avait édité un fascicule sur l'histoire de Saint-Gillet. On avait bien fait les choses, puisque les éléments remontaient à l'an II de la République.

— De quel maire s'agit-il ? demanda la secrétaire. Je pourrai peut-être vous aider...

— Legendre, dit-elle.

La jeune employée appela une de ses collègues. Il s'agissait d'une vieille dame en tailleur strict gris souris, d'une apparence revêche et difficile d'accès. Après quelques hésitations, alors qu'elle était occupée par un registre de comptabilité, Madeleine Rieux, la secrétaire générale de l'hôtel de ville, la fit entrer dans son bureau.

— D'ordinaire nous fixons rendez-vous, prévint-elle. Notre disponibilité n'est pas automatique.

L'avocate de Bordeaux redoubla d'excuses, et au détour d'une phrase en profita pour se faire connaître. Le nom, son nom, n'attira sur le visage de la fonctionnaire qu'un délicat froncement de sourcils. On savait donc qui était Alexandrine Delalande, mais on en ferait peu de cas. Cette réaction ne faisait que confirmer ce que la jeune femme avait flairé du climat général dans la bourgade corrézienne.

— Etienne Legendre n'a jamais été le maire de Saint-Gillet, dit Madeleine Rieux en croisant les mains sur sa poitrine.

Elle portait un corsage à dentelle de Valenciennes style 1900, un collier de perles et des lunettes ovales tenues autour du cou par une fine cordelette.

— A l'époque, en effet, reprit Alexandrine, il s'agissait d'une délégation spéciale.

— Je vous confirme qu'Etienne Legendre a été le président de cette triste officine. Il ne figure pas dans notre document, forcément. La raison en est assez évidente. Ce personnage n'a pas été élu. Il a été nommé par le gouvernement de Vichy en 41.

— Savez-vous ce qu'il est advenu de lui à la Libération ?

— Legendre ?

— Bien entendu, monsieur Legendre. Est-il toujours vivant ? A-t-il quitté la région ?

Madeleine Rieux tourna la tête de côté pour cacher son agacement. Elle avait cru que sa simple réponse aurait suffi à décourager sa visiteuse.

— Vous ne pouvez pas me répondre, n'est-ce pas ? Pourtant ce sont des histoires qui datent de trente-cinq ans, et je suppose qu'il est encore aujourd'hui à Saint-Gillet des témoins oculaires, lesquels s'ils veulent faire preuve de gentillesse à mon égard me fourniront des éléments de réponse.

La secrétaire générale pinça les lèvres de contrariété. Pour le coup, elle regrettait d'avoir accordé un entretien à sa visiteuse. Maintenant, il eût été bien cavalier de la laisser repartir sans fournir une réponse, du reste une réponse que celle-ci finirait par découvrir elle-même.

— Je peux vous répondre, madame.

— Très bien.

— Legendre a été arrêté en août 44 lorsque les forces de la Résistance ont pris possession de Saint-Gillet. Il a été conduit à la prison de Brive, jugé et exécuté. Legendre était aux côtés de Bonneville, le chef de la milice. Il a participé en personne à l'affaire de la ferme de Chatelas. Seize maquisards ont été abattus en cet endroit sur dénonciation. La milice a trempé dans l'opération avec un groupe de gardes mobiles et un bataillon de l'armée allemande. Une triste affaire, madame. Une bien triste affaire.

13

10 juin

Il ne faudra pas qu'on se revoie, Volker, ai-je dit le premier soir.

Il s'est montré fort embarrassé par ma réflexion. J'ai pensé que je lui faisais de la peine et, quant à moi, qui n'ai jamais eu de chance avec les hommes, suis-je bien inspirée de me refuser à celui-ci pour une raison étrangère au sentiment amoureux ? Voilà ce que j'ai pensé en revenant à La Ferronnière, tous feux éteints. Heureusement, il y avait une belle lune et la route était claire. En roulant tranquillement, je me suis sentie en sécurité, protégée par la carcasse de ma grosse guimbarde et par la nuit douce et enveloppante.

Quelle insouciance ! On ne s'accoutume pas aux inconvénients de la guerre, parce que ceux-ci ne nous sont pas naturels à vivre et qu'ils ne le seront jamais, même après quatre ans d'Occupation. Le civil est pris en tenailles entre deux forces qui usent des mêmes méthodes, l'intimidation, l'insulte, le soupçon, avec une graduation dans la violence mise à la discrétion de chefs incontrôlés et incontrôlables.

A l'entrée d'Allassac, je me retrouve nez à nez avec un groupe de maquisards. Ils me forcent à ranger la voiture sur le bas-côté de la route. Les hommes, au nombre de six, se déploient autour de moi, leur mitraillette en bandoulière – trois, du reste, ne sont armés que de pistolets. Ils sont habillés à moitié en militaire et à moitié en civil. C'est un style bigarré qui résume assez le côté impréparé de ces jeunes gens. Deux d'entre eux portent une lampe-tempête. Ils s'en viennent m'éclairer le visage, insistent même, alors que je m'interdis de demander ce que l'on me veut, au juste.

— Tu crois que c'est une de leurs poules ? dit un des hommes à son voisin.

Il me semble qu'il s'agit du chef, avec de grosses bacchantes et un âge certain. Il s'approche de moi, ses doigts palpent le tissu de ma robe, comme s'il voulait en évaluer la valeur marchande.

— Je n'ai rien à vous donner, dis-je. Sinon un peu d'argent.

J'ouvre mon sac et leur tends deux billets de cinq francs.

Ils éclatent de rire. Qu'ai-je fait pour mériter cette raillerie ? Je leur pose la question. Ils me regardent comme si je venais d'un autre monde.

— On ne veut pas de ton argent.

— Non, en effet, dit le chef. On veut savoir qui tu es et ce que tu fais là, à une heure du matin, tous feux éteints ?

Je leur présente mes papiers. Ils passent de main en main.

— Tu la connais ?

— Elle est de Saint-Gillet.

— Il y a des miliciens là-bas.

— Ça ne prouve pas qu'elle soit l'une des leurs.

Ce qui intrigue les types de la Résistance, c'est ma carte de carburant. Ils ne comprennent pas que je dispose d'essence à discrétion. Pour quelles fins ? L'un d'eux suggère même que l'on réquisitionne ma voiture. Le chef n'a pas l'air d'accord. Il explique à ses hommes que l'on n'a pas le droit d'agir sans des preuves formelles.

Parmi eux, il se trouve un excité, assez jeune, trop sans doute pour porter une arme. Il a déjà raflé mon paquet de cigarettes. A ce moment, je réalise que ma mésaventure pourrait tourner au vinaigre. Il a une fâcheuse tendance à braquer sa mitraillette sur moi, parfois même à venir me toucher avec la pointe du canon.

— Tu peux repartir, dit le chef.

— Quoi ? proteste l'excité. Chef, chef, on pourrait lui poser des questions quand même. C'est p'têt' du gros gibier. Tu connais Legendre ? dit-il en revenant vers moi à la charge.

Je fais oui de la tête.

— Tu vois ! Tu vois ! s'agace-t-il en tournant autour de moi. T'es des leurs ?

— Je ne comprends pas, dis-je.

— Quoi d'étonnant, explique le chef, Legendre est connu comme le loup blanc à Saint-Gillet et cette dame est de Saint-Gillet.

— C'est une de leurs poulardes. Si ça se trouve elle vient de se donner du bon temps avec des Boches...

— Ça suffit ! s'insurge le chef.

— Allez, Pedro, écrase-toi, dit un des autres gars en le repoussant en arrière.

A La Ferronnière, avant de mettre un pied au-dehors de ma voiture, je m'écroule en larmes sur le volant. J'ai peur, je tremble d'angoisse, j'ai mal à l'estomac, je me sens oppressée. Impossible de me raisonner. Il n'est qu'ici, dans les vieux murs de la maison de Saint-Gillet, que je me sens en sécurité. Mais le lieu est une prison. Si j'en sors ce n'est que pour affronter le poids du monde. Pourtant, je le dois, je le devrai, et rien n'arrêtera ma décision.

Oh non, me dis-je, ils ne feront pas de moi une recluse. Qu'y puis-je si l'Allemagne a envahi la France ? Si le gouvernement de Vichy s'est allongé devant l'ennemi ? Je n'ai pas collaboré avec ces gens. Je n'ai jamais émis la moindre opinion en public. C'est ainsi, dans le climat de terreur qui monte, ce Thermidor des Français entre pétainistes et réfractaires, chacun se trouve enrôlé et doit choisir son camp, même si on ne le veut pas, même si on le refuse de toutes ses forces, par l'inertie, le silence, le mépris ou que sais-je encore.

Une lettre d'Eugène m'attend dans la boîte aux lettres. Il est trop tard pour que je la lise. Je n'ai pas l'esprit à supporter ses histoires. Je sais qu'il est malheureux aussi, là-bas. Je ne peux rien pour lui comme il ne peut rien pour moi. Voici ce qui défait notre peu d'amour, cet éloignement et son silence.

11 juin

Un orage cette nuit : trois coups de tonnerre et une pluie battante.

J'emporte ma tasse de café sur le bord de la terrasse. La fraîcheur du jour est revigorante. Les arbres ont souffert de la bourrasque. Des feuilles et des brindilles de bois mort jonchent le parc. Des nuages sombres bordent l'horizon. En juin, il ne faut pas craindre que le mauvais temps s'éternise, surtout par une année comme la nôtre. Les paysans de Saint-Gillet ne redoutent le mauvais temps qu'une fois le foin coupé. Selon l'avis de Christophe Tournet, un agriculteur qui soigne nos prés de Battut (cinq ou six hectares de peu d'importance), je crois qu'il n'est que de bonnes terres et de mauvais cultivateurs. Lui, nous pouvons lui faire confiance, ce n'est pas le genre à couper l'herbe sans étudier le ciel. Mais c'est un savoir empirique qu'il ne dispense jamais. Du désastre des autres, il tire de médiocres triomphes. Voici un esprit qui me rassure parfois.

J'ai posé la lettre d'Eugène à côté de moi. La dernière goutte de café bue, je puis enfin m'occuper d'autre chose.

Pieds nus, je fais le tour des allées, préférant toutefois piétiner l'herbe mouillée et fraîche. Dans ma robe de chambre légère, par trop transparente, je risque une visite impromptue. Ma réputation n'est plus à faire. Les femmes, moi en particulier et toutes les femmes en général, portent la faute originelle depuis la nuit des temps. Qui plus est une femme seule, dont la voiture gavée d'essence en temps de disette la transporte en ville et dans des lieux de perdition, est perdue d'avance. Le mot du maquisard de cette nuit a sonné dans ma tête comme un coup de gong : poule à Boches !

Je déchire le revers de l'enveloppe. Je contemple les trois feuillets couverts d'une écriture serrée et je n'ai guère envie de savoir. Il me semble même préférable de ne rien connaître du devenir d'Eugène. Je pourrais pleurer jour et nuit son absence, prier à l'église, porter un cierge devant le Sacré-Cœur, pour hâter son retour, mais non, rien de tout cela. Je ne suis pas assurée de le désirer vraiment, ce mari lointain.

Après la toilette, j'enfile un tailleur léger, couleur bistre. Il me va comme un gant. Il donne à ma démarche une prestance de citadine. La prochaine fois que je rencontrerai Volker, me dis-je, je le mettrai et ce sera parfait. A l'instant de tirer la fermeture éclair sur ma hanche, je songe que peut-être je ne reverrai pas l'Allemand, que peut-être ce serait plus judicieux de le tenir éloigné de moi.

Mon Dieu, me dis-je en démarrant la voiture, ce que nous sommes faibles, nous les femmes. Nous avons besoin d'amour et nous serions prêtes à n'importe quoi pour l'obtenir. Hélas, il y a un prix à payer pour toutes ces choses dévorantes. On aime, on jouit, on se damne, puis on pleure, on se désespère, on fuit. Les hommes, eux, sont tellement différents. Il leur faut une femme, celle-ci ou une autre, ils la prennent, la quittent. Chez eux, encore, le chagrin n'est qu'une colère parmi tant d'autres, une colère qui rejaillit sur toute la gent féminine. Lire Montherlant est un remède pour se consoler des hommes. Pour l'heure, je n'ai pas envie de cette consolation-là. Du moins me donnerait-elle la force de renoncer à Volker. Mais ai-je vraiment envie, au fond de moi-même, là où la chair parle et ordonne à mon intellect, de refuser Volker Aldermann ?

Après la messe dominicale, les Angély passent dans la sacristie et donnent au prêtre un billet de cinq francs. C'est réglé comme du papier à musique. Un rituel de fidèles. Ils pourraient tout aussi bien poser ce même billet dans la corbeille de l'enfant de chœur lorsqu'il vient battre les rangs. Pour les Angély, ce don doit rester un acte discret, caché même. « Il pourrait nous être préjudiciable, déplore Edmond Angély, dans ce pays de mécréants où chaque geste est l'objet d'une attention particulière. Donner au curé est un acte d'engagement, une soumission à Dieu... » Les Angély ont compris cet état de fait devant le peu de fréquentation de l'office et la misérable quête toute composée de quelques pièces à trous.

— Vous, Hélène ? Donnez-vous quelquefois ? demande monsieur Angély.

— Jamais. Comme vous le voyez je ne vais pas non plus à la messe.

— Pas croyante donc ?

— Après mon mariage, Eugène a posé les conditions. Les seules, en vérité. « J'ai accepté de passer par l'église, m'a-t-il dit, mais c'est la dernière fois. Toi, j'espère que tu me suivras sur ce chemin. Je te le demande. Comme un gage de fidélité. »

Jeanne Angély éclate de rire.

— Son mari est un professeur, défend-elle, tu le sais bien. Un mathématicien et un chimiste. Autant dire, un domaine du savoir où Dieu n'entre pas.

Monsieur Angély se retire aussitôt. C'est un homme secret et qui n'aime rien de plus que se retrouver seul avec lui-même.

— Narcisse, dit sa femme. Narcisse en personne. Dieu aura pitié de lui. Et toi aussi, Hélène. Que tu ailles à la messe ou non, Dieu aura pitié de toi. Je le sais.

Elle m'embrasse sur les joues. Elle le faisait du reste chaque matin, lorsque nous fréquentions toutes deux la communale à Verblet. Une habitude de bonnes camarades et bien que nous nous soyons perdues de vue durant quelques années notre amitié s'est réveillée intacte.

— Deux doigts de porto ne nous feront pas de mal ?

Elle se lève pour fermer la porte du salon, se doutant sans doute que notre conversation ne peut être entendue de son mari. A voir mon embarras, Jeanne réalise que je vais me livrer à quelques confidences. Si ce n'est elle, au fond, qui pourrait les accueillir sans préjugés ni réserves ?

Jeanne m'écoute en silence, le regard fixe, les lèvres pincées. Au bout d'un moment, elle passe une main sur son front et repousse ses cheveux en arrière. Ce qui veut dire qu'elle en a assez entendu, que mon temps de confidence est écoulé et qu'il me faudra désormais supporter son jugement. N'est-ce point la définition de l'amitié, que l'on puisse tout écouter et tout répondre ?

— Tu ne dois pas t'engager dans cette histoire, Hélène. Ce serait une catastrophe...

— Pour Eugène ? Est-ce que je sais ce qu'il fait de ses nuits, lui, à Ludwigshafen ?

— Tu as toujours fait preuve de légèreté dans ton existence. Cette fois pour un officier allemand... Un officier allemand ! Te rends-tu compte ? L'histoire finira par se savoir. Tu en paieras le prix au centuple. C'est une faute grave pour les gens d'ici. Coucher avec un Allemand ! C'est un crime. Plus qu'une faute. Les gens de Saint-Gillet sont des patriotes. Ils ne te le pardonneront pas, lorsqu'il faudra rendre des comptes.

— Quels comptes devrais-je rendre ? Aimer un homme, qu'il soit allemand ou français, ça ne change rien. C'est une histoire d'amour. Une passion. Qui pourrait juger cet adultère ? Sinon ma conscience, mon mari et ma conscience, ajouté-je.

Jeanne est sans doute embarrassée que je fasse passer ma conscience avant Eugène, mais un mariage sans amour, un mariage arrangé n'est qu'une association de façade. Il aura fallu la guerre et ses aléas pour que cette supercherie jaillisse entre nous. On m'a livrée à lui alors que je n'avais que dix-neuf ans et qu'il ne savait même pas ce qu'était une femme. Voilà la vraie faute, cette idée obsessionnelle que les jeunes filles doivent être mariées au plus vite sans s'occuper des sentiments.

Si mon amie paraît partager mon opinion, le fait qu'il soit allemand l'embarrasse.

— Ce serait un petit Français... dit-elle, je n'y verrais rien à redire. Mais un officier de la Wehrmacht...

Les larmes lui viennent aux yeux. Elle sait que je ne renoncerai pas, comme Antigone, que mon choix submergera tous les interdits, quel qu'en soit le prix à payer.

— Les heures présentes ne feront que précipiter la chute de votre amour, Hélène. Les Alliés ont débarqué en Normandie. C'est un tournant décisif qui va précipiter la chute du gouvernement de Vichy et le départ des troupes allemandes de notre territoire. La France libérée va connaître des heures difficiles. Avant que le droit triomphe et que les institutions soient remises en place, il y aura des procès bâclés et des exécutions sommaires. Nombre de collaborateurs et miliciens seront passés par les armes.

— Et alors ? Ceux qui ont trahi la France, je comprends qu'ils rendent des comptes. Moi, qu'ai-je à faire là-dedans ?

Jeanne Angély se prend la tête dans les mains.

— Tu es stupide ou quoi ? Ton Volker sera obligé de partir en Allemagne pour sauver sa peau et toi, tu resteras ici. Les résistants te demanderont de justifier tes relations avec un ennemi. Tu leur diras sans doute que ce n'est rien de plus qu'une pure passion. Il y a fort à parier qu'on t'accusera de tous les maux. Non seulement d'avoir couché avec un Boche, mais encore d'avoir trahi ton pays, même si, évidemment, tu n'auras rien fait de semblable.

14

La gorge serrée par l'émotion, Alexandrine interrompit la lecture du journal de sa mère. Le dilemme exposé lui inspirait une sorte de répulsion profonde. Comment s'est-elle fourvoyée à ce point ? se demanda-t-elle. L'intérêt pour ce Volker, après une courte rencontre où l'on ne nous dit rien encore sur la nature de leurs relations, pourquoi ne pas l'étouffer dans l'œuf, avant qu'il ne soit trop tard ? Serait-ce cela, l'amour magnifié, anesthésiant toute raison et inspirant les pires folies ? Alors, ma chère petite, pensa-t-elle, tu n'as jamais aimé ? Elle songea aux hommes qui avaient traversé sa vie, et aucun à ses yeux n'eût mérité un tel sacrifice. Même Tobias, dont elle était sans nouvelles, Tobias qui courait à droite et à gauche et qui paraissait conforme au jugement que sa mère avait porté sur le mariage et la dissemblance sur l'art d'aimer entre hommes et femmes. A ce moment, Hélène lui paraissait d'une lucidité sans bornes, armée pour se débattre dans les méandres compliqués du sentiment. Puis il suffisait que Volker Aldermann fût évoqué pour que toute cette belle construction mentale s'évanouît d'un coup.

De rage, Alexandrine jeta le cahier à travers la pièce. Mais elle jugea aussitôt son geste bien puéril. Un coup de colère ne suffirait pas à ordonner le destin de sa mère différemment. Voici une machine qui s'emballe, songea-t-elle. La marche forcée d'une tragédie et rien ne s'y oppose, aucune raison, pas même les conseils de Jeanne Angély. Je suis la fille de cette femme-là, idéaliste et fantasque, qui a accompagné d'une attention aimante mon enfance, qui m'a appris à lire, qui m'a prodigué tant de sages conseils, et à cette seconde même je découvre une femme étrangère à moi-même. Je ne sais rien d'elle. Ou du moins tout ce que j'en sais est contraire à la réalité. Il me faut désormais me détacher de mes souvenirs, les piétiner, et recomposer l'image d'Hélène, d'une Hélène que je ne connais pas encore.

Elle quitta en larmes le salon. Au-dehors, il régnait une chaleur torride. Le ciel était bleu-blanc comme dans certains tableaux de Tiepolo. Les collines voisines brûlaient dans la réfraction de l'air. Les formes dansaient, tressautaient, comme si la nature chauffée à blanc s'épuisait dans cette langueur.

Elle rasa les murs, cherchant un couloir d'ombre pour poser son regard. Pourtant, cette irruption brutale dans la lumière d'été apaisa sa colère. Alexandrine descendit jusqu'à la rivière. L'eau était d'un jade transparent, roulant sur ses galets. Les arbres jetaient des ocelles d'ombre sur le ruissellement de lumière. Elle avança jusqu'au bord, piétinant le sable vierge. Enfin, elle dénicha un devers assez large où à la saison haute la rivière avait drainé des embâcles. L'un des saules était tombé par le travers et formait un pont de fortune. Elle grimpa sur le tronc, assez ample pour la soutenir et même s'y allonger.

Alentour les berges étaient assez fournies en chênes, merisiers, aulnes et peupliers pour que la rivière fût baignée d'une fraîcheur apaisante sous le feu de midi. Alexandrine se dévêtit et nue se laissa glisser dans un trou d'eau. Il fallait nager énergiquement pour demeurer en surface. C'était tout ce qu'elle avait retenu de ses baignades d'enfance. La tiédeur de la rivière traversée par de soudaines coulées froides, là où le courant portait vif, lui prodigua quelques sensations bienfaisantes. Puis elle se laissa aller dans les profondeurs troubles. Si l'eau de surface était limpide, elle se révélait vaseuse lorsque les pieds agitaient les fonds. Elle remonta d'un coup et inspira l'air attiédi.

Alexandrine grimpa sur le tronc, écorçant une poignée de mousse qui en tapissait le dessus. Celle-ci se répandit sur son visage et elle s'en débarrassa vivement. Elle n'aimait point le contact mortifère avec ce pourrissement lent de surface, là où la rivière fourbissait ses humeurs, se nourrissant et se délestant de cette nourriture providentielle.

Récupérant ses vêtements, Alexandrine descendit sur la berge de galets, de gravières et de sable, assez malaisée et peu encline à accepter des intrus. Sur sa peau, elle effaça les téguments de la rivière, avant de se rhabiller en hâte. Elle craignait d'être surprise dans sa nudité. En se jetant à l'eau quelques minutes auparavant, elle avait négligé cette perspective, tout entière possédée par le désir violent de se confronter à l'eau lustrale. Son plaisir épuisé, elle retournait à sa pruderie naturelle.

Après le dîner pris sur la terrasse, à la lumière d'une bougie, la Bordelaise retourna dans le salon. Le cahier d'Hélène était toujours sur le tapis et elle ne daigna même pas se baisser pour le ramasser. Elle ne savait pas encore si elle allait poursuivre sa quête. Car les épisodes suivants, à ses yeux, paraissaient limpides.

Ma mère a pris un amant dans les troupes occupantes. Et qu'il soit officier, même petit officier comme elle dit, ne l'excuse en rien. Passons sur l'adultère. Mais tout de même un nazi dont l'activité principale consistait à traquer des résistants français, il n'y a pas de quoi pavoiser. C'est une horreur. Tandis que papa se morfondait en Allemagne, elle levait la jambe, ma chère maman. Mon Dieu, je comprends aujourd'hui, clairement, qu'elle ait tellement insisté auprès de François et moi pour que nous n'ouvrions pas cette armoire allemande.

A cet instant Alexandrine projeta de s'en retourner à Bordeaux, d'ici deux jours au plus tard, et de reprendre ses activités au palais. Ses confrères avocats Eric Lecocq et Franklin Schwartz ne cessaient de la rappeler à l'ordre, par téléphone avant que la ligne ne fût coupée, et maintenant par lettres. Les rendez-vous s'amassaient sur son bureau. Elle avait dû refiler l'une de ses affaires à sa consœur. Ce n'était rien qu'un divorce sans histoire avec consentement mutuel. Mais la justice était tellement fortiche, il faut bien le dire, qu'elle n'aimait point qu'on s'arrangeât sur le dos du ministère public. Il fallait toujours donner l'apparence d'une lutte conjugale sans merci pour que ces vieux juges fussent rassurés. Pascale serait parfaite dans le genre embrouillamini, elle qui n'avait pas encore digéré le sien, de divorce, et qui voyait en chaque homme un tyran domestique en puissance. Alexandrine se mit à sourire en réfléchissant à cette affaire Brugeaud, flairant que l'épouse s'en tirerait avec les honneurs et moult avantages.

Elle alluma une cigarette et alla se chercher une tasse de café. C'est alors qu'elle songea que son intérêt pour le journal de sa mère avait éclipsé Eugène. Lui, se dit-elle, reclus en Allemagne, laisse le champ libre à son épouse. Il me faudrait entendre sa voix, tout de même.

Elle fouilla dans les boîtes à chaussures et mit la main sur un paquet d'enveloppes. C'était simple, il y en avait deux par mois, qui couraient entre 42 et 44. Alexandrine chercha celle que sa mère avait reçue le 10 juin 44 dont elle parlait dans son journal. Une lettre, se dit-elle, qu'elle n'a pas envie de lire et qu'elle a sans doute fini par déchiffrer mais dont elle préfère ne rien dire, tout occupée à connaître l'avis de Jeanne Angély.

— Ma chère petite maman, s'écria Alexandrine en agitant les bras, faisant et refaisant le tour du salon, c'est à ton mari que tu aurais dû demander ce qu'il en pensait, de ta folie. Peut-être aurait-il exaucé ton désir de coucher avec un Allemand.

Bien sûr, c'était facile et plutôt scélérat même, de penser que lui, le pauvre Eugène, se faisait les *Fraülein*s à tous les coins de rue. Elle éclata de rire, et s'en voulut, après coup, d'avoir cédé à la colère. Ils sont six pieds sous terre, l'un à côté de l'autre, désormais réunis pour l'éternité dans la ténèbre de la mort. Voilà qui serait irrespectueux de ma part de vouloir les convoquer à mon tribunal personnel. Je n'ai décidément rien appris de la vie, sinon une si longue absence par laquelle j'ai précipité en moi leur agonie réciproque. Ai-je entendu leurs plaidoiries, ai-je examiné les éléments à charge et à décharge ? Je ne suis que l'enquêtrice d'une histoire achevée, dont les protagonistes ont fini par faire le deuil de leur conscience. Mes chers parents, la vie ne se reprend pas, là où elle court à sa perte. Elle suit la trace qui l'embarque aux abysses. Pitié pour vous, pitié pour moi. Pourquoi avez-vous dessiné d'un commun accord le cercle interdit autour de l'armoire allemande ? C'était éveiller le supplice de Tantale en moi.

Alexandrine prit la lettre de son père. En en-tête, elle portait la date du 26 mai. Elle avait mis quatorze jours pour parvenir à La Ferronnière. Un record.

Hélène,

Voici de mes nouvelles. Ou du moins ce que je peux en dire compte tenu de la situation... La nourriture est passable depuis que j'ai été transféré au camp 5 d'Oppau. Eau chaude, eau froide et cinquante marks par jour. Je ne dis pas que je vais m'enrichir, du moins j'ai l'impression de servir à quelque chose. Les responsables de Farben à Ludwigshafen ont fini par se rendre compte que mes connaissances en chimie étaient suffisantes pour me confier à un laboratoire d'expérimentation de biocides. Je ne dirai pas un mot là-dessus. Les consignes sont sévères, forcément. Les autorités allemandes se comportent bien avec moi. Je coopère le plus intelligemment possible. Sinon que ferais-je du temps dont je dispose ?... Après plusieurs mois, j'ai fini par comprendre que la solution était de collaborer. Comme le Maréchal en somme. Je suis un petit maréchal à ma façon, et à mon humble niveau.

Pour le reste, l'existence s'écoule sans histoire. Je travaille dix heures par jour. Une fois rentré dans le baraquement, je me lave et me couche. Quelquefois, je m'endors avec difficulté. Certains de mes voisins sont bruyants. Ils font du tintamarre pour le plaisir. Surtout les Polonais lorsqu'ils parviennent à trouver de la vodka. Quant aux Slovaques et Croates, ils passent leur temps à se quereller. Souvent, ce sont des rixes qui finissent au couteau. Au premier sang, ça s'arrête, fort heureusement. La police laisse faire, dans la mesure où ces histoires ne sortent pas du camp. Au contraire, ils s'en amusent. Je ne dirai jamais assez de bien de l'ordre allemand. Peut-être était-ce ce qu'il nous fallait, nous, la méthode, la discipline et le (mot illisible)... *Ils nous l'apporteront de gré et de force. Ce sera comme après la guerre des Gaules, lorsque César a insufflé progrès et savoir dans nos provinces, ce qui a ouvert une ère nouvelle avec la civilisation gallo-romaine... Que pouvait-il nous arriver de mieux ?*

Une fois par semaine, nous avons le droit de sortir à Ludwigshafen. C'est un rituel sans grande surprise, deux ou trois restaurants où nous déjeunons de boulettes de viande. C'est tout ce que nous pouvons nous offrir. Sur ce point je regrette l'époque où j'étais à Francfort à IG Forbenindustrie, dans la maison mère, parce que j'avais noué comme tu le sais, ma chère Hélène, une solide amitié avec Otto Plitz et Wilhelm Kaltenberg. Ils m'emmenaient dans de bons restaurants et s'amusaient chaque fois de me voir dévorer les escalopes viennoises... J'avais quelques nouvelles de la France, des journaux aussi, dont les articles de Brasillach et Drieu La Rochelle. Les dessins de Ralph Soupault me faisaient hurler de rire. Petits plaisirs dont je suis privé, ici, à Oppau où les gens de Farben, les Allemands, sont (mots illisibles)*... Je me console à jouer aux dames avec les Italiens. Ils aiment chanter, rire et plaisanter. De ce point de vue, j'ai enrichi mon vocabulaire. La guerre favorise le cosmopolitisme, peut-être aurions-nous dû écouter nos prophètes d'hier bien plus que nous ne l'avons fait. Cela nous aurait évité que cette Europe se construise sur les décombres de* (illisible sur deux phrases).

Pour le reste, je pense sans cesse à toi. J'essaie d'imaginer à quoi tu occupes ton temps. La Ferronnière est dans chacun de mes rêves. Quand donc la reverrai-je ? Quand donc pourrai-je reprendre mes parties de billard avec Gandrin, Diot et Masdidier ? Que sont-ils devenus, ces oiseaux-là ? Peut-être ne m'en diras-tu rien ? Ce serait plus prudent. La pensée demeure une échappatoire formidable pour un homme seul, comme moi. Elle permet d'anéantir le temps et l'espace. Heureusement qu'il me reste la chimie... Après la guerre et l'apaisement des haines, je redeviendrai professeur, le professeur sans envergure que j'ai toujours été.

Dans ta dernière lettre, ma chère Hélène, tu me dis que j'ai toujours manqué d'ambition, que je ne suis pas un créatif. C'est vrai, mille fois vrai. Je ne possède que le savoir des autres dont je fais un usage modéré. Jamais, hélas, je n'ajouterai une page de plus à l'aventure de la chimie expérimentale. Voici une lucidité qui m'honore. Mes employeurs sont contents de moi et pour un Français je ne suis pas si mal (suite du paragraphe illisible).

As-tu reçu mon dernier versement ? C'est pratique. Je ne dépense rien. Et toi, souffres-tu des restrictions ? L'essence, surtout. Il faudrait voir du côté du préfet. Lui faire savoir que je suis un bon Français, volontaire du STO. Peut-être cet argument suffira-t-il à t'apporter un peu de tranquillité ?

Je ne dirai rien des bombardements. Rien de ce qui se passe ici (suite illisible).

A toi que j'aime et que je caresse dans mes rêves... Hélas, il me faut à un moment ou un autre ouvrir les yeux et me rendre à l'évidence : nos corps aimants ne sont point près de se joindre.

Eugène

Le reste, une dizaine d'enveloppes tout au plus, était toujours cacheté. Ainsi, Hélène avait jugé préférable de ne plus lire le courrier de son mari. A la simple idée qu'après le 10 juin 1944, sa mère s'était désintéressée du sort d'Eugène, Alexandrine ressentit un serrement de cœur. Mon vieux papa, se dit-elle, ta femme t'a proscrit de son existence pour une liaison bien plus exaltante. L'as-tu découvert plus tard et qu'en as-tu pensé ? A moins que, pour toi aussi, l'armoire allemande ait été un sanctuaire interdit.

15

17 juin

Je ne suivrai pas les conseils de Jeanne, puisque j'ai décidé de revoir Volker. La sagesse me barbe. Décidément, cette époque ne nous prédispose pas à ça, quand on ignore de quoi demain sera fait et si nous survivrons à cette guerre. J'ai eu très peur sur la route de Saint-Gillet. Il aurait suffi d'un mot de trop, d'un sourire de travers ou d'un geste d'agacement pour que le maquisard fielleux me tire une rafale de mitraillette. Peut-être que j'exagère, peut-être que, par cette exagération, je voudrais me prêter bonne conscience. Qu'importe, il me faut suivre la pente de mon plaisir. Il me possède, me déchire, me supplicie, il est devenu maître de moi-même, de mon corps et de mon esprit. C'est une sensation, à vrai dire, que je n'ai jamais connue jusqu'alors. Le chaud et le froid de l'attente soufflés par l'incertitude. C'est une terrible affaire. Tandis que je me regarde dans mon miroir, que je me répète : Tu ne vas pas faire ça ? Tu n'iras pas jusqu'au bout ? Il est une autre partie de moi-même qui me dit : Chiche ! Je le ferai. Même si je dois en mourir, qu'importe. Au moins, j'aurai vécu ça, une fois dans ma vie, cet embrasement des sens.

Pour me retrouver devant l'Hôtel de l'Etoile et du Parc réunis, mon bel officier s'est mis en civil. Il a revêtu le costume trois pièces des élégants et porte fier le chapeau panama. Rien ne le distingue des autres hommes, sinon son accent traînant de la Rhénanie avec ce singulier allongement des syllabes.

Volker m'entraîne dans le parc de l'hôtel, à cette heure fréquenté par des officiers de l'armée allemande et quelques membres de la police d'occupation. On m'observe, me détaille, sous toutes les coutures. Désagréable impression, car il y a de la suspicion dans tous ces regards narquois et peut-être aussi du mépris. Peut-être me prennent-ils pour une *Hure* comme ils disent ou une *Bordellhure*, ce qui est encore plus désobligeant. Cependant je ne suis pas la seule Française au milieu de cette cour d'hommes composée d'un mélange d'uniformes et de costumes civils. Celles-ci paraissent plus à l'aise que je ne le suis, habituées à la débauche et à la gouaillerie.

Je dis à Volker que je ne veux rester ici sous aucun prétexte, que je n'ai pas envie d'être l'objet de questions et de réflexions déplaisantes. Il me tient serrée contre lui, tandis que nous traversons le parc en nous glissant entre les tables où les hommes sont répandus dans leur exubérance naturelle. Il se décide enfin à sortir par l'arrière de l'immeuble, ce qui nous évite de retraverser la salle de restaurant et le bar.

Il me tient par la main, d'une poigne ferme. Je me sens plutôt petite fille avec ce garçon de haute taille. Il me dit que je lui plais, qu'il a envie de moi. Je lui réponds que la situation ne s'y prête pas. A la vérité, je ne sais pas encore ce qu'il va advenir de nous deux. Je tremble à l'idée que tout ça s'efface dans un méli-mélo de malentendus.

Nous montons dans une voiture grise, une traction avant. Il conduit à vive allure sur le boulevard, comme s'il avait hâte de quitter la ville. Volker a gardé son panama sur la tête. Je lui en fais la remarque. Il sourit et pose une main sur ma cuisse. Il la serre comme pour me montrer qu'il a envie de moi. Sa main s'attarde, plus molle et caressante. Le contact de la fine soie sur ma peau nue l'excite. Si je ne le retenais pas, il poursuivrait son jeu, tout en conduisant. Je lui fais les gros yeux. A ce moment, je me sens fort intimidée. Je lui dis que ce serait peut-être mieux qu'on arrête là, sans délai, pour que nous puissions réfléchir l'un l'autre. Il proteste. Sa caresse reprend, insistante, jusqu'au creux de mon ventre. Je lui résiste. Ça l'excite encore plus.

— Ce serait mieux la nuit, dis-je.

— A cause du regard des autres ?

— Oui, dis-je. Je ne savais pas que ce serait si difficile.

Volker prend une route vers les hauteurs de Brive. Nous restons de longues minutes sans parler. Puis il engage la traction dans un chemin de traverse. Il roule au pas, prudemment, en se faufilant entre les arbres.

— Ici, rien ne peut nous arriver, affirme-t-il.

— Que pourrait-il nous arriver ? demandé-je.

Il jette son chapeau sur le siège arrière. En me penchant, je distingue au fond de la voiture un pistolet et trois chargeurs.

Volker prend ma main et la caresse longuement. Il pose ses lèvres sur mes doigts et les embrasse par petits coups répétés.

— Je voudrais tellement que nous devenions amants, dit-il.

Il y a de l'émotion dans sa voix. Je voudrais le rassurer, mais les mots ne peuvent franchir mes lèvres. Il m'embrasse doucement la première fois, puis ensuite à pleine bouche, avec fougue.

— Qu'allons-nous devenir ? dis-je.

— Je ne sais pas.

— Tu vas devoir partir et je resterai ici, avec l'opprobre sur moi. Ce n'est pas l'histoire d'amour que j'avais rêvée.

Il me prend la bouche et me serre contre lui. Je ne pense plus à rien. Puis il vient se glisser entre mes jambes. Je soupire. Il hésite. Il ne sait pas s'il doit poursuivre. Il a peur de me perdre. Et moi, je dis oui, oui, et encore oui.

Je rajuste ma robe, délicatement. Il a posé sa tête sur le volant de la voiture. Puis du front le martèle à coups répétés, comme s'il voulait enfoncer une cloison qui lui résiste.

— Ce n'est pas grave, dis-je.

— Demain soir, tu viendras à mon hôtel. Nous serons seuls.

Il éclate de rire. Ce n'est pas ce qu'il a voulu dire. Cette réflexion résume assez bien la situation.

— Pourquoi es-tu venu faire cette guerre ?

— Pour te rencontrer, dit-il.

Nous sourions tous deux en nous observant. C'est une politesse que je lui rends car je n'ai pas envie de plaisanter. Volker réalise immédiatement mon embarras. Il ajoute :

— On ne m'a pas demandé mon avis...

— Et si on te l'avait demandé ?

Volker tourne la clé de contact de la voiture et amorce une marche arrière, la tête hors de la portière. La manœuvre s'opère à coups d'accélérateur nerveux. Une fois sur le chemin, il freine brutalement.

— Tu es seule dans la vie ?

Je ne réponds pas. Il répète cette phrase deux ou trois fois sans se lasser. C'est exactement ce qu'il espère, en vérité, que je sois seule dans la vie. Il interprète mon mutisme comme une réponse positive. C'est le genre de cet homme, Volker Aldermann, *Oberleutnant* de la Wehrmacht, que de juger les silences pour argent comptant.

— Moi aussi, dit-il, je suis seul. Ainsi, nous fuirons ensemble jusqu'à ce que nous trouvions un lieu où vivre en paix, loin de tout ça.

— Oui, dis-je. C'est une belle idée.

— Nous partirons en Suisse dès que possible.

— Oui, dis-je. Tu as raison, Volker. Nous trouverons la paix.

— Je pourrais t'aimer au grand jour, sans que rien ne s'oppose à nous.

— Je voudrais tellement le croire, dis-je.

— Il faut que tu le croies. Sinon, ce sera perdu pour nous deux. Ce sera un gâchis indescriptible.

25 juin

Rendez-vous manqué. Sage décision, de l'avis même de Jeanne. Il me faut faire une croix sur mon Allemand et me tenir sagement à La Ferronnière. Je n'ai pas versé une larme comme je pouvais le craindre. Ce qui prouve que je suis plus forte qu'il n'y paraît et que les femmes, contrairement à ce que les hommes s'imaginent, maîtrisent leur folie amoureuse. A la vérité, je n'ai pas le droit d'avoir du chagrin. C'est un luxe que je ne puis m'autoriser, eu égard à Eugène. Tout de même.

Je me suis décidée à lui écrire une longue lettre pour l'assurer de mon amour. Ce sont des mots terribles, qu'il me faut extirper un à un de cette partie de moi-même qui les refuse. Tantôt je rature, tantôt je surcharge mes phrases, comme si le fleuve tranquille de ma pensée se heurtait incessamment à des obstacles insurmontables.

Rien n'est plus laborieux que d'exprimer des sentiments que l'on ne ressent pas. Ça vire aux clichés, aux tournures convenues, aux mots vides de sens.

Il me vient à l'esprit de relire quelques pages des *Liaisons dangereuses*, roman épistolaire où madame de Merteuil et monsieur de Valmont usent de la littérature comme d'une machine de guerre, afin de manipuler leur entourage en travestissant les sentiments. Voici ce qu'il me faudrait : posséder ce talent-là. Hélas.

A terme, Eugène découvrira sans doute, par la médiocrité de mon style et par l'afféterie qui le ronge, que je ne suis décidément pas l'épouse fidèle et honnête que je voudrais paraître. Ne serait-ce pas préférable de faire simple ? Une douzaine de phrases courtes, sans prétention. D'évidence, elles masqueraient mieux mon trouble devant ma trahison.

Au fil des heures, j'en viens à me persuader qu'il ne s'est rien passé avec l'Allemand, que nous avons fait un tour en forêt sur un chemin qui ne mène nulle part. Un brin de conversation. Rien de plus. Rien, je le jure.

Une fouille rapide permit à Alexandrine de découvrir le Laclos parmi les livres que sa mère avait conservés dans l'armoire allemande. En le feuilletant page à page, elle tomba sur la lettre LXXXI par laquelle la marquise décrit au vicomte comment le destin a façonné peu à peu l'être immoral et pervers qu'elle est devenue et les mille détours accomplis pour en justifier la grandeur et la beauté triomphantes. En cet endroit, Hélène avait noté ses impressions. Elle paraissait confortée dans la perspective de devenir, elle aussi, peut-être, une sorte de créature cynique, une marquise de Merteuil. « Sans quoi se perdre et s'égarer, si l'âme ne consent », avait-elle noté, ce même jour ou ce même soir où elle avait entrepris d'écrire à Eugène. De même, elle avait souligné une phrase du roman, d'un trait épais pour en retrouver aisément la présence, si besoin[1]...

Alexandrine lut et relut l'extrait au point de le conserver en mémoire. Voici ce qu'elle pense de son existence et si bien résumé, se dit-elle, des plaisirs rustiques

1. « Je commençais à m'ennuyer de mes plaisirs rustiques, trop peu variés pour ma tête active ; je sentais un besoin de coquetterie qui me raccommoda avec l'amour ; non pour le ressentir à la vérité, mais pour l'inspirer et le feindre. »

pour ne pas dire insignifiants au jour le jour à La Ferronnière, des plaisirs indignes d'une « tête active » comme eût dit l'auteur des *Liaisons dangereuses*. Pour le coup, ne lui suffirait plus d'imaginer une existence aventureuse mais bien de la vivre, alors qu'écrire une passion n'est qu'un pis-aller. La réaliser apporte le frisson nécessaire pour la mieux décrire un jour, si l'on a ce désir fou et orgueilleux de la porter à la face du monde.

Peut-être, le lendemain, Hélène a-t-elle décidé de revenir vers son Allemand, pensa Alexandrine. Nageant dans les intermittences du cœur, ma chère mère balançait donc d'un point extrême à l'autre : renoncer et mourir petitement ou s'engager et mourir quand même, dans les fureurs destructrices de la passion.

Au moment où Alexandrine s'apprêtait à regagner sa chambre du second étage, sous les combles – le seul endroit de la maison où elle se sentait à l'aise –, un grattement à la porte de la cuisine attira son attention. Elle alluma la lumière de la terrasse et reconnut Toni.

Sur le coup, elle poussa un cri de colère. Ne lui avait-elle pas dit, au bellâtre du Café de Paris, qu'elle n'entendait pas donner suite à leur relation ? D'un geste, à travers la vitre, elle lui fit signe de partir. Elle éteignit la lampe du dehors pour le décourager, mais comprit qu'il ne s'en irait pas sans une explication.

Après tout, c'est un être humain, un être que j'ai vilainement malmené, se reprocha-t-elle. Elle hésita à lui ouvrir, tout en se tenant à distance. Attention, ne succombe pas à la pitié surtout. Ce serait l'encourager à une aventure que tu ne désires pas. Les hommes proposent, les femmes disposent, comme diraient les vieux juges de la correctionnelle aux plaignantes harcelées par des maris floués ou des amants éconduits. Combien de fois n'avait-elle pas entendu cette rengaine, avant de plaider la cause et de s'entendre elle-même railler par les vieux magistrats. Serait-ce l'impuissance de l'âge qui rendrait active cette colère méprisante ? Ce qu'une femme désire un soir, elle peut le réprouver le lendemain matin, n'est-ce pas ?

Alexandrine ouvrit sa porte avec un geste d'énervement.

— Que me voulez-vous, Toni ?

— Te voir, te parler, marmonna-t-il.

— Me voir ? Voilà, fit-elle en posant ses mains sur les hanches et en se balançant de droite et de gauche. Je ne suis pas reluisante.

Alexandrine s'était négligée ces dernières heures. Elle portait un jean élimé, maculé de taches, un polo rouge de basketteuse et sa chevelure était nouée en chignon. Aucun fard. Un pâle visage aux cernes creusés. Ça lui plaisait assez que son soupirant la vît enfin sous un mauvais jour. Il se tenait en face d'elle, les bras le long du corps. Il avait imaginé, tout de suite, la prendre dans ses bras, l'embrasser, la serrer fortement contre lui, et aussi qu'elle lui eût montré de l'attachement. Ce n'était hélas pas ce qu'il avait prévu, Toni, cette figure ombrageuse.

— Me parler ? reprit-elle. Pour me dire quoi ? Je croyais que nous nous étions tout dit.

— Si peu, défendit-il. Pour ainsi dire rien...

Elle le fit avancer dans la cuisine. Ils s'assirent face à face, les coudes sur la table. Il tenta de lui prendre les mains, elle s'y refusa.

— Je crois que je suis amoureux de toi, murmura-t-il.

Alexandrine le fixa avec étonnement.

— Oh, Toni, c'est une idée que vous vous faites. Mais je ne suis pas disponible pour vous. J'ai un compagnon. Je ne voudrais pas le décevoir. Un soir, une aventure sans conséquence, certes, ça peut se comprendre. Mais une liaison qui nous engagerait l'un et l'autre, non. Enlevez-vous cette idée de la tête. Du reste, si ça peut vous consoler, sachez que je ne vais pas rester longtemps à Saint-Gillet. Cette demeure va être vendue. Je n'aurai plus d'attaches ici. Plus rien. C'est très bien ainsi.

Toni quitta précipitamment son siège pour prendre Alexandrine dans ses bras. Il y mit quelque force, une nette résolution. Elle lui résista tout aussi vivement.

— On a envie de faire l'amour. Une fois encore ironisa-t-elle. Je ne suis pas disponible pour vous. Toni, décidément, vous n'êtes pas mon genre.

— Je m'excuse, oui, je m'excuse pour la dernière fois, j'ai été un peu...

— Allons. C'était très bien. Très bien, le rassura-t-elle.

— J'aimerais que nous nous voyions de temps en temps, proposa-t-il. Juste quand tu le désireras. Même si je dois aller te rejoindre à Bordeaux...

Il y avait du désespoir dans ses propos, et elle en fut touchée, si touchée, qu'elle imagina une seconde lui céder, une toute dernière fois. Elle se souvint alors que ce genre de faiblesse lui avait coûté bien des mésaventures désagréables.

— Je passerai vous voir avant de quitter Saint-Gillet. Nous aurons une conversation. Je vous dois ça, Toni.

Il lui baisa la main avec tant de passion qu'Alexandrine en ressentit de l'agacement.

— Maintenant, il faut que vous partiez, Toni.

Elle vit à l'affaissement de ses traits qu'il était en proie à la détresse sentimentale. Ce n'était pas le moment d'en rire, elle avait connu, elle aussi, cette douloureuse sensation. Elle lui fit franchir la porte de sa cuisine, l'accompagna sur la terrasse.

— Muraille veut te voir, il m'a chargé hier de cette commission, dit-il en se retournant, puis il disparut dans la nuit.

Alexandrine rentra aussitôt et éteignit toutes les lumières. Si cet imbécile avait commencé par ça, au moins, j'aurais compris le but de sa visite et peut-être me serais-je montrée moins rétive...

27 juin

J'avais espéré naïvement que La Ferronnière me préserverait de tout, des intrusions étrangères et de moi-même. Ce soir, à peine dix heures passées, voici qu'une voiture pénètre sur mon allée, au pas, tous feux éteints. On a l'habitude depuis la défense passive, comme ils disent. Il faut manger des carottes pour conserver des yeux de lynx. J'observe, j'observe. C'est une voiture avec trois hommes à bord, dont deux soldats allemands et un civil. Les soldats restent dans la traction, tandis que le civil en descend. Il ne me faut pas longtemps pour reconnaître Volker Aldermann. Je pousse un cri de colère J'ouvre la porte de la terrasse. Je sors en agitant les bras, comme si je voulais qu'il retourne, Volker Aldermann, dans sa voiture. Mais il monte les marches en deux enjambées et me saisit dans ses bras.

— Non, dis-je, Volker, tu n'as pas le droit de faire ça. C'est une violation. Tu me tues. Des Allemands chez moi, ce n'est pas possible. Pourquoi ? Que t'ai-je fait pour mériter ça ?

— Je t'aime, murmure-t-il à mon oreille, je t'aime. Je n'ai pas pu résister. Personne ne le saura.

— Et les autres ?

— Ce sont des gardes du corps. Je suis officier, tout de même. Le pays n'est pas sûr. Avec les terroristes.

Il se met à rire.

— Et moi ? As-tu pensé à moi ? Tout le monde va le savoir, que des Allemands sont venus à La Ferronnière. Tu avais promis que ça resterait secret entre nous.

D'un mouvement d'autorité, il m'emporte dans le salon. Je lui interdis d'ouvrir la lumière. Il se conforme à mon souhait.

— Regarde, dis-je, je suis en négligé.

Volker est un incorrigible polisson avec des caprices de gamin.

— Je veux te voir nue, exige-t-il. Je suis venu pour ça. Ta peau, ta chair, ton visage, ton rire, ton odeur, tes cheveux, tout m'obsède. C'est une douce maladie qui m'a atteint. Je ne pense qu'à cette seconde. Même si tu me la refuses, je viendrai supplier à tes pieds. Demande-moi tout ce que tu veux et je te l'accorderai.

— Je ne veux rien, dis-je.

L'Allemand accroche ses mains à ma robe. Il la soulève par degrés, lentement, jusqu'à atteindre le bord de ma culotte. C'est tout ce que je porte, une culotte rose bordée de dentelles. Un peu transparente de surcroît. Ce jeu dans la pénombre est frustrant pour lui.

— Je ne perçois que ton odeur et sous mes doigts les formes de ton corps. C'est un supplice d'aveugle.

Volker propose d'aller dans ma chambre. Je refuse énergiquement. Il n'en comprend pas la raison. Evidemment, il ne peut pas comprendre. Dans l'excitation du plaisir, les hommes sont des sauvages. Ils piétinent effrontément nos corps. Sans vergogne. Comme s'ils étaient en terrain conquis. A la vérité, ils le sont depuis des siècles. Ils se servent des femmes. Ils sont maîtres de nos corps. Ils décident à notre place. C'est eux qui nous apportent le plaisir. Sans eux, on ne saurait se débrouiller, n'est-ce pas ? Il y a de quoi rire ! Les femmes savent se donner le plaisir sans l'aide de personne, depuis la nuit des temps, dans l'espace interdit des alcôves, dans les souterrains maudits de la honte.

— Dans la bibliothèque, dis-je.

Là, au moins, nous jouissons d'une lumière tamisée sans que personne puisse s'en inquiéter du dehors. Comme je ne me dévêts pas assez vite, il veut s'en mêler avec fébrilité. Il règne une tension étrange entre nous deux, comme si nos corps se rebellaient à s'apprivoiser l'un l'autre. Je me tiens en face de lui, bêtement offerte, immobile encore. Puis il me fait pivoter sur moi-même. Volker nourrit une forte passion pour les fesses des femmes, les croupes épanouies. Ce n'est pas tout à fait mon cas. Il parle d'autres femmes qu'il a connues, de sa première initiation dans un bordel munichois. C'est charmant. Les hommes ne peuvent s'empêcher de discourir sur ce terrain favori, le sexe et le pouvoir, l'un n'allant pas sans l'autre. Même dans un claque, à ce qu'il paraît.

Sa main caresse mes seins, mon ventre, mes cuisses. Il les ouvre à satiété. A croire qu'elles ne s'ouvrent jamais assez, comme si cette béance était sans fin, une histoire jamais achevée et toujours recommencée. Enfin, il se décide à me prendre, bien qu'il ne soit pas tout à fait prêt. Je ne veux pas intervenir dans ce métier d'homme. Il se cache pour se mettre en érection. De même je me tourne de côté pour ne pas ajouter à sa timidité. Je ne voudrais pas risquer de croiser son regard. Il dit qu'il m'aime trop et que ça le trouble.

Enfin, il entre en moi, délicatement. Ce n'est pas comme Eugène (je ne puis m'empêcher à cet instant de songer à lui, hélas) qui se perd avant de commencer. L'amour avec mon mari ne m'a jamais posé la moindre inquiétude. Son métier d'homme est réduit à l'essentiel, sans fioritures, sans conviction. Il jouit et ne se préoccupe pas de savoir si j'ai pu le suivre, ne serait-ce que trente secondes au moins, sur son chemin. Rien n'est plus désobligeant pour une femme que d'assister à la jouissance d'un homme accomplie en aparté. A quoi lui a-t-on servi au juste ?

Volker, lui, est doux et attentif. Il voudrait que je l'aide, comme si mon corps offert était trop grand et si vaste, une *terra incognita*. A l'instant de finir, par une courte accélération, je l'interromps.

— Pitié, dis-je, s'il te plaît, Volker, sois doux et patient.

Alors, l'Allemand se laisse glisser entre mes jambes. Ses lèvres viennent sur mon sexe. Je crie, je supplie, je fulmine. Rien ne saurait décourager ce guerrier. Je sais maintenant qu'il ne reviendra en moi que pour me porter le coup final, comme l'accomplissement d'une petite mort. A l'instant de ce prodige, ses mains enserrent ma gorge, bloquent ma respiration. Je sens le flux et le reflux du sang dans ma chair, et l'étrange sensation soudain que je vais peut-être perdre la vie dans cet amenuisement de mes forces. Je ne résisterai pas. Ses doigts me libèrent et j'émerge en poussant un grand cri à la surface des eaux dansantes.

A une heure du matin, nous buvons du cognac, une réserve Grande Champagne qu'il est allé chercher dans sa voiture. Je ne suis pas accoutumée à ces forts alcools, mais cette nuit à La Ferronnière n'est pas une nuit ordinaire, elle mérite tous les excès.

Il me semble, au travers de ses longs silences et ses regards suspendus sur le vide, que mon amant a décidé de s'enivrer. Peut-être se sent-il assez bien auprès de moi pour envisager que le reste de la guerre pourrait se poursuivre ici, sans discontinuer, jusqu'à la fin, jusqu'à l'instant où ses supérieurs viendraient l'arrêter et le livrer aux chiens, ou peut-être les « terroristes » comme il a coutume de les nommer. Ses gardes du corps veillent à deux pas d'ici. Peut-être leur a-t-il laissé quelques consignes de le protéger contre lui-même. Peut-être ne sont-ils que des exécutants de basses œuvres, en bons nazis ils viendront nous exécuter tous les deux, maintenant que le rite est accompli, que leur seigneur et maître *Oberleutnant* a atteint le nirvana... Je n'ai pas peur. Nos regards se soutiennent l'un l'autre, sans mollir, sans faiblir.

— M'aimes-tu autant que tu le dis, Volker ?

— Quand le moment sera venu, nous partirons ensemble avec le dernier convoi...

— Vers l'Allemagne ?

— Nous bifurquerons en chemin, sans rien dire à personne, comme des déserteurs. Tu ne le soupçonnes peut-être pas, j'ai toujours eu l'esprit déserteur. J'ai toujours su qu'un jour ou un autre, avec un bon prétexte, je prendrais un chemin de traverse.

— Un *Holzweg* ! dis-je.

— Non. Un chemin qui nous mènera en Suisse où vit une partie de ma famille. J'ai un diplôme d'ingénieur en poche. Je gagnerai ma vie sans difficulté. Mais il y a un écueil. Il ne vient pas de moi.

Aldermann pointe un doigt dans ma direction. Je me lève pour lui prendre son verre et le remplir. Il met la main à plat sur l'encolure. C'est une manière radicale pour lui de préserver sa lucidité. Il refuse de sombrer avec moi dans le désespoir. Ça le vexe que je ne puisse croire à son projet et que j'en veuille éteindre les brûlures vives d'une rasade de cognac.

— Il te faut m'écouter, sérieusement, Hélène.

Je m'assois en tailleur face à lui, à ses pieds. Il tend la main et caresse ma chevelure.

— Tu es mariée, n'est-ce pas ?

Je baisse la tête. Comment ai-je pu croire un seul instant que cette situation lui échapperait ? L'armée allemande ne dispose-t-elle pas du meilleur service de renseignement au monde ? Il aura suffi qu'il interroge les agents du SD pour obtenir une fiche à jour. Je me rebelle vivement.

— Mariée et juive, dis-je.

— Mariée oui, mais pas juive.

16

Au bout du compte, se dit-elle, voici une mère qui me deviendra étrangère, tellement étrangère à moi-même que je la renierai. Terrible réflexion qu'elle récusa aussitôt avec une douleur au creux de l'estomac. Tu ne peux pas dire ça de ta chair, se reprocha-t-elle. Elle t'a mise au monde. Qu'importe si cette mère ne correspond pas à l'idée que tu voulais en conserver, envers et contre tout. Tu t'étais éloignée d'elle pour ne rien connaître, laissant à l'instinct filial le soin d'en faire un portrait idéal.

Elle prit le cadre et cette fois le redressa. Le portrait était flatteur. On y sentait dans le grain de la photographie une mère sûre d'elle-même, que rien ni personne ne jugerait jamais plus. A supposer qu'elle eût été jugée un jour... Par qui donc en vérité ? Le mari, certes. Madame Angély ? Ce serait moins sûr. L'esprit catho l'en avait préservée. Chez ces gens-là, pensa-t-elle, on dégaine plus vite le pardon que le mépris. Voilà pourquoi Hélène en avait fait une amie à vie. Le seul être capable de la comprendre.

Le temps de se refaire une beauté, et Alexandrine descendit en ville, comme elle disait non sans ironie. La dame patronnesse lui ouvrit sa porte, à croire qu'elle l'attendait depuis toujours. D'ailleurs, la première réflexion fut éloquente.

— Je savais que vous reviendriez...

— Comment cela ?

Jeanne avait nettoyé ses massifs de fleurs et coupé les dernières roses pour en faire un bouquet. C'étaient des roses blanches et rouges d'une espèce rustique. Elle n'aimait pas les variétés greffées aux noms fantaisistes : Cuisse de nymphe émue ou Pretty girl...

Elle ôta son grand chapeau de paille et s'approcha pour l'embrasser. Alexandrine se laissa faire. Je fais partie de la famille, pensa-t-elle.

— Allons sous la tonnelle, proposa-t-elle. Vous détestez l'odeur d'encaustique, n'est-ce pas ? C'est l'odeur des vieilles maisons où les souvenirs sont confits dans la naphtaline.

La visiteuse éclata de rire.

— Comment avez-vous deviné ?

— Ce n'est pas bien difficile. Hélène me reprochait assez mes manies. Telle fille, sans doute.

Elles s'installèrent à l'ombre, là où le soleil jouait dans le feuillage de la vigne.

— Saviez-vous que ma mère tenait un journal intime ?

— Oh, mon Dieu ! s'exclama Jeanne. Je crains le pire.

— Pourquoi donc ?

— Les confessions... C'est comme les évangiles apocryphes, ça ouvre la voie à des aveux inattendus.

— Pensait-elle que je lirais un jour ses cahiers ?

— Je ne le crois pas.

— Vous en a-t-elle parlé ?

— Jamais. Nous n'étions pas intimes à ce point. Votre mère est restée secrète et impénétrable tout au long de sa vie. C'était un des aspects étranges de son caractère. Je ne sais pas si vous ne lui ressemblez pas de ce côté-ci.

Alexandrine demeura longuement rêveuse, le regard fixé sur le vol léger d'un papillon qui batifolait dans les massifs. Il ne se décidait pas à se poser, hésitant et craintif, et enfin s'évanouit dans les iris fanés.

— Que dit ce journal ?

La Bordelaise ne répondit pas. Jeanne comprit qu'il ne lui fallait pas troubler ce long silence.

— J'en ai juste commencé la lecture. Sans me hâter. Chaque mot mérite une attention particulière. Ce n'est pas comme de lire un roman où l'on sait que notre propre histoire s'en vient interférer dans le récit.

Madame Angély plaça ses longues mains fines et nerveuses sur le bord de la table. Elle les contemplait avec tristesse. Le temps et l'histoire de sa vie étaient marqués sur la peau, comme sur un parchemin. Elle se mit à pianoter du bout des doigts, discrètement.

— Je crains que vous ne me posiez des questions embarrassantes. Je prie beaucoup pour votre mère. Je prie pour son âme. J'aurais tellement préféré, en vérité, qu'elle s'affranchisse de son vivant.

Le sourire de la jeune femme apaisa soudain ses craintes. D'un soupir, Jeanne se libéra de l'ombre pesante qui s'était attardée dans son regard.

— Avez-vous entendu ce nom-là, Volker Aldermann ? questionna Alexandrine.

Jeanne détourna les yeux. Elle avait compris depuis quelques minutes que ces écrits n'avaient été produits que pour cette révélation. Hélène avait voulu se libérer de son passé douloureux par ce moyen. Peut-être pensait-elle, ainsi qu'on se berce d'illusions parfois, que ce journal finirait par tomber entre de bonnes mains. A la vérité, Jeanne ne savait pas quelles seraient les conséquences de celui-ci sur sa propre fille. Bienfaisant ou destructeur ?

— Oui, fit-elle en plantant soudain ses yeux dans ceux de sa visiteuse, je sais qui est Aldermann. C'est un jeune officier allemand qui a séjourné en Corrèze entre 43 et 44. Il a rencontré votre mère à Brive. Semble-t-il, ce fut le coup de foudre entre eux. Ils devinrent amants et...

— Et après ?

— Je ne sais pas. C'est vous qui possédez la clé, ma chère Alexandrine.

— Je ne suis pas encore parvenue au bout de ce récit.

— Cette hésitation traduit une crainte, me semble-t-il.

— En effet, reconnut la jeune femme, j'ai peur de ce que je vais découvrir. Cependant, il me faut le faire, résolument, quoi qu'il advienne. Ainsi, j'avance par étapes, lorsque le courage me revient. Puis je m'interromps, épuisée. J'ai envie de fuir La Ferronnière, retrouver mes amis de Bordeaux, mon compagnon qui me manque… Ce séjour à Saint-Gillet est pour moi une épreuve. Je ne sais pas si j'en sortirai entière ou défaite. J'en sortirai sans doute. D'évidence, quelque chose aura changé en moi. Je ne serai plus jamais la même.

Jeanne Angély contemplait la fille d'Hélène, les yeux mouillés de larmes. C'était une émotion presque invisible, à cause des meurtrissures de l'âge. Son visage était si défiguré par la vieillesse qu'on n'y lisait que de la lassitude.

Soudain, madame Angély prit une des roses qu'elle avait cueillies et la porta à ses narines pour en humer le parfum. Elle trouva dans ce geste anodin une sorte d'apaisement. Peut-être lui coûtait-il de rester assise en face d'Alexandrine ? Elle ne doutait pas que sa visiteuse avait compris qu'elle était au fait de l'histoire de sa mère, qu'elle en connaissait tous les détails, mais qu'elle s'interdisait d'en révéler plus que le journal intime. C'était de lui, seul, dont les interrogations devaient partir et non d'elle-même.

— Après sa première rencontre avec Volker Aldermann, Hélène est venue me voir, ici même. La scène s'est déroulée dans le salon. A l'époque, mon mari était vivant, bien sûr, et je l'ai prié discrètement de se retirer. C'était une affaire de femmes. Les hommes ne comprennent rien à nos désirs et à nos passions, même s'ils nous les inspirent.

Jeanne se mit à sourire et ajouta :

— Même si les choses ont changé…

— Si peu, releva Alexandrine.

— Je voulais que tout ça reste entre nous, comme un secret. J'ai sermonné Hélène. Ce n'est pas honnête de tromper son mari, alors qu'il se trouve en Allemagne, contraint et forcé d'un certain point de vue au travail obligatoire. J'ai compris très vite que votre mère avait besoin de cet amour, qu'elle ne supportait plus sa solitude, l'ambiance de Saint-Gillet à ce moment de l'Occupation, qu'elle se morfondait à attendre chaque jour un homme qui ne reviendrait peut-être pas. Les lettres d'Eugène étaient assez distantes. Elles étaient gangrenées d'anecdotes insignifiantes, sans passion. Au reste, elle doutait de cet amour et pour un peu, je crois qu'elle regrettait son mariage. Bref, l'entrée de ce Volker dans sa vie, ce fut pour elle une chance à saisir.

— Je n'ai pas lu les lettres de mon père. Ce n'est pas ce qui m'intéresse. D'ailleurs, après la rencontre avec Aldermann, elle ne les a plus ouvertes. Elles sont restées entassées dans un coin, comme si ma mère avait décidé que ces missives contrarieraient son amour pour l'Allemand.

— Hélène était partagée entre la honte et le désir. Elle avait compris que sa passion était une faute, qu'elle n'en pourrait éteindre la flamme. Ainsi s'est-elle brûlée à ce feu-là.

Les deux femmes s'observèrent en silence. Alexandrine toucha la main de madame Angély et ce geste la fit fondre en larmes. La jeune femme se sentit bouleversée, d'autant plus bouleversée qu'elle était elle-même incapable de verser la moindre larme.

— Je ne comprends pas. Vous auriez dû la protéger d'elle-même, reprocha Alexandrine. Elle avait perdu toute lucidité sur les dangers de cette liaison.

Jeanne se leva de son siège et reprit sa canne pour suivre l'allée. Sa visiteuse la suivit en repoussant de la main les hampes de rosiers qui débordaient sur le passage.

— On ne taille plus rien, dit Jeanne. On laisse tout à l'abandon. Impossible de trouver un jardinier à Saint-Gillet. C'est anormal tout de même. D'autant que, vous pouvez me croire, je suis généreuse. Cependant, je suis restée une pestiférée, malgré le temps et les forces de l'oubli. On m'en veut encore.

— De quoi donc ?

— Ça ne vous regarde pas, jeune fille.

Alexandrine fit demi-tour. Elle avait abusé de la patience de son hôtesse avec des questions incessantes. Quand elle fut près du portail, Jeanne tendit la canne dans sa direction.

— Que croyez-vous ? Je l'ai mise en garde. Elle ne m'a pas écoutée. Elle avait envie de son officier allemand. Avez-vous été amoureuse une fois dans votre vie ?

Alexandrine ne répondit pas.

— Parfois, on vit avec un homme sans amour. Puis un jour, on croise la vraie passion, et une sorte de vertige s'empare de nous. On perd toute lucidité et la raison ne suffit plus à contrôler nos réactions.

La Bordelaise baissa la tête en songeant à Tobias. Elle aussi n'ouvrait plus ses lettres. Les enveloppes s'accumulaient sur le buffet de la cuisine à raison d'une tous les deux jours. Il y avait plus urgent à faire, mille interrogations qui ne trouvaient pas de réponses.

17

Puisqu'elle était de sortie, Alexandrine décida d'aller rendre une visite à Pierre Muraille. Le localier du *Courrier du Centre* vivait dans une masure, route de la Commanderie, à l'écart du bourg. Elle le trouva dans sa chaise longue, à l'ombre d'un tilleul. Il s'était assoupi, un roman ouvert posé sur sa poitrine.

Alexandrine avança à pas de chatte pour ne pas perturber sa sieste. C'était une idée stupide vu qu'elle avait besoin de lui parler, autant qu'il sortît au plus vite de sa torpeur. Cependant, elle n'en fit rien. Elle s'assit sur une chaise pliante à côté de lui, l'observant avec curiosité.

Indifférent aux besoins de coquetterie qui l'eussent rendu plus fréquentable, le journaliste avait fait une croix sur ces aspects de son existence. Il avait vécu avec deux femmes, trois ans avec l'une et un an avec l'autre, sans s'attacher durablement. Si bien qu'elles avaient fini par le quitter, sans faire la moindre histoire. C'était dans sa nature, ce goût pour l'indifférence qui avait façonné en lui un trop-plein d'égoïsme. Il s'aimait ainsi, dans cette dérive longue et patiente, glissant sur les aspérités de l'existence sans qu'elles laissassent sur lui la moindre trace. Il vivait au jour le jour, sans autre intérêt que la poésie du quotidien dont on trouvait trace dans ses billets d'humeur et parfois même, prouesse, dans quelques articles sur des sujets anodins.

Délicatement, Alexandrine retira le livre de poche qui paraissait minuscule sur sa large poitrine de vieux loup de campagne et le feuilleta négligemment, picorant çà et là une phrase au hasard pour occuper son silence.

Enfin, ses yeux s'écarquillèrent et il aperçut sa visiteuse sans s'en émouvoir. Elle lui rendit son roman.

— Vous lisez des histoires d'amour ? C'est étrange.

— Je n'ai pas eu la chance d'en vivre une, ça me fait un peu de documentation.

Alexandrine éclata de rire. Le peu qu'elle avait appris de Muraille la confortait dans l'idée que cet homme n'avait jamais été apprécié à sa juste valeur. En grommelant, il se redressa sur sa chaise, malhabile avec son corps trop lourd dont il ne savait que faire.

— Je ne vous attendais pas si vite, dit-il.

— Je n'ai pas une occupation débordante, admit Alexandrine.

Muraille la regarda en fronçant les sourcils. Il n'en croyait pas un mot. Une avocate de Bordeaux à Saint-Gillet, au milieu des pedzouilles, ce n'était pas une situation naturelle.

— Elle avance, votre enquête ?

— C'est un grand mot, monsieur le journaliste.

— Accepteriez-vous que je fasse un portrait de vous dans *Le Courrier* ?

— Vous m'avez fait venir pour ça ?

— En partie.

— Il faut que vous soyez sacrément en panne d'inspiration.

L'homme se caressait les mains, voluptueusement. Il y avait un brin de timidité dans ce geste. Les arguments ne lui manquaient guère pour la convaincre, mais elle l'intimidait avec son style d'adorable bourgeoise indépendante, fière et hautaine, habituée à ce que les hommes rampent à ses pieds.

— Oui, je comprends que vous vous en foutiez, d'un papier dans mon journal. Je songe à mes lecteurs. Vous les intéressez, vous les intriguez. A Saint-Gillet, on ne parle que de ça, le retour de la fille Delalande après quinze ans d'absence. Vous avez fréquenté l'école communale du père Jaubertie, joué avec les garçons et les filles du patelin. Peu d'entre eux, entre nous, ont réussi à partir de leur village, sinon pour devenir flic, cheminot ou postier. Avocate, brillante avocate... De quoi susciter, mademoiselle, bien des jalousies.

Il faisait des manières avec ses longs doigts de marionnettiste animant une figurine imaginaire. Peut-être était-ce celle de la petite Delalande emportée dans un destin hors du commun ? En tout cas, ce jeu amusait Alexandrine. Elle n'y voyait que de l'ironie. Car elle ne s'aimait guère dans le rôle de l'avocate ni dans celui de la bourgeoise et encore moins dans l'improbable héroïne possédée par le désir d'un éternel retour.

— Non. Vous n'écrirez rien sur moi, monsieur Muraille. Je n'en vaux pas la peine. Du reste, j'aurai quitté mon village d'enfance avant que vous n'ayez terminé votre article. Je suis juste de passage, le temps d'un battement d'ailes de papillon.

Muraille décida la visiteuse à entrer dans sa masure. Elle se doutait bien qu'il ne l'avait pas fait venir pour lui proposer un de ces projets minables dont elle n'avait que faire.

— C'est de ma mère que je veux entendre parler, soutint-elle en traversant le couloir.

— Que pourrais-je en dire ? Ce que tout le monde sait.

— Justement, je ne sais pas ce qu'on raconte sur elle à Saint-Gillet. Sa mort a dû réveiller des souvenirs.

L'homme releva les bretelles sur sa chemisette en coton jaune. Il y avait des taches graisseuses et d'autres encore plus suspectes, de pizza, de vinasse et de sauce bourguignonne. Monsieur Muraille était un gros mangeur et accordait peu d'importance à son hygiène personnelle.

Il la fit entrer dans son bureau. Vaste territoire de tous les désordres. Le propriétaire des lieux y avait entassé dix, voire vingt ans de copies, de dossiers, de journaux. Sous la vague déferlante, il y avait un socle d'ordre, mais submergé depuis longtemps. Parfois, le bonhomme s'employait à brasser cet entassement pour y dénicher un trésor, un vieux trésor. Il n'était que son cerveau, en vérité, qui était ordonné. Il se souvenait où chaque chose était nichée. La plupart du temps, Muraille se fiait à sa mémoire pour remonter en surface les vieilles histoires encombrantes. Il avait brocardé les maires successifs, les conseillers généraux, les députés, quelles que fussent leurs étiquettes. Ses passions se nichaient dans les piètres magouilles de canton. Il se dressait quelquefois en justicier, dans une brève colère, piteusement égarée en chemin pour des occupations plus futiles, la pêche, la chasse et les beuveries.

Au centre du bureau trônait une machine à écrire à boule IBM, et sur une tablette entre une cafetière électrique et une bouteille de whisky, un Bélino par lequel il transmettait ses photos au journal. Aux murs gris, on avait punaisé les heures de triomphe, des coupures d'articles saignants. Cinq ou six scandales retentissants qui avaient fait sa gloire. Le temps avait passé sur ces faits d'armes. Le papier avait jauni sous les chiures de mouches.

— Saviez-vous, monsieur Muraille, que ma mère fricotait avec les Boches, comme on dit ici, dans le Landerneau corrézien ?

Le journaliste sortit de sa poche un mouchoir crasseux et s'épongea le front. Les suées lui venaient au moment des digestions avec les aigreurs d'estomac. Sauces lourdes, viandes rouges et alcools blancs ajoutaient à cette débâcle.

Alexandrine entrouvrit une porte qui donnait sur la chambre noire. Muraille écrivait les articles, certes, mais il faisait aussi les photos, développait les pellicules et tirait les clichés. Du reste, il y avait sur le frigo – autre meuble de bureau ordinaire où parfois s'égaraient entre les canettes de bière des copies en attente et ainsi mises à refroidir – trois appareils photographiques, un Canon, un Lubitel et un Zénith.

— Vous n'êtes pas tendre avec votre mère. C'est général. Les enfants ne survivent qu'en tuant leurs parents. C'est bien connu. Moi, j'ai eu plus de chance. Les miens sont morts alors que j'étais en bas âge. J'ai connu l'assistance publique. Une école de la vie, comme on dit. Naître de rien pour devenir rien, voici ma devise. Mais vous, Alexandrine, je vous plains. Il va vous falloir l'enterrer pour de bon, cette vilaine mère.

— Vous faites trop de littérature, reprocha Alexandrine. C'est bon pour vos articles, mais ça nuit à ma compréhension.

— Oui, affirma Muraille en décapsulant une Kronenbourg, Hélène Delalande était la maîtresse d'un officier nazi. C'était courant. Vous le saviez bien en venant ici ? Vous vous doutiez de ce que vous alliez découvrir ? Non ? L'affaire de votre mère, je ne trouve pas ça si extraordinaire. Une histoire d'amour comme une autre. A Saint-Gillet, on l'a vu autrement. Le patelin, à cette époque, 44 surtout – parce qu'avant 44 y en avait pas bézef, des héros – c'étaient pétainistes, milice et compagnie. A partir de juin 44, et le débarquement de Normandie, les maquis du coin faisaient la pluie et le beau temps. On arrêtait, on jugeait, on condamnait et le reste... Vous me comprenez, ma chère ? Y a de quoi écrire sur le sujet. D'un autre côté, il y a eu une véritable résistance, bien organisée, contrôlée, avec des chefs responsables. Ceux-là, ils étaient encadrés comme il faut. Mais le pire, ma chère, c'étaient les résistants de la dernière heure, ceux qui venaient se planquer dans les bois ou régler quelques comptes. On a eu le tort de les armer et de leur laisser la bride sur le cou. On en a eu un comme ça, à Saint-Gillet, un type douteux, un potentat local. Il a laissé un mauvais souvenir. Mais, quoi, on disait, après la Libération, qu'on pouvait pas tout contrôler, régenter, ordonner. Une grosse omelette, notre affaire, une sacrée omelette qu'on ne pouvait pas battre sans casser des œufs. Compris ?

Alexandrine hésita à demander des renseignements précis sur ce personnage. Elle avait espéré que ceux-ci viendraient dans la conversation et qu'elle n'aurait pas à forcer les confidences. Tôt ou tard, je le croiserai sur mon chemin, pensa-t-elle, assurée qu'Hélène Delalande avait eu maille à partir avec cet homme. La mésaventure de la route de Brive lui était revenue en mémoire. Un chef pusillanime confronté à un excité, songea-t-elle. Dans une période trouble comme celle de la Libération, hélas, tout peut advenir, le pire comme le meilleur : sentence sommaire, condamnation abusive, témoignages fallacieux ou grâce divine...

— Je découvrirai ce qui s'est passé...

— Ah oui, ne comptez pas sur moi pour vous raconter la fin. J'ai trop d'amitié pour vous.

Il laissa tomber la canette vide dans la corbeille à papier. Il s'essuya le front une fois encore, avec insistance. La sueur perlait sur son col.

— Volker Aldermann, c'était ainsi qu'il se nommait le gigolo de maman, n'est-ce pas ?

— Maintenant, c'est loin. On a réconcilié nos deux peuples. De Gaulle a congratulé Adenauer, Giscard fait copain-copain avec Helmut Schmidt. L'Europe est passée de l'entente à la coopération et enfin au marché commun. C'est *mano a mano*, les Français et les Schleus. Peut-être pas encore à Saint-Gillet. Ici, la guerre continue. On mange du Boche dans les familles le dimanche entre la messe et le pot-au-feu. C'est l'occasion où les vieux résistants racontent leur guerre aux petits-enfants. Lorsqu'on en vient au chapitre de la collaboration et des traîtres, on parle d'Etienne Legendre, le vichyssois local, et d'Hélène Delalande, la poule à Boches.

— Collaboration horizontale, fit-elle.

Muraille se mit à hocher la tête, pensif.

— Madame Delalande avait la réputation d'avoir la cuisse légère. C'était une belle femme, séduisante, avec de la classe. De quoi encourager la jalousie des rombières du quartier ! Ça faisait jaser, tout ce plaisir clandestin pris à l'ennemi et non remboursé à la patrie. Si elle avait été une espionne au moins... Une Marthe Richard gaulliste. Mais non, rien de tout ça. Des coucheries gratuites... Pendant que votre père était en Allemagne, au STO. Il gagnait des sous alors que d'autres étaient aussi en Allemagne dans des camps de prisonniers, les stalags, les oflags et toutes ces conneries. Mauvaise presse. Mauvais genre. Les Delalande étaient honnis et le sont encore. Vous avez eu raison, Alexandrine, d'être partie en 61, loin de Saint-Gillet et d'échapper à ces haines locales. Elles auraient dévoré votre existence. Alors que, bien sûr, vous n'y êtes pour rien, vous. Quoi ! Vous n'avez pas à subir l'opprobre d'Hélène Delalande.

La jeune femme déambulait dans la turne du journaliste, frôlant les piles de journaux et de dossiers qui menaçaient de crouler à tout moment. Elle s'interrogeait sur Muraille, sur son goût insensé pour le désordre. Voici un homme qui ne peut rien jeter et qui amasse sans fin des choses d'un intérêt douteux, alors qu'il lui faudrait trier, une bonne fois pour toutes, le bon grain de l'ivraie. Elle s'en amusa.

— Détrompez-vous, Muraille. Je suis en colère contre ma mère, pour tout le mal qu'elle s'est fait en se fourrant dans ce pétrin. Quel gâchis. En revanche, je ne peux pas lui en vouloir. J'essaie de comprendre l'existence d'une jeune femme seule à Saint-Gillet en 1944, une épouse abandonnée, mal aimée, négligée, flouée par un mariage arrangé...

— Ah je ne savais pas, dit Muraille. Comment avez-vous appris tout ça ?

Il avait envie de partager ce moment de doute et de réflexion avec sa visiteuse. On ne rend jamais la justice que sur des ombres, et ce qui obscurcit la vérité c'est ce lacis inextricable des pulsions occultes tapies au fond de chaque individu.

— Vous ne croyez tout de même pas que je vais vous le dire ?

— Non, bien sûr. C'est une affaire intime, après tout.

D'un geste, Alexandrine tenta d'atténuer la violence de son propos. Le journaliste n'était pas susceptible. Il aimait trop la vie pour ça, et ne cédait pas à cette aigreur des apparences.

— Vous me ferez souvenir de vous donner une photo de votre mère dans ces années-là ?

— Pourquoi détiendriez-vous ça ?

— Je ne peux pas vous répondre. Moi aussi, j'ai mes secrets.

Du plat de la main, il caressait ses entassements d'archives en ajoutant que cette recherche lui demanderait du temps.

— Pour vous contacter désormais, dit-il en lui serrant la main, je passerai par Toni ?

Alexandrine sursauta.

— Comment ça, Toni ?

— C'est bien votre amant, non ?

Une lueur équivoque dans son regard déplut à la jeune Bordelaise.

— Non. Ce n'est pas mon amant, comme vous dites. Ce jeune homme est un vantard. Ce n'est pas parce qu'il m'a baissé la culotte une fois qu'il doit se croire tout permis. Sale petit con ! s'exclama-t-elle.

18

12 juillet

Comme je le craignais, Etienne Legendre est venu réclamer son dû avec toute sa garde rapprochée. Il n'était pas peu fier de me montrer l'étendue de son pouvoir, comme un garçonnet qui étale ses soldats de plomb pour impressionner une camarade de jeu. Pour compléter le tout, Legendre a voulu que je vienne constater de visu que La Ferronnière était cernée par douze types au moins, bien armés.

— Je suis prisonnière, si je comprends bien.

— Mais non, rit-il, c'est pour nous protéger l'un et l'autre.

— Je n'ai pas besoin d'être protégée.

Bedonnant dans son uniforme bleu de milicien, le béret sur le coin de l'oreille, le cuir gras, j'éprouve une forte répulsion à l'idée qu'il puisse me toucher. Pourtant, je suis sans illusions sur cette question. Il est venu pour ça, avec toute sa clique. Bien que je me tienne à distance, les bras croisés, il tente quelque approche.

— Il y a des terroristes, madame Delalande. On leur mène la vie dure. Ça pullule comme des puces sur le dos d'un chien. Plus on en tue plus y en a. Et les Schleus ne sont pas aussi efficaces qu'on le dit. Y comptent sur nous, ces enfoirés, pour nettoyer le pays, tout ça parce qu'on connaîtrait mieux leurs caches...

Je lui dis que ces histoires ne me concernent pas et que je n'ai rien à voir avec la milice.

— Pourtant, on a su me trouver pour avoir de l'essence à volonté... Pas vrai ?

Legendre profite de mon embarras pour franchir la porte de ma maison. Dans la place, il reprend de l'autorité, comme en pays conquis. Il fait signe à ses cerbères postés sur la terrasse de se retirer.

— On n'offre rien à son protecteur ? Quelle ingratitude !

Comme je réfute ce mot-là, protecteur, il s'agace.

— Je ne sais pas ce que vous voulez, dis-je

Ma réflexion le déconcerte.

— Causer, gentiment. J'avais un moment à tuer par une si douce soirée, je me suis dit : si je rendais visite à madame Delalande ? Elle doit se sentir bien seule dans sa grande maison. Et puis quoi ? Y a rien de mal à visiter ses amis. Vous êtes mes amis après tout. Votre mari et moi, nous nous connaissons. Nous avons les mêmes idées sur la décadence de la France, sur les profiteurs, sur les accapareurs. Toute cette racaille cosmopolite qui a ruiné notre pays et l'a conduit là où il est. Ce sont bien vos idées aussi ?

Je vais lui chercher une bouteille d'armagnac mais je refuse de trinquer avec lui. Legendre s'est installé sur mon divan. Il me regarde venir vers lui, jambes écartées, dans une invite obscène. Sont-ce ses dernières activités pour le compte du Maréchal qui lui confèrent cette arrogance désagréable ? L'homme, malgré le pouvoir qu'il s'est octroyé, n'est guère attirant avec ses guêtres mal ajustées et ridicules sur ses chaussures de ville. De plus, il empeste la sueur aigre et la naphtaline.

J'ai du regret de l'avoir laissé entrer dans ma maison, mais pouvais-je agir autrement ? Du moins, je me persuade du contraire pour distraire ma peur. Prudemment à l'écart, je surveille ses réactions. Mon armagnac lui convient, il se ressert. C'est fâcheux pour lui que je me tienne à carreau dans mon coin. Après mon passage à l'hôtel de ville et le peu de résistance que je lui avais opposé, il a cru sans doute que j'étais une fille facile, prête à succomber.

— Je vous avais promis cette visite, Hélène. Ne faites pas l'étonnée.

D'un mouvement de la main, il me fait signe d'approcher. Va-t-il me prendre de force ? Ou lui reste-t-il encore un brin d'honneur ?

— C'est un malentendu, dis-je.

— Pas ces mots-là avec moi, fait-il en se relevant. Je vous veux et je vous aurai !

Legendre s'empare de ma taille, je lui glisse entre les doigts comme une anguille, puis je cours me réfugier dans la cuisine. C'est un repli sans grande utilité. Il m'y rejoint, décidé à me prendre de force sur la table. Il me tient aux poignets et m'embrasse à pleine bouche, avidement.

— Vous risquez gros, Legendre, dis-je. Je suis amie avec l'*Oberleutnant* Aldermann...

Ces simples mots suffisent à arrêter son projet. Il se recule, abasourdi.

— Vous ? Sa maîtresse... Première nouvelle.

Je ne réponds pas. Il observe mes jambes nues et vocifère de rage. Je rabats ma robe, prestement.

— Q'importe ce que je suis pour Aldermann, dis-je. D'ailleurs ça ne vous regarde pas. Il n'aimerait pas savoir que le chef de la milice de Saint-Gillet a pris de force sa meilleure amie.

Lorsque j'ai raconté cette histoire à Volker, il est entré dans une vive fureur.

— Legendre, tu dis ? Je vais le faire arrêter. Je trouverais bien un motif. Cette milice française n'a aucune tenue. Une bande de voyous. Nous avons bien raison de nous en méfier. Leur chef Darnand ne vaut guère mieux.

— Non, tu ne feras rien, dis-je. Je ne veux pas de mal à cet imbécile.

— Il a voulu te violenter. C'est une attitude inqualifiable.

— Je doute que tes hommes, Volker, se conduisent toujours bien.

Il paraît réfléchir, le visage tourné vers la fenêtre et le balcon qui donnent sur l'avenue de la Gare. Les battants entrouverts laissent entrer un courant d'air qui agite les rideaux de mousseline blanche. La chambre de l'hôtel Terminus est spacieuse bien que la tapisserie jaune soit fatiguée. Volker se plaît dans ce lieu, au deuxième étage avec un grand balcon et une baignoire bateau. Stratégique, dit-il. Je ne comprends pas bien ce qu'il entend par là, peut-être s'agit-il de l'emplacement qui offre une perspective intéressante sur la ville.

A chacune de mes visites, Volker se met en civil pour m'être agréable. Au bras d'un soldat allemand, je crains le regard des Français, je perçois distinctement cette haine rampante et ce désir de revanche qui percent sous un sourire narquois, un geste offensant, ou même un crachat sur mes pas. Il n'est que Volker pour ne rien voir, ou du moins tâcher de n'en rien deviner. Même en civil, Aldermann a une tête d'Allemand, avec son port de tête hautain, son regard supérieur et glaçant, ses gestes amples comme si tout le trottoir lui appartenait. D'ailleurs, on s'efface devant lui, et je ne l'ai vu que rarement en descendre pour laisser passer qui que ce soit, même une jolie femme.

Je ne dirais pas qu'il manque de galanterie. Avec moi, Volker est le plus attentionné des hommes. Je ne l'ai jamais vu se mettre en colère. Pourtant, il m'arrive d'observer ses mains larges et puissantes et de me dire qu'elles ont servi à exécuter quelques malheureux. C'est une pensée qui me glace parfois lorsque nous faisons l'amour. Il me demande : « Qu'as-tu ? Je te sens loin de moi, Hélène... »

Aussi je préfère me gaver de champagne avant de m'allonger sur son lit. Je ne pense plus à rien, je m'abandonne au plaisir. C'est ainsi qu'il m'adore, Volker, lorsque je suis languide dans ses bras, qu'il obtient de moi tout ce qu'il désire. C'est un amant attentif à mon plaisir, ce qui n'est pas sans inconvénient lorsque je ne parviens pas à jouir ou que l'abandon suffit à me combler. Certes, il me faut jouer une comédie en simulant l'orgasme. Volker aimerait tellement que je l'éprouve cinq ou six fois de suite. Lui-même s'escrime à multiplier ses engagements sans succès. Il me revient ensuite de le consoler. C'est là, en vérité, que nous mesurons la fragilité d'un homme, serait-ce un *Oberleutnant* de la Wehrmacht. Une fragilité attendrissante, émouvante même, que je n'avais jamais connue avant mon histoire avec Volker. Peut-être est-ce cela en vérité, l'amour ?

— M'aimes-tu ? questionne-t-il souvent.

Avant même de me laisser le temps de répondre, il ajoute :

— Moi, je t'aime.

Ainsi, je n'ai pas eu l'occasion de lui dire : « Je t'aime. » Un « je t'aime » à répétition, comme au cinéma.

La peur de l'avenir, l'angoisse d'un lendemain incertain reviennent en boomerang et nous privent d'une conversation sérieuse. Je ne vois pas comment nous survivrons ensemble à cette guerre. Peut-être sera-t-il condamné à fuir devant les troupes alliées ? Peut-être serai-je captive des justiciers de la Résistance ? Ou tuée ? Fusillée ? que sais-je. Volker possède une réponse imparable à toutes ces craintes. Il a déjà dressé un plan. C'est un militaire ; allemands ou américains ou français, tous les militaires se ressemblent de ce côté-ci de la planification. Rien ne doit être livré au hasard, à l'aléatoire, à l'improvisation. Tout doit être réfléchi dans le moindre détail. C'est par ce genre d'argument qu'il parvient, une ou deux bouteilles de champagne aidant, à apaiser mes angoisses.

— Bien sûr, nous irons vivre en Suisse, dans les Franches-Montagnes. Il y a mon oncle là-bas et de bons amis qui prépareront notre arrivée.

— Que font-ils, tes parents, Volker ? Où habitent-ils ?

Il me fixe dans les yeux, sans faiblir, comme s'il n'était à ce moment qu'un bloc de sincérité, de probité absolue.

— Moins tu en sauras...

C'est une réponse terrible. Dès lors me faut-il croire en lui aveuglément, sans m'interroger. Sinon le perdre. Mon amour n'est donc plus qu'un dogme auquel me raccrocher, et sans l'observation duquel je déchois dans la seconde. Voici ce qui fait de moi une somnambule au bras d'Aldermann. J'avance éveillée sur sa pente avec l'espoir qu'elle nous mènera au but sans dommage.

Au moment où il crochète sa montre au poignet et dit ces mots qui me pétrifient : « L'heure du devoir a sonné », je me lève et enfile une nuisette. Nous nous quittons d'ordinaire sans discours, lui d'abord en uniforme d'*Oberleutnant*, et moi ensuite, furtivement, en rasant les murs. Je m'assois derrière son bureau sur lequel sont posés des objets qui symbolisent la guerre, un pistolet Walther 38, une dague d'officier, et un maroquin grenat frappé de l'aigle allemand et du svastika... De ce portefeuille émergent des photographies. Machinalement, j'en prends une. Elle représente un groupe de soldats allemands près d'un alignement d'hommes abattus. La deuxième et la troisième montrent la même scène prise sous des angles différents. Parmi les soldats, je reconnais distinctement Volker. Il est légèrement à l'écart, montrant d'une main tendue la scène du massacre.

— Ne regarde pas ça ! s'écrie-t-il. Ce n'est pas ton affaire. Tu ne devrais pas fouiller dans mes dossiers, Hélène. Très dangereux pour nous. Pour toi et pour moi. Très dangereux.

Sa colère paraît maîtrisée, à ma grande surprise. Sur la seconde, j'ai cru qu'il allait se jeter sur moi, violemment, toutes griffes dehors. Il se montre beau joueur, sachant que ces documents sont tombés par négligence sous mon regard.

— Qu'est-ce donc ? Un massacre de résistants ? Ah, non, des terroristes...

— Ne joue pas de ça avec moi, déplore-t-il.

Volker s'est assis à côté de moi. Il me prend par les épaules. Je sens qu'il est affecté par ce que je viens de trouver, une preuve irréfutable des basses besognes de la S-R 95. Comment m'en étonner ? Faudrait-il que je sois stupide pour ne pas voir que le régiment de Volker Aldermann est destiné à traquer et anéantir les maquisards français et qu'il en est un des exécutants. Petit officier certes, mais exécutant quand même, me dis-je. Ce n'est pas parce que tu aimes Volker que tu dois fermer les yeux sur la réalité, me dis-je.

Il se lève et va dans la salle de bains. Je le sens fébrile. Ça l'ennuie sans doute de devoir me quitter brusquement sur une si mauvaise impression. Il s'interroge. Nous reverrons-nous ? Notre amour pourra-t-il s'accommoder de cette horreur ? me dis-je. Tant il est vrai, ma chère Hélène, que tu savais confusément que ton cher amant n'était pas un enfant de chœur.

Il enfile ses bottes en tapant du talon, plus fort que les autres fois, avec rage.

— Comment peux-tu accomplir ce travail, Volker ?

— Je t'en prie, Hélène, ne t'occupe pas de cela.

— Ces horreurs... Pourquoi ne nous sommes-nous pas trouvés ailleurs à un autre moment de notre vie ?

— Nous n'avons rien choisi, répond Volker. Ni toi ni moi. Rien décidé non plus. Mon regard s'est attardé sur toi et nous nous sommes reconnus. Maintenant, quoi qu'il advienne, nous sommes l'un à l'autre. Tu peux me juger, me condamner. Bien sûr. Ne plus me revoir. Si tu le décides, il en ira ainsi. J'en souffrirai. Mais nous appartenons l'un à l'autre. Personne ne pourra défaire ce que le destin a voulu...

Bien sûr, pensa Alexandrine, après la découverte accablante de ces photographies, Hélène aurait dû cesser de voir Volker Aldermann. De toute évidence, elle ne le fit pas. De toute évidence, elle décida de poursuivre sa relation amoureuse comme si les photographies n'avaient pas existé. Elle les mit entre parenthèses. Elle s'attacha à faire de cette minute un temps d'aveuglement, comme on l'avait fait en ce temps-là dans toute l'Europe. D'abord en Allemagne, lorsqu'on installa Hitler au pouvoir et qu'on le laissa s'emparer des institutions, qu'on devint complice de ce rapt de la démocratie, et ensuite dans le reste des pays occidentaux, où l'on préféra tourner le regard ailleurs, et finalement s'accommoder de l'innommable.

Alexandrine relut ce passage du journal dix fois, vingt fois. Sa mère avait laissé suffisamment de détails, jusque dans les silences, les non-dits, pour que cette lecture fût éloquente, et sans appel. Voici ce qui sépare l'innocence de la culpabilité, se dit-elle, au moment où ma mère découvrant des preuves irréfutables choisit d'aimer plutôt que fuir. Comment pouvait-elle croire, songea Alexandrine, que cette passion pourrait croître sur ce terreau d'imposture ?

— Ma pauvre maman, murmura Alexandrine, tu te vouais à l'opprobre par amnésie.

Elle laissa choir le cahier à ses pieds, dans la pénombre du soir. Il y avait une fatigue en elle, de cette fatigue qui nous vient du vieux monde lorsqu'on n'envisage plus le destin des hommes que comme un malheur perpétuel. Elle était la fille de ce malheur, et ce sentiment diffus la tenait en éveil, alors qu'elle eût tant aimé sombrer dans des rêves insondables.

En ville, plus tard, elle chercha un téléphone dans un café, car celui de la cabine publique était hors d'usage. La voix de Tobias réactiva en elle le sentiment qu'elle ne pourrait vivre sans ce garçon, bien qu'il fût turbulent et rebelle à ses heures.

Il lui dit qu'il avait craint de ne plus la voir. Elle se mit à rire. Et lui de même. Ils convinrent de se retrouver à Brive le lendemain. Le train de Bordeaux mettait une demi-journée au moins pour atteindre la cité corrézienne. Elle jugea que ce serait trop long, que peut-être son désir se serait évaporé entre-temps. Il lui donna quelques conseils pour le tenir en éveil. Joignant le geste à la parole, Tobias l'adjura de faire l'amour à distance. Avec succès, ils obtinrent un orgasme commun.

Le lendemain, face à la gare, ils prirent une chambre dans l'hôtel Terminus, là même où sa mère, trente-cinq ans plus tôt, allait rejoindre Volker Aldermann. Elle n'osa en parler à Tobias qui n'eût compris cette histoire, lui-même si éloigné de cette dramaturgie sentimentale. Ils firent l'amour d'abord dans la salle de bains. L'eau tiède coulant sur leurs corps savonnés ne faisait qu'accentuer l'excitation. Puis ils commandèrent une bouteille de champagne et de quoi grignoter. L'air du dehors, chaud et asphalté, les enchaîna à la torpeur. Bien qu'ils fussent attentifs à leurs caresses et que cette moiteur ajoutât du piquant à leurs jeux, ils ne parvinrent à se prendre une seconde fois. La tentative avortée les emplit de tristesse.

— Je te désirais, reconnut Alexandrine, mais tout est allé trop vite. Nous gaspillons nos forces comme des adolescents.

— Ce n'est pas si grave.

Le garçon proposa une promenade en ville, elle refusa. Il n'insista pas. Elle songeait à sa mère en fixant les ombres qui dansaient au plafond. Le jour s'épuisait ainsi dans ces sortilèges.

— Où en est ton enquête ?

— Je ne souhaite pas en parler, Tobias.

Il lui fit entendre quelques phrases mélodiques de sa nouvelle chanson sur les cordes d'une guitare sèche. Elle ne l'écouta pas et il en ressentit de l'amertume.

— Que faisons-nous ensemble, si tu ne t'intéresses pas à ce que je fais ?

— Ce n'est pas le rocker qui m'intéresse, dit-elle en jouant avec son sexe du bout des doigts.

— Ma queue alors ? Rien que ma queue... C'est triste.

— Je ne trouve pas.

Enfin, ils firent l'amour paresseusement et s'endormirent l'un dans l'autre, comme au début de leur rencontre, à Soulac. C'était un pari qu'ils faisaient en ce temps-là, que leurs corps ne se séparent jusqu'à reprendre ardeur. Ce jeu les combla en ce qu'il renouait avec leurs premiers émois.

— M'as-tu trompé ? demanda Tobias.

— Oui, dit Alexandrine.

Il y eut un long silence. Elle ajouta :

— Avec un jeune imbécile. Tu n'as rien à craindre, mon beau Tobias. Et toi ?

— Trois fois au moins.

Elle éclata de rire.

— Ça ressemble bien aux hommes. Ils font l'amour rien que pour se prouver qu'ils peuvent le faire, n'est-ce pas ? Avec la première fille qui passe...

Alexandrine énuméra cinq ou six noms de prétendantes dans le cercle du Rock Band Macaroni. Sa curiosité ne lui ressemblait guère, d'ordinaire elle se fichait bien que son homme se fît en douce une donzelle. De sa propre initiative, Tobias arrêta le massacre. L'aveu ne valait pas tripette à ses yeux. Ce n'était que du dépannage, vite fait bien fait.

— Virginie ! s'exclama Alexandrine. Encore ! Elle est si jeune pour toi, non ?

— C'est facile et ça ne porte pas à conséquence.

— Tout de même, ça devient une habitude. Fais attention, Tobias. Elle finira par s'attacher. Et moi, tu le sais, mon beau, je ne veux pas combattre dans cette catégorie...

Vint le moment où il leur fallut prendre une décision.

— Voudrais-tu que je t'accompagne à La Ferronnière ? Je pourrais y passer une semaine s'il le faut. Le temps que ton enquête se termine.

Pour la deuxième fois, elle lui fit comprendre que sa présence à Saint-Gillet n'était pas désirée.

— Je préfère que nous nous voyions en terrain neutre, dit-elle.

Tobias ne comprit pas ce que signifiait cette formulation. Il jugeait même qu'elle y mettait trop de cœur et que ses recherches lui prenaient un temps inutile. Alexandrine n'avait pas envie de rendre des comptes. Pour cela, il lui eût fallu entrer dans des explications scabreuses et compliquées.

— C'est une affaire trop intime, dit-elle en allumant une cigarette.

— Je croyais que c'était juste une formalité à accomplir. Un héritage ! Qu'est-ce qu'un héritage ? Rien du tout.

— Voici une affaire, répéta-t-elle, qui m'a embarquée dans une direction que je n'avais pas soupçonnée.

Tobias aimait la manière dont sa compagne posait les énigmes avec une froide détermination. Ainsi mettait-elle un fossé entre eux deux, jugeant que personne ne pourrait l'accompagner dans sa quête personnelle.

— Mais encore ?

— Rien ! affirma-t-elle.

— Tu liras mes lettres, maintenant ?

Elle écrasa le mégot dans un cendrier. Il sentit qu'elle s'impatientait. Lorsqu'on se connaît bien, ça évite les paroles inutiles, les malentendus et toute la ferblanterie des sentiments de pacotille, pensa-t-elle en le conduisant au train.

19

Comme c'était un dimanche, il y avait beaucoup de promeneurs sur le chemin du Vialmur. En cet endroit, on dominait Brive, bien qu'il eût fallu monter jusqu'au relais de télévision pour voir enfin toute l'étendue de la cité passée en vingt ans de grosse bourgade corrézienne à ville moyenne.

La jeune femme franchit le portail et remonta l'allée jusqu'à la villa.

C'était un vaisseau blanc avec de grandes baies vitrées. Rien d'original pour l'époque où l'on faisait dans toutes les dimensions du Corbusier et du Niemeyer. Ici, ce n'était pas tout à fait la rupture avec l'ancien, on avait conservé quelques traces de pierre dans la façade, du granit rose incrusté, si ridicule, certes, mais dévoré abondamment par le béton banché. En tout cas, François Delalande avait mis une fortune dans cette villa pour qu'il n'y manque rien et, surtout, qu'elle témoigne de sa nouvelle position de parvenu.

Sur la terrasse, un garçonnet jouait avec des pièces de Lego de toutes les couleurs.

— Voici l'héritier ! s'écria Alexandrine en s'approchant.

— Non, dit le gamin, je suis Nicolas.

— Nicolas, répéta Alexandrine en déposant un baiser sur ses joues. Enchantée ! Nicolas. Moi, je suis Alexandrine, ta tante Alexandrine. Tu m'as déjà vue en photo, non ?

— C'est pas pareil qu'en vrai, dit Nicolas.

Alexandrine se mit à rire.

— Tu as raison. Je ne suis pas venue souvent ici.

— Pourquoi ?

— Je n'ai à rien à y faire... Et toi ? L'école, ça marche ?

Le gamin hocha la tête, intimidé. La tante faisait de l'effet avec son grand chapeau de paille et sa tunique mexicaine. Georgine vola au secours de son fils en descendant les marches de l'escalier quatre à quatre. Elle en rajouta dans les présentations, le petit Delalande avait surtout envie de retourner à ses occupations.

— Laissez-le jouer, défendit Alexandrine. On l'emmerde avec nos manières de grandes personnes.

— Ce n'est pas nécessaire de dire des gros mots devant lui, reprocha Georgine.

Alexandrine s'en excusa. Elle n'avait pas l'habitude des enfants et encore moins de la pédagogie. Elle avait voulu se donner un genre intrigant en foulant le territoire de son frérot, faire de la provocation devant sa belle-sœur. C'était gentillet, tout de même.

— Regardez la belle vue que nous avons sur la ville. C'est heureux, dit Georgine. Nous avons choisi cet endroit pour ça. Du reste, nous l'avons payé assez cher, ce terrain.

— Combien ? demanda Alexandrine avec un sourire moqueur.

— Ça vous intéresse à ce point ?

— Non. Mais puisque nous sommes parties dans les histoires d'argent, allons-y !

— Décidément, Alexandrine, vous ne changerez pas.

La Bordelaise prit Georgine par l'épaule pour lui signifier que sa visite était sans arrière-pensée.

— Je suis injuste avec vous, reconnut-elle, dépourvue d'égards, comme si vous n'étiez que la cinquième roue du carrosse, mais je n'en pense rien. Je devrais au contraire vous remercier de m'avoir laissé La Ferronnière pour un mois...

— Un mois ? Je croyais que c'était seulement pour quinze jours.

— Quinze jours ou un mois, ou même deux mois, quelle importance ?

Alexandrine embrassa Georgine pour se faire pardonner. Celle-ci se montra sensible à sa soudaine empathie. Que cachait-elle ? En vérité, Georgine ne s'interrogea pas. Elle ne demandait que ça, être dans les petits papiers de sa belle-sœur. Sans doute la glace se rompait-elle peu à peu, durablement.

— Où est mon frère ?

— Il regarde la télévision. C'est une de ses manies le week-end. Un peu de canapé et une bonne bière.

— Je ne voudrais pas déranger…

François s'était mis en jardinier. Une salopette bleue et une casquette. Il faisait décontracté dans son home luxueux, avec autour de lui les meubles Roche-Bobois dans des tons vernissés clairs et cuir blanc pour les fauteuils et canapés. Alexandrine accepta de trinquer.

— J'irai chez Lacourtin vendredi, dit-elle

— Que penses-tu de mon notaire ?

— Rien, dit-elle.

— C'est un des types les plus compétents que je connaisse.

— Un clerc aurait fait l'affaire, mon petit François. Je ne crois pas que Lacourtin te fera des cadeaux. Puisque tu hérites de tout, à toi de payer les droits de succession.

— Bien entendu.

— On aurait pu la jouer plus simple, la succession, mais tu as toujours craint les entourloupes. Venant de moi, en plus ? C'est étrange. Ton côté soupçonneux qui ressort. Hélas, je le déplore. Nous nous connaissons si peu, en vérité. Maintenant, ce sera trop tard.

— Pourquoi ?

— Parce que nous resterons étrangers l'un à l'autre. Il y a comme ça, dans l'existence, des rendez-vous manqués.

Le fils Delalande attira sa sœur dans son bureau. C'était une minuscule pièce avec des trophées aux murs. Des diplômes de chasse, de golf, de rugby, et des reliques sur chacun de ces sports que François Delalande avait pratiqués étaient exposés. Il y avait la vieille machine Underwood d'Eugène, ainsi que des photos encadrées. L'une d'elles représentait un portrait de mariage des parents. Eugène paraissait amaigri dans son costume à rayures trop grand pour lui et Hélène aussi triste que possible.

— Pourquoi se sont-ils épousés ces deux-là ? On les a forcés ou quoi ?

Alexandrine maîtrisait à peine sa colère.

— Pourquoi dis-tu ça ? Nos parents s'aimaient. Si ce mariage n'avait eu lieu, nous ne serions pas là pour en parler.

— Toi peut-être ! s'exclama-t-elle. Mais moi, assurément.

— Je ne comprends pas.

— Laisse donc. C'est trop compliqué pour toi. Il faut conserver ses illusions. Sinon, la vie devient un enfer.

— Tu as toujours été à côté de la réalité. Pourquoi es-tu ainsi, Alexa ? A t'inventer des vies imaginaires ? Tout est simple chez les Delalande. Un mariage, deux enfants. Une vie sans histoire.

Alexandrine se mit à hocher la tête.

— As-tu entendu parler d'un certain Volker Aldermann ?

La question fit l'effet d'une gifle. François se recula sur son siège, abasourdi, le regard éperdu.

— Où as-tu été chercher ce nom-là ?

Elle ne répondit pas. Elle attendait sa réponse. Elle se demandait encore s'il serait lâche jusqu'au bout, comme il l'avait toujours été avec elle.

— Je crois que tu n'as pas perdu ton temps à La Ferronnière. Tu as fouillé à droite et à gauche. Tu as remué de vieilles histoires enfouies dans le passé. Ça nous sert à quoi ? Tout ça ! Tout ça !

Alexandrine resta stoïque, le regard fixe. Son frère se sentait si mal à l'aise que son visage était animé de tics nerveux. Jadis, François avait bégayé, en gaucher contrarié par une maîtresse d'école stupide, et ce prurit langagier lui revenait quelquefois, passagèrement, sous le coup d'une forte charge émotionnelle. Il resta sans voix, pour échapper à la parole qu'il n'était pas assuré de bien maîtriser.

— En 1944, notre mère a eu un amant. C'était un officier allemand de la Wehrmacht qui se nommait précisément Volker Aldermann. Pendant ce temps notre père était en Allemagne, à Ludwigshafen, dans une usine chimique qui fabriquait, entre autres, du Zyklon avec lequel on gazait dans les camps de déportation les familles juives. Voilà l'histoire de cet amour étrange. J'ai lu un texte de notre mère dans lequel elle avoue qu'elle n'a jamais aimé Eugène. Le mariage a été arrangé, comme cela se faisait en ce temps-là encore dans nos contrées arriérées. J'ai toutes les raisons de penser que notre père a su la vérité et qu'il s'en est accommodé…

François se prit la tête dans les mains.

— Je le savais. Le reste aussi.

— Quel reste ?

Le frère observa sa sœur, intrigué. Se pourrait-il qu'elle ignore encore la suite de l'histoire ? Ne rien ajouter alors, se dit-il.

— Où as-tu trouvé l'existence de cet Aldermann ? demanda-t-il.

— Dans l'armoire allemande, répondit Alexandrine. La fameuse armoire que nous n'avions pas le droit d'ouvrir. Et toi ? Qui te l'a dit ?

Ils allumèrent une cigarette. Un moment de complicité, pensa-t-il en offrant la flamme de son briquet.

— Père m'en a parlé le jour de mon mariage, en 69. Il avait bu. Le spleen le possédait. Nous avons fait une partie de billard tandis que les invités de la noce s'étaient répandus dans le parc de La Ferronnière. Il détestait cette ambiance de fête, les cotillons, les plaisanteries graveleuses, les danses rythmées par un accordéon. C'était un moment pénible pour lui. Père a toujours été un solitaire, fuyant les gens et leurs conversations stériles. Ce soir-là, il a profité que je me trouvais seul avec lui pour m'avouer que notre mère lui avait été infidèle à la fin de la guerre pendant qu'il travaillait encore en Allemagne.

— Et moi, s'offusqua Alexandrine, pourquoi ne m'a-t-il rien dit ?

— Je ne sais pas.

— Comment, tu ne sais pas ?

Pris d'une quinte de toux, François écrasa nerveusement son clope.

— Père m'avait fait jurer de ne rien te dire.

Alexandrine se leva pour ouvrir la fenêtre. Elle ne supportait plus la chaleur étouffante du bureau. Elle ne se supportait plus en face de son frère, prisonnier de ses vœux imbéciles.

— Pourquoi ne lui as-tu pas désobéi, François ? Rien n'oblige à respecter une parole perfide.

— Père prétendait que cet aveu te déchirerait, que tu étais trop sensible pour le supporter. Il a voulu te protéger de cette histoire. Tu ne dois pas lui en vouloir.

— Père m'a toujours laissée indifférente, avoua Alexandrine. Aujourd'hui, je comprends pourquoi je ne l'ai jamais aimé. Il n'a pas eu d'attentions à mon égard, ni tenu la moindre conversation, ni exprimé son amour paternel. C'était un étranger pour moi. Je me disais, pour m'en consoler, ainsi les pères se comportent avec leurs filles. Si tu étais un garçon, alors oui, bien sûr, tu aurais droit à toutes les considérations. Mais une fille... On les emmène perdre dans la forêt, comme dans un conte de Perrault, parce que ce sont des bouches inutiles. Et moi, François, je ne fus qu'un esprit inutile dans cette maison. J'imagine que c'est pour me préserver, inconsciemment, que je suis partie de Saint-Gillet à seize ans. Ai-je bien fait ? Assurément. Voici ce qui me donne la force aujourd'hui d'affronter la vérité. Alors que toi, mon pauvre François, tu es toujours dans le discours du père. Il t'a appris à haïr maman jour après jour et à concevoir que, simple fille, je n'étais pas digne d'être une Delalande...

8 août

Aucune femme ne peut vivre sans se sentir aimée, me dis-je. Voilà la seule explication de mon incartade. Ne pas se sentir aimée réveille en moi une angoisse telle que j'ai besoin de savoir si cette défection est le fait de ma propre personne ou d'Eugène qui me néglige. Je sais qu'il ne m'a jamais aimée, qu'il m'a épousée pour satisfaire une demande de sa propre famille, comme autrefois lorsqu'on faisait des couples par convenance bourgeoise...

Je n'ai donc pas à me justifier sur ma liaison avec Volker. Tout au plus pourrait-on me reprocher qu'il soit allemand, c'est une question propre à des événements dont nous ne sommes ni l'un ni l'autre responsables. Un jour la paix reviendra entre l'Allemagne et la France, et cette situation présente paraîtra bien dérisoire. Volker éprouve de l'amour pour moi et cet amour est réciproque, voici ce que nous viendrons dire l'un et l'autre à tous ceux qui nous jugent.

L'époque actuelle ne garantit pas ce genre de subtilité. Il faut être du côté des collaborationnistes, comme Legendre et ses acolytes, ou gaulliste et écouter les messages de la BBC. Je ne suis ni l'un ni l'autre. Je me sens égarée dans un moment de l'histoire où le mépris tient lieu de morale. Il n'est rien qui puisse nous garantir d'être saufs demain, si les pétainistes tombent et que les justiciers appliquent la loi du talion. N'ont-ils pas promis dans leurs tracts que la justice populaire passerait sans faillir sur tous ceux qui auront apporté leur soutien aux traîtres (Pétain et Laval) et aidé l'ennemi. Voici qui est clair. Je tombe sous le coup de la sentence des futurs libérateurs. Le soutien au gouvernement de Vichy, certes, on ne pourra pas me l'imputer. Je n'ai jamais exprimé une opinion sur ce sujet ni entamé la moindre action qui pourrait me faire repérer comme une collaborationniste. Quant à mon allégeance à l'ennemi, ce serait plus scabreux à défendre devant une cour de juges acharnée à me perdre. Comment nommer une liaison amoureuse entre une Française et un officier allemand ?

A minuit, un civil vient gratter à ma porte. Mon sang ne fait qu'un tour. Je me liquéfie de peur. Celle-ci laisse place à la jubilation la plus folle, lorsque je reconnais enfin Volker.

— Tu as pris un risque énorme, mon bel amour, dis-je. Ça grouille de maquisards dans les environs.

Il rit à belles dents. Il ne comprend pas que je puisse m'inquiéter pour lui. Cet homme ne craint pas les « terroristes », comme il dit, « si par malchance, ajoute-t-il, je dois tomber sous leurs balles, ce sera la loi de la guerre ». Je ne sais quoi répondre, qu'Antigone aussi aimait à en perdre la raison. Que vaut un amour qui n'est point exclusif jusque dans sa démesure ? C'est la seule voie possible, aimer sans frein ni limite. Alors, que vaut une condamnation pour une telle passion ?

Que les hommes du maquis occupent les bois environnant Saint-Gillet le laisse indifférent. Sur ce point, Volker ne me pose aucune question. Je pourrais tout aussi bien lui dire, par bêtise, en vérité, où les maquisards ont établi leurs camps, les FTPF, ou l'Armée secrète. Je sais même les noms de certains chefs : Nano, Hébrard ou Christin... C'est un secret de Polichinelle.

— L'Allemagne a perdu la guerre, dit-il en goûtant mon cognac. Tout ça ne m'intéresse plus. Pourquoi serais-je plus royaliste que le roi, comme vous dites en France, alors que notre colonel, Heinrich Bohmer, lui-même ne croit plus à la victoire du grand Reich ? Il a sondé le moral des troupes. Les hommes ont acquis la conviction que les maquis vont les tuer tous. Pour l'heure, il s'agit de préparer une reddition honorable et se retirer du théâtre des opérations en bon ordre. Pour nous, ça se résume à sauver notre peau.

Volker est optimiste pour deux, et d'une phrase sibylline écarte les menaces qui planent sur nos têtes.

— Fuir, dit-il, fuir avant que le piège ne se referme.

— Déserter, devrais-tu dire ?

Il ne répond pas. Il n'a pas choisi cette guerre, ainsi qu'il ne cesse de le répéter, si bien qu'il peut décider de la quitter sans en rendre compte à personne et encore moins à lui-même. Son goût pour l'héroïsme n'a pas affecté son esprit, lui qui se dit admirateur de Goethe et de Heine. Comment le croire ? Devant une Française, Volker ne peut tenir un autre discours, au risque d'éveiller en moi la colère comme le jour où j'ai découvert les photos du massacre de la ferme de Chatelas. Sur ce point, je lui pose la seule question qui vaille à ce moment de notre relation.

— Qu'as-tu fait des photos ?

— Je les ai détruites.

— C'est bien, dis-je. Elles nous auraient porté malheur.

— Je les ai détruites parce qu'elles étaient sans utilité.

— Je croyais que tu l'avais fait pour moi, seulement pour moi.

— Je l'ai fait pour toi aussi.

C'est une ombre qui ne fait que passer dans son regard, ce malentendu. Bien vite, il me prend dans ses bras pour me rassurer sur moi-même et sur notre amour.

— Les risques sont partagés, affirme-t-il. Peut-être plus pour toi encore. Je me sens responsable de ce qui pourrait advenir. N'est-ce pas moi qui t'ai entraînée dans cette histoire d'amour ?

Je réfute son argument selon lequel il serait le seul instigateur.

— Nous avons été deux à décider, dis-je. Sinon, Volker, j'aurais pu rejeter tes avances lors de notre première rencontre au Globe. C'est moi qui ai choisi de te suivre. Tu ne peux pas m'ôter cette responsabilité. Sinon, ce serait faire peu de cas de notre passion.

Volker Aldermann n'en démord pas. Sans doute croit-il qu'une femme est plus faible qu'un homme, qu'une femme succombe à la passion sans qu'il faille la bousculer outre mesure. Cette singulière impression me chagrine, tout autant que son aimable côté chevaleresque qui me paraît un brin exagéré. A ce moment, j'en viens à douter de sa sincérité. Ne viendrait-il pas là, avec ses bons sentiments, me dire adieu, adieu à notre amour, adieu à nous deux, adieu...

Ainsi les hommes agissent parfois, le dos au mur, par la fuite. Dans toutes ces histoires d'amour et de guerre entre Françaises et Allemands, me dis-je, combien se solderont par une dérobade ? La nôtre échapperait-elle à la règle ?

— Si tu ne veux pas t'encombrer de moi ? dis-je.

Volker me prend dans ses bras, me serre avec force, me répète qu'il m'aime et que son amour n'est pas une minuscule aventure de soldat désœuvré. Il veut m'emmener en Suisse, et passer le reste de sa vie avec moi.

— Comment vivrons-nous ? Toi, déserteur, et moi, en fuite aussi, avec un mari abandonné... Crois-tu que le destin nous laissera en paix ? Tout ça, nous devrons le payer au prix fort, Volker.

— Ce sera le 12 août, dit-il, à minuit pile. Il faut que tu sois prête et décidée.

Je l'observe, effarée. Je me prends la tête dans les mains. Jusque-là, à vrai dire, je n'avais imaginé notre avenir que d'une manière abstraite, sans trop y croire en vérité à ce départ pour la Suisse. Mais en détaillant son plan, il faut me rendre à l'évidence, Volker a bien travaillé.

— Si tu possèdes un doute sur le bien-fondé de mon amour, alors rien ne nous sera accordé. Peut-être te faut-il réfléchir encore ?

Pour une fois, j'accepte de prendre un fond de cognac avec lui. Nous ne trinquons pas. Ça porte malheur, dis-je.

— Il n'y a de malheur, répond-il, que celui que nous nous fabriquons. Oui, ce serait aller vers le malheur encore que de se séparer en nous en remettant au destin. Moi à mon état-major et toi à ton mari.

Il se met à arpenter le salon, de long en large. Ses souliers de cuir neufs craquent à chacun de ses pas. Il s'arrête, pose le verre vide sur le bord de la cheminée. Je l'observe dans la lumière douce et jaune de la lampe à pétrole sur le parement. Voici l'image que tu conserveras de cet homme, me dis-je à ce moment avec tristesse, si le destin veut que nous ne nous revoyions pas. Son visage couleur d'ambre doux exprime toute la lassitude du monde. Il a traversé le cauchemar en me tenant par la main, et se refuse désormais à la lâcher, pensé-je. Il craint que ce relâchement ne nous soit fatal, qu'il ne scelle une noyade définitive dans ce courant brutal qui nous embarque.

— Ce ne serait pas si grave, dis-je pour le rassurer, que nous nous séparions provisoirement. Le temps que je mette un peu d'ordre dans ma vie.

Volker se tourne vers moi. Il contemple notre nuit et ses halos de lumière jaune, comme une caresse d'aube incertaine. Ne viendra-t-il jamais ce jour où nous pourrons marcher sans nous retourner, sans crainte ?

— Ce serait faire fausse route que de remettre à plus tard notre décision, dit-il. Peut-être serons-nous pris ensemble ? Peut-être ?

Nous suivons un chemin étroit au clair de lune, au-delà de Pech Gillet, là où la colline est pentue. Les ombres des bosquets peuplent notre horizon. Volker marche devant moi, sans se presser. Il y a une vigne à cent pas. Il me fait signe de la contourner.

— Là-bas, murmure-t-il à mon oreille, la cabane.

— C'est Puits de Marel, dis-je. Moins d'un kilomètre de La Ferronnière.

Je tremble d'angoisse à l'idée que des gens du maquis puissent se trouver quelque part en embuscade. Visiblement, Volker n'a aucune crainte, assuré que le lieu est désert. Pourtant, je n'ai vu aucun de ses hommes en protection, comme à sa dernière visite, pas même l'ombre d'un chauffeur. Du reste, il a pris soin de garer sa voiture à l'abri de la route sous les bouquets d'arbres de la grange pour qu'on ne la voie pas. C'est une précaution bien inutile. Les chefs de la Résistance ont des yeux partout. Leurs hommes surveillent avec vigilance toutes les routes, les entrées et les sorties de bourgs de Corrèze. Depuis un mois environ, des groupes harcèlent les miliciens. C'est une guerre larvée où les fanatiques de Legendre n'ont plus le dernier mot, même s'il leur arrive de se venger lâchement sur des gens paisibles, ce qui ne fait qu'exciter la rancœur de la population.

Mes craintes exprimées à mi-voix dans cette nuit de pleine lune le laissent indifférent, tandis qu'il marche d'une allure régulière. Sur la crête du coteau, la luminosité me paraît plus vive. Ce n'est peut-être qu'une impression, un effet de mon imagination. Chaque ombre est une menace, chaque murmure dans la nature réveille ma peur.

Volker me montre, sans une parole, la cabane de Puits de Marel. Nous enjambons un chemin creux. Il m'aide à le franchir d'une poigne ferme. Ici où ne poussent que les églantiers et les buissons noirs, les vignerons de Marel ont bâti des murets pour retenir la terre. Ça nous fait un passage aisé pour gagner quelque distance sur le chemin qui serpente. En foulant l'herbe haute, grillée par les chaleurs de juillet, nous dérangeons quelques merles dans les ronciers et ça fait un sacré raffut. Machinalement, Volker se retourne, un court instant, et repart une main sur son pistolet glissé à la ceinture. C'est le seul signe d'alarme que je lui ai vu faire depuis notre départ de La Ferronnière.

On s'assoit contre le mur de la cabane. Elle est minuscule, si bien disposée, explique Volker, comme un poste de guet, vers les vignes Marel et les pacages de Saint-Gillet. Du village, à peine distingue-t-on quelques feux, autour de l'église et de la mairie. Des lueurs bleutées comme des feux follets.

— C'est ici qu'on se retrouvera à minuit, dit-il.

— Ensuite ?

— Une voiture sera garée à hauteur de Rieux, cinquante mètres avant la ferme. Il ne nous faudra pas plus d'un quart d'heure de marche pour la rejoindre.

— Le pays n'est pas sûr, dis-je. Il le sera encore moins dans quatre jours.

— En effet.

Le cœur gonflé d'espoir, Volker et moi, bras dessus bras dessous, nous sommes redescendus à La Ferronnière sous la pleine lune qui allongeait nos ombres sur le tapis d'herbe.

20

Oppau, le 29 juillet 1944

Hélène,

Je ne comprends pas pourquoi je n'ai plus aucune lettre de toi. Aucune lettre, aucune nouvelle, un désert et un silence qui m'attristent. Il y a deux raisons à cette défection, la poste française ou toi. Je crains que ce mutisme ne vienne de toi. Sans doute suis-je en partie responsable. J'ai abusé de ta patience. Hélas, je n'aurais pas dû me porter volontaire pour l'Allemagne mais rester à La Ferronnière, dans notre nid d'amoureux. C'est le rôle d'un mari d'être aux côtés de sa femme et non de se muer en pigeon voyageur.

Depuis ces derniers temps, je m'interroge, je fais mon examen de conscience. Inutile de te dire que tu en es l'épicentre. Les bouleversements et chambardements qui ont accompagné notre séparation, voilà la cause de tous les malentendus. Mais peut-être est-ce plus grave encore ? Peut-être me faudrait-il remonter à notre mariage ? Je ne sais plus si tu nourris une passion sincère à mon égard. Il est des heures où je doute de ton amour, alors que je ne doute pas du mien. Mais tu pourrais tout aussi bien me répondre – ce que tu ne feras pas – que cette interrogation est destructrice en ce qu'elle laisse entrapercevoir une fêlure dans notre couple.

Soyons lucides. Notre mariage est survenu trop rapidement. Tu n'étais sans doute pas prête à cette union. Tu aurais sans doute préféré que nous expérimentions notre relation. Il ne suffit pas de clamer un amour pour qu'il vive et prospère, encore lui faut-il du carburant pour se régénérer. Ce carburant (vilain mot) nous a fait défaut. Par ma faute. Je n'ai pas su te donner le plaisir physique que tu étais en droit d'attendre de moi. Nos premières nuits ont été des désastres. Et en ce domaine, le manque de confiance en soi ne fait qu'accentuer la débâcle. Tu as dit... T'en souvient-il ? Ce n'est pas grave... Tu as répété ces mots terribles : « Ce n'est pas grave... » Tant la pitié est castratrice, ma chère, pour un homme. La pitié avec ses airs de moquerie dissimulée.

Et toi-même, tu n'étais pas vierge. A ce que je crois. Qui aura été ton premier amour ? Ton premier amant ? Je voudrais tellement que tu me renseignes là-dessus. Ça m'aiderait à comprendre.

Mille baisers.

Eugène

(Enveloppe non ouverte classée par la destinataire.)

Alexandrine prit quelques notes sur son dictaphone pour ne pas perdre le fil de sa quête, puis décida de se rendre à Saint-Gillet. Pour la circonstance, elle s'habilla strict. Pile à l'heure devant l'église, c'était ce qu'elle avait souhaité en entendant sonner les cloches, afin d'éviter les regards et les interrogations des fidèles. La messe dominicale n'attirait que peu de monde, essentiellement des personnes âgées. L'officiant lui-même avait passé l'âge de la retraite. Autour du maître-autel, il se mouvait avec difficulté, prenant un temps infini pour débiter ses versets, d'une voix trébuchante.

C'est un théâtre de l'absurde, pensa-t-elle, en contemplant les va-et-vient des fidèles au moment de l'eucharistie. A la vérité, Alexandrine n'avait plus fréquenté l'office depuis son départ de Saint-Gillet. Il était de coutume dans ses années d'enfance qu'elle accompagnât ses tantes aux messes de Noël et de Pâques et c'était tout. Peu de souvenirs en restaient, à peine quelques odeurs d'encens. Le prêtre fit réciter par le chœur des fidèles les prières d'usage avant de clôturer son affaire. Au moment de faire le signe de croix, Alexandrine resta immobile. Rien ne pouvait l'atteindre de ce côté-ci, lumineux ou obscur, de l'homme. Il n'est que la peur de la mort et l'angoisse d'être qui inspirent les religions, se dit-elle. Par nature, l'homme cherche à apaiser son fardeau, même si ces solutions sont illusoires.

L'église désertée, la jeune femme se rendit dans la sacristie où elle se présenta au vieux prêtre souffreteux, perclus d'arthrose. Elle l'aida même à se débarrasser de sa chasuble.

— Vous ne croyez pas qu'elles pourraient avoir de la charité pour moi, moi leur bon berger, marmonna Lamothe.

— De qui parlez-vous ?

— Des vieilles dames qui s'empressent de vider les pots de fleurs. Ça empeste, ces arums. Mais bien moins que les lis... Vous ne les entendez pas faire les cent pas dans mon église ? Pendant ce temps, on me laisse empêtré dans mes habits. Aucune compassion, vous dis-je, pour le vieil homme. A quoi sert-il de prêcher la bonté, la solidarité, l'entraide, si on n'est pas capable de l'appliquer dans la vie quotidienne ? Ça vous dégoûterait de dire des messes. Regardez la quête ? Rien que de la vaisselle de poche. Même pas de quoi me payer un paquet de tabac...

Piquée au vif, elle déposa un billet de cinquante francs dans la coupelle d'osier. Le curé Lamothe l'observa, décontenancé.

— Je ne disais pas ça dans ce sens. C'était une idée générale, voyez-vous ? Une critique d'après messe. L'office terminé, je me sens colérique. Le sentiment épuisant, comme une fatigue de toute éternité, de parler dans le désert.

Alexandrine hocha la tête. Elle avait envie de compatir au spleen du curé de campagne, une noble vocation qui se délite au fil du temps.

— C'est votre mère qui vient de mourir, dit-il en se signant. J'ai prié pour elle.

— Vous la connaissiez ?

— Bien sûr. Elle me rendait visite régulièrement.

— En compagnie de Jeanne Angély ?

— Ah, non. Toute seule. Ne me parlez pas de cette madame Angély. C'est rien du tout, cette femme-là.

Elle approcha un siège pour que le bonhomme pût s'asseoir. Il avait les cannes fragiles, les genoux qui se dérobaient facilement. Mais « lève-toi et marche », se répétait-il intérieurement, non sans humour. Comment imaginer un berger conduisant son troupeau avec un déambulateur ? Il lui proposa son vin de messe. C'était un monbazillac tiède. Alexandrine trinqua pour lui faire plaisir.

— Je le vois bien que vous ne croyez en rien, n'est-ce pas ? Pourtant, je devrais vous convertir plutôt que de vous offrir mon vin de messe.

— Je suis baptisée, dit-elle d'une voix triomphante, et j'ai fait ma première communion. Ce sont mes derniers contacts avec la religion. Depuis, rien. Sans regret.

Il l'écoutait, le regard mutin.

— Je devrais vous dire d'une voix forte et grave, caverneuse même : Alexandrine Delalande, qu'avez-vous fait de votre baptême ?

— Quand ai-je été baptisée ?

Le prêtre fouilla dans son placard et dénicha un registre.

— Ici, il y a des certificats de baptême depuis 1860 au moins.

A l'année 45, il trouva le nom d'Alexandrine Josèphe Paule Delalande.

Curieuse réaction, à ce moment-là, la jeune femme prit la date en note. Qu'en ferait-elle ? Ce sont des informations sans utilité, pensa-t-elle.

— Il y avait les parents, deux tantes et c'est tout. Oui, une affaire rondement menée, indiqua le brave Lamothe avant de replonger les lèvres dans sa flûte de monbazillac. Il n'est pas interdit de boire le vin de messe après l'office. Ça, c'est pour le plaisir. Avant que Dieu me rappelle... S'il a besoin de moi, sinon, au paradis il doit bien y avoir une chambre des âmes errantes. Ce sera ma place.

— Sur la question, vous en savez plus que moi.

— Je vois que vous me jugez bien anticonformiste pour un vieux curé de campagne.

— Je ne juge pas, répliqua Alexandrine. Mon genre, ce serait plutôt la défense. Si vous avez besoin d'une avocate...

Il éclata de rire.

— Dommage que vous ne soyez que de passage. Nous aurions des discussions animées, vous et moi.

Le vieux bourra sa pipe avec du Bergerac bien tassé, et y bouta le feu. Il aspira voluptueusement jusqu'à porter le foyer à l'incandescence. Puis il la posa sur son registre pour la laisser refroidir et la reprit. Enfin, il s'abandonna à son plaisir favori, par courtes aspirations. Alexandrine l'observait avec attendrissement. Existait-elle encore ? Tellement la pipe l'accaparait corps et âme.

— Je suis née le 24 avril 45, dit-elle. Savez-vous quand mon père est rentré d'Allemagne ? Il était au STO, à Ludwigshafen.

Le curé prit tout le temps de réfléchir, même s'il se souvenait du retour des prisonniers et des volontaires et des relèves et autres, avec les cérémonies d'accueil à la mairie. Petits goûters. Chocolats chauds. Soupes populaires. Discours, discours forcément. Le nouveau maire, Noé Turquin, était de ce calibre, bafouilleur de première, spécialiste en langue patriotique... On pouvait en tartiner des tonnes en ce temps, avec les chœurs des libérateurs entonnant *La Marseillaise*.

Il se leva péniblement pour feuilleter un de ses registres. Le vieux curé avait l'habitude de tout coucher par écrit, les moments glorieux et les autres, les petits riens de la société villageoise.

— Le 30 septembre 44, dit-il.

— Que dites-vous ?

— Je confirme que votre père est revenu à cette date à Saint-Gillet. Du reste, il n'a pas participé à nos joyeuses kermesses pour fêter le retour des héros.

— Je le comprends. Ainsi se trouve confirmé ce que je subodorais depuis le début de mon enquête.

— Quoi donc ?

— Ce n'est pas possible qu'Eugène Delalande soit mon père. Ou alors, je serais née fort prématurément.

— Qui donc alors ?

— C'est ce que je cherche... Un homme que ma mère aurait passionnément aimé tandis que son mari se trouvait encore en Allemagne... Voilà ma réponse. Vous n'auriez pas un souvenir sur ce temps-là ?

— Il serait cruel de m'obliger à vous raconter cette triste époque.

Le bonhomme se tourna sur le côté pour ne pas se laisser atteindre par le regard de sa visiteuse. Il épousseta les brins de tabac de sa soutane et tapota sa pipe dans un cendrier.

— Maintenant, je souhaiterais que vous preniez congé de moi, dit-il d'une voix éraillée.

En sortant de la sacristie par la porte de derrière donnant sur une cour intérieure et l'allée des Tuiliers, Alexandrine remonta sur la place. Il s'y tenait un marché où l'on vendait les fruits de saison. Elle en profita pour faire ses provisions. Cela ne lui était pas venu à l'esprit qu'elle pût se fournir sur le marché des petits producteurs. Fâcheux oubli. Déjà qu'elle se nourrissait si mal, de laitage et de charcuterie. Pas de quoi conserver la forme longtemps, pensa-t-elle. Alexandrine s'estimait de bonne composition. Un peu d'exercice ne lui suffisait-il pas pour faire disparaître deux kilos de trop ?

En se dirigeant vers la Taverne des Druides, elle dégusta quelques reines-claudes juteuses. Décidément, elles possédaient le goût de son enfance, surtout celles fort sucrées et à la peau délicieusement craquelée qu'on appelait Bavay. On ne saura pourquoi elle avait gardé ce nom-là au fond de sa mémoire, comme tant d'autres si singuliers dans ce pays d'arboriculture, les pommes Sainte-Germaine, les cerises Cœur-de-pigeon, les fraises Princesse Royale ou les pêches Grosse Mignonne.

Au bar des cocus, il n'y avait qu'un aréopage de buveurs de jaune. On fêtait le retour des Dahutiens en levant le verre de conserve. Dans son excitation dominicale, le patron, un vieux sanglier au poil en bataille, ne reconnut pas Alexandrine sur le coup.

— Le journaliste, cria-t-il par-dessus les éclats de voix, il est chez la concurrence, le saligaud !

En repartant vers le Café de Paris, elle chercha l'ombre en longeant les hauts murs de la demeure Rouvet, notables de Saint-Gillet et noble famille d'autrefois tombée en désuétude. Ça nous avait donné un général, un préfet et quelques commis de l'Etat. Elle porta son magnétophone de poche à l'oreille et vérifia que la conversation avec le curé était bien audible. C'était une sorte de TOC qui la tenait sur la crainte des machines, la défaillance des mécaniques électroniques avec leur part de mystère, comme de vérifier trois fois au moins la fermeture des portes d'une voiture...

« A peine rentré d'Allemagne, votre père s'est empressé de retourner à ses occupations. La Ferronnière était dans un tel abandon ! Le parc envahi de mauvaises herbes et d'arbustes sauvages... Il s'est attelé à la tâche sans tarder, comme s'il voulait ainsi effacer tous les vilains souvenirs de cette triste époque. »

Clic. Elle coupa le son, satisfaite de sa prouesse. Il y avait quelques phrases intéressantes dans la suite de l'enregistrement, entre deux canons de messe. Le vin sirupeux de cette plaisante région du Bergeracois était, autrefois, servi à tous les repas du dimanche avec le gâteau de Savoie, se souvint-elle. A température de la pièce, c'est-à-dire idéalement fait pour empâter la bouche et forcer à l'ivresse. Nous aurons connu des manières plus distinguées avec les côtes-de-duras ou les sauternes frappés à souhait sur le foie gras truffé. Décidément, pensa-t-elle, nos goûts des années 60 ne valaient pas tripette, tranchés et respectueux comme les idées de ce temps-là, avec des murs infranchissables entre les classes sociales et tout ce qui allait avec.

Muraille était assis à la place habituelle, les pieds posés sur la chaise d'en face. Alentour, on prenait des bains de soleil. Des jeunes gens bien bronzés faisaient la conversation. Ils cherchaient désespérément comment tuer le temps. Peu d'imagination, car leur horizon était court.

Le journaliste du *Courrier* lui fit signe de s'asseoir. Puis il commanda deux whiskys, sans même prendre l'avis de sa visiteuse. Toni approcha avec son plateau. Il y avait quelques olives et des cacahuètes grillées. Ces largesses apéritives ne satisfaisaient que Muraille. Il piocha avec gourmandise dans les coupelles, essuyant ses pattes sur son tee-shirt. Il s'y prenait avec élégance, ce qui amusait sa voisine.

— Vous me laissez sans nouvelles, susurra Toni au creux de son oreille.

— Pourquoi devrais-je vous donner de mes nouvelles ?

— Tout de même. Il nous faudrait finir ce que nous avons commencé.

— Quel toupet ! Allez donc voir les voisines ! fulmina Alexandrine en lui désignant les « petites marguerites » en jupettes au milieu des garçons excités comme des bourdons. Ça a tout l'air de correspondre à ce que vous cherchez, jeune homme...

Muraille se mit à rire en se cachant derrière sa grosse main.

— Où en êtes-vous ? demanda-t-il.

Comédien dans l'âme, monsieur le journaliste pouvait passer d'une mimique à une autre, sans la moindre difficulté. Il n'était pas l'homme d'un seul rôle. Quand il le fallait, ça pouvait même prendre des dimensions bien plus subtiles.

— Je vous aime bien, alors je m'interroge sur vous. Même si vous jugez ça inconvenant, qu'importe. Je n'aimerais pas qu'il vous arrive des histoires dans ce pays de fous.

Elle le fixa avec une gravité inhabituelle.

— Pourtant, vous manquez de sincérité à mon égard. J'ai avancé avec difficulté dans mes recherches. Alors que vous auriez pu me faire gagner du temps... Je ne suis pas une de vos stagiaires en journalisme de campagne.

— Dites ce que vous avez découvert...

— Pendant que mon père était en Allemagne, ma mère s'est envoyée en l'air avec un jeune officier allemand. Tout cela, je vous en ai déjà parlé. Les dates de cette belle histoire d'amour m'enseignent que je pourrais en être le fruit. Il s'appelait Volker Aldermann, mon père. Mon père géniteur ! insista-t-elle. C'était un homme cynique, un bon nazi sans doute, mais il devait avoir d'autres avantages, car ma mère n'a jamais aimé le cynisme et les nazis. Alors ?

— Non, défendit-il en attaquant son whisky avec la délectation voluptueuse de l'alcoolique mondain. Aldermann n'était pas le cynique que vous imaginez. Je crois qu'à ce moment de sa vie, il avait envie de dire adieu à la Wehrmacht et que, trouvant votre mère sur sa route, il en a profité. Ce qui s'est passé ensuite relève des péripéties communes à cette époque.

— Ça veut dire quoi ? Voilà encore une réflexion bien énigmatique.

— Non. Je n'en dirai pas plus. Vous brûlez, ma chère. Vous brûlez, comme disent les enfants dans les cours d'école...

Alexandrine fouilla dans son sac et en sortit des lunettes de soleil qu'elle ajusta avec précaution. C'était une manière de cacher son émotion. Elle ne voulait pas que le journaliste du *Courrier* puisse lire dans ses yeux. Ce côté franchement voyeur l'agaçait. Depuis qu'elle en avait fait son confident, par faiblesse sans doute, une faiblesse féminine qui pousse à chercher dans les occasions pénibles de l'existence une épaule masculine, elle se sentait à sa merci. Je guette ses réactions comme un chien de chasse, une odeur flairée et j'interroge mon maître pour savoir si je dois pister ce gibier-là. Mon Dieu, quelle terrible dépendance, se dit-elle. Heureusement qu'il a trente ans de plus que moi, ce blaireau, sinon je serais encore capable de me fourrer dans un sale pétrin. Elle se mit à ricaner sur elle-même. Muraille n'était pas susceptible. Il aimait autant rire des autres que de lui-même, c'était sans doute ce qui le rendait hautement fréquentable.

— Pourquoi ma mère ne l'a-t-elle pas suivi en Suisse ? Vous le savez, vous ?

— Pourquoi la Suisse ?

— Ils avaient prévu de partir incognito en Suisse juste avant la débâcle allemande, si j'en crois mes informations. L'officier n'avait pas d'autre choix, sinon se faire fusiller par le dernier carré des fanatiques pour désertion.

— En effet. Votre mère voulait aller vivre avec lui en Suisse ? C'est inimaginable ce que les femmes sont capables de faire par amour, nota-t-il.

— Apparemment non. Puisqu'elle est restée à Saint-Gillet, n'est-ce pas ? Eugène Delalande est revenu d'Allemagne et a assumé ma naissance. Lui aussi savait compter sur ses doigts. Un mathématicien, pensez donc ! Il a compris que je n'étais pas sa fille. Et je lui dois cette gratitude au moins, de m'avoir élevée.

— Je crois que votre père vous a aimée comme sa fille. Eugène n'en a pas parlé autour de lui. Un homme d'esprit distingué.

— Pourtant, il me reste beaucoup à apprendre sur la suite de mon histoire ?

Elle l'observa d'un regard interrogateur. Muraille se rencogna dans son silence.

— Le curé Lamothe est allé plus loin que vous, monsieur Muraille.

— Vous l'avez rencontré, ce diable d'homme ? Je ne pensais pas qu'il vous recevrait. Un ours d'ordinaire...

— J'ai même enregistré à son insu quelques réflexions et je voudrais que vous les écoutiez. Peut-être délieront-elles vos silences ?

Elle plaqua l'appareil sur l'oreille du journaliste.

« Vous n'aimerez pas ce que vous allez découvrir. Au terme de votre enquête, je vous le dis, vous n'aimerez pas ce que vous allez mettre au jour ! Il s'est passé ici des choses épouvantables, autant à l'époque de Legendre qu'à celle de la Libération. Drôle de libération. Vous savez, quand on fouille au fond de l'âme humaine, on trouve des choses inimaginables... »

21

9 août

A peine Volker parti, je me suis sentie seule, comme je ne l'avais jamais été. Toutefois une femme équilibrée – je le suis assurément – raisonne tout aussi bien qu'un homme dans les instants où le sol semble se dérober. Je me suis dit qu'il serait plus honnête que j'écrive une dernière lettre à Eugène avant de disparaître. Alors j'ai commencé à le faire, sans conviction. Je n'avais rien à lui dire. Du reste, l'explication est là, n'ayant rien à ajouter ni à retrancher sur les trois ans et demi passés ensemble, je ne trouve pas le moindre argument pour justifier mon attitude. C'est un choix personnel ainsi résumé. Un soir une femme rencontre un homme et ils tombent amoureux l'un de l'autre. Dès lors, plus rien n'existe autour d'eux que leur amour pour lequel ils sont prêts à tout abandonner. Voici ce que je pourrais écrire, simplement. A la réflexion, le texte me paraît inutilement cruel, d'une violence sans nom. Car il signifie ceci : un jour de mai une jeune fille épouse un jeune homme sans amour, elle ne le sait pas encore. Elle le découvre en rencontrant trente-huit mois plus tard un autre homme avec lequel elle décide de partir loin, loin, sans laisser la moindre adresse. Disparaître donc. Disparaître pour ne pas se justifier.

La fuite restera toujours pour celui qui la subit une extrême lâcheté. La mienne ne diffère pas du genre. Je crois qu'Eugène en souffrira, bien que je ne sache pas encore ce qu'est le chagrin chez lui, pour ne l'avoir pas discerné dans son regard.

Le soir même de notre mariage, je l'ai attendu en vain. J'avais alors un cœur de midinette, de stupide et ravissante idiote, au point de m'imaginer que mon nouveau mari allait me couvrir de baisers. A force d'attente, je me suis assoupie. Lorsqu'il a enfin quitté ses bons camarades (jeu de cartes oblige), il m'a rejointe en prenant soin de se glisser délicatement sous le drap pour ne pas me réveiller.

Au matin, j'ai voulu jouer avec son sexe, il m'a repoussée avec agacement. J'ai voulu insister, éprouver nos corps dans cette danse sacrale que s'accordent les nouveaux amants. J'ai pris sa main et l'ai conduite sur mon sexe. Peut-être me rendra-t-il hommage à sa façon, ai-je pensé. Peut-être sera-ce là une sorte de démarreur à notre nouvelle passion ?

Deux jours plus tard, je me suis enhardie à lui demander s'il avait déjà touché une femme. Je lui ai dit que ce n'était pas si grave, qu'il fallait un début à tout, que j'étais là pour l'aider, que mon amour guiderait nos jeux pourvu qu'il consente à se laisser conduire. Nous avons trouvé un coin tranquille et nous avons essayé. Ce fut exécuté dans la minute. Autant qu'il me souvienne, il y avait eu chez lui de l'empressement à finir sa besogne avant de la commencer.

Pour le reste, je n'en dirai rien. Pitié pour les femmes, comme dirait Montherlant, pour les femmes qui cherchent en l'homme leur miroir. Je n'ai trouvé le mien que chez Volker. Faire l'amour est comme danser un tango. Il suffit de se laisser emporter. Il a pris mon corps et l'a enchaîné à ses désirs. Emportée, j'ai senti à la première minute monter en moi graduellement ce vertige par lequel nous touchons la dépossession et l'abandon de soi jusqu'au spasme final, si long à se réduire, decrescendo.

Je n'ai jamais connu cette sensation avec Eugène. Mon mari pouvait m'aimer trois fois par jour, ça ne changeait rien à l'affaire. Il ne parvenait pas à tirer ce vertige et cet abandon de moi. Il jouissait dans ma main et s'en excusait. A peine avais-je eu le temps de le recevoir que c'était achevé, en somme. Il me fut un jour pénible de le lui dire, car les hommes ne supportent pas qu'on les critique sur ce chapitre. Ce serait presque leur ôter toute dignité. Eugène entra dans une vive colère, jurant que c'était ainsi qu'on devait traiter les femmes, d'un coït empressé à vifs coups de reins répétés jusqu'à jouir. Point final.

Avant de me quitter, hier soir, Volker a répété ses consignes. Comme s'il craignait que je ne les prenne pas au sérieux.

— C'est entendu, dis-je. J'y serai. Nous partirons. Juste une valise avec trois fois rien dedans. Je te le jure. Trois robes, des sous-vêtements pour trois jours, et quelques souvenirs. Des souvenirs, tout de même.

— Non, proteste-t-il. Rien. Pas de souvenirs. Ni lettres. Ni photos. Rien. C'est plus prudent.

Je lui ai dit que je respecterais ses conseils, qu'il était mon sauveur, que son amour m'emporterait loin et longtemps. Il a souri. J'ai passé une main dans sa chevelure. Puis il s'est allongé sur moi. Nous avons fait l'amour sur le plancher du salon, sauvagement. Volker a interrompu son jeu. Je l'ai supplié de revenir.

— Attends, dit-il. Sinon...

Après une minute de supplice, il est revenu en moi avec douceur. Il craignait de jouir trop vite. Il maîtrisait assez bien cet exercice afin que je sois en accord avec lui. C'est le genre d'homme à surveiller les réactions de sa partenaire et non pas à poursuivre son affaire ahanant comme un sauvage. Par exemple, il suffit que je le presse d'un geste, d'un soupir ou d'un cri, pour qu'il se libère enfin.

Après l'amour, nous sommes sortis dans la nuit claire.

— Tu attendras dans la cabane ?

— Oui, dis-je.

— Je sifflerai doucement, trois fois. Tu sortiras. Après, tout ira très vite. Comme un film qui s'accélère.

— A partir de maintenant, je ne penserai plus qu'à ça.

— Nous aurons tout le temps de le faire, jour et nuit.

— Ce n'est pas à ça que je pensais, Volker.

— A quoi alors ?

— A ce que sera notre vie en Suisse, dans le canton de Vaud.

— Ce sera une belle vie, dit-il. Un chalet au bord du lac au milieu des noisetiers, des bouleaux et des charmes.

Il caresse mon visage avec douceur. Son index passe sur mes lèvres, s'y attarde afin que je le laisse pénétrer dans ma bouche. Il a encore sur sa peau l'odeur de mon sexe. C'est un plaisant exercice que de l'observer ainsi, immobile au-dessus de moi, dans la fine clarté de la nuit.

— Il nous faudra de l'argent pour vivre, dis-je.

Volker vient déposer un baiser sur mes lèvres, glisse sa langue dans ma bouche. Lui aussi par ce jeu retrouve la saveur de son sexe, et ça l'excite fortement. Son corps nu roule sur le mien. Nous roulons ensemble sur le tapis, comme si nous ne pouvions nous détacher l'un de l'autre. Il se redresse, me maintenant de ses cuisses prisonnière au sol.

— L'argent, dit-il, nous n'en manquerons pas.

— Je ne sais pas si tu dis la vérité, Volker.

— Tu auras tout ce que tu désires.

Ses mains caressent mes seins d'un mouvement enveloppant, il approche sa bouche des aréoles pour les aspirer. Ce titillement intense ravive mon désir.

— Je voudrais un enfant de toi, dis-je.

— Je te le donnerai, assure Volker.

— Les hommes font toujours ces promesses. Quelquefois ils ne les tiennent pas.

— Pourquoi ne la tiendrais-je pas ? Puisque je t'aime et que j'ai envie d'avoir un enfant de toi.

— Tout ce qu'on rêve et espère ne se réalise pas. Si ça n'arrive jamais, tant pis, je ne t'en voudrai pas, Volker. L'essentiel est que nous vivions ensemble.

— Tu n'auras pas à m'en vouloir.

Il va chercher dans la poche de sa veste un paquet de cigarettes, en porte deux à ses lèvres, les allume et m'en tend une. Je lui dis que je n'ai pas envie de fumer. Il l'écrase sur le parquet. Ce sont des manières étranges, comme de jeter au sol ses vêtements sans précaution ou de ne pas essuyer les semelles de ses chaussures. Monsieur Aldermann se comporte toujours en terrain conquis. Ça m'amuse. Car il agit de même avec moi, l'amour en terrain conquis. Je n'oserais lui faire ce reproche puisque cette manière m'emplit de ravissement. Je ne saurais en vérité trouver du plaisir avec un homme précautionneux, un homme qui prendrait le temps de poser ses vêtements sur un siège.

Dans ses déambulations, je flaire quelque impatience. Il va de la cuisine au salon, ouvre les placards et les tiroirs et les referme brutalement.

— Profite des dernières heures, dit-il, pour tout faire disparaître.

— Quoi donc ?

— Ton passé.

— On ne peut pas faire disparaître son passé, dis-je.

— Rien qui puisse mettre les gens de la Gestapo sur notre piste, précise-t-il. Il nous faut gagner quatre jours de tranquillité. Après ce délai, aucune importance.

— Quatre jours ?

— Le temps de passer en Suisse.

Volker refuse de me livrer plus d'explications. Pour réponse, il a ce leitmotiv au bord des lèvres, tout aussi avéré qu'inquiétant : « Moins tu en sauras... »

— J'ai peur, dis-je.

— Peur de quoi ?

— Que cette belle vie n'arrive jamais. J'ai peur de ce qui pourrait advenir durant cette attente.

— Il n'arrivera rien. Je serai à la cabane à minuit pile, répète-t-il en tapotant sa montre.

Finalement, je n'ai pas écrit à mon mari. Le courage me manque, et les arguments ! Ma lâcheté est sans limites, mais il n'y a que le premier pas qui compte... Ensuite, on s'habitue à tourner le regard ailleurs. Pourtant, il ne suffit pas de refermer une porte derrière soi pour faire disparaître son passé, comme semble le croire Volker. Il me reviendra en plein visage avec plus de remords que je ne le crois.

— Oui, je le confirme, cet Allemand, Aldermann, il a renoncé à son rendez-vous, révéla Jeanne Angély.

— Pourquoi ne me l'avoir pas dit plus tôt ? reprocha la visiteuse. J'aurais gagné du temps. Oui, un précieux temps...

— C'est toujours la même histoire, s'énerva-t-elle, on vous reproche de ne pas parler et ensuite de trop parler. N'avez-vous pas compris ? Je suis profondément embêtée par tout ce qui est arrivé à votre mère. Laquelle m'avait fait jurer il y a quelques années de ne plus évoquer cette affaire avec quiconque.

— Je ne suis pas « quiconque » mais quelqu'un qui compte, s'agaça Alexandrine.

— C'est vrai, admit Jeanne Angély, Hélène n'avait pas prévu que sa propre fille viendrait enquêter sur sa mère.

— Vous trouvez ça bizarre ?

— Bien sûr que non. Il n'empêche que je vous plains. C'est vous qui êtes à plaindre.

— Que croyez-vous, Jeanne, j'ai compris depuis longtemps qu'Aldermann est mon père. Je présume que c'est un secret de Polichinelle dans le pays. En me témoignant autant d'indifférence, on veut me faire sentir que je ne suis que l'Allemande, n'est-ce pas ? L'enfant du déshonneur...

— Pas pour moi, se défendit Jeanne. Vous ne serez que la fille d'Hélène. Si pour certains, il s'agit d'une histoire scandaleuse, pour moi ce n'est rien d'autre qu'une passion, une belle passion. Je puis vous dire, ma chère enfant, que vous avez le visage de votre père.

Alexandrine l'observa, bras ballants, bouche bée.

— En plus vous connaissiez Aldermann ?

— Non. Pas tout à fait. Hélène m'a montré des photos, bien après qu'il a disparu, au moment du retour de votre père d'Allemagne, alors qu'elle sombrait dans un chagrin destructeur. C'est moi, moi, dit-elle en se frappant la poitrine du plat de la main, qui l'ai raisonnée... Hélène était décidée à quitter Eugène et partir à sa recherche dans le Bade-Wurtemberg dont il était originaire. Elle ne pouvait s'enlever cette idée de la tête qu'il avait fui lâchement ses promesses. Peut-être avait-il estimé, le beau Volker, qu'Hélène serait une charge trop lourde pour lui. Elle n'en a rien fait. Hélène est devenue une jeune femme rangée, surtout après la naissance de votre frère.

C'était son péché mignon, prendre deux doigts de Cointreau, au milieu de l'après-midi. Alexandrine l'observait dans un long, très long silence.

— Lamothe ne vous aime pas.

— Moi non plus.

Elle attendit que la vieille dame se déballonne, bien que cette question fût purement superfétatoire dans ses recherches. Tout de même, il ne fallait rien laisser passer à travers les mailles du filet.

— Vous allez à la messe de temps en temps ?

— Je n'ai pas besoin d'intermédiaires pour parler à Dieu, fit-elle.

— Je soupçonne ce curé d'en connaître beaucoup sur mon histoire. Il m'a baptisée. Quant à la première communion, je n'en ai gardé aucun souvenir. C'est étrange. Comment se fait-il que ma mémoire se soit déchargée d'un pan entier de mon enfance ?

— Eugène s'est tenu en dehors de tout ça...

— Que voulez-vous dire ?

— Qu'il n'a pas assisté à ces deux événements dont vous parlez...

Alexandrine hocha la tête. La vieille dame reprit de la liqueur et clappa de la langue avec gourmandise.

— Parce que je n'étais pas sa fille.

— En partie.

— Parce qu'il avait honte de moi, parce qu'il craignait le qu'en-dira-t-on, parce qu'il était la risée de Saint-Gillet...

Jeanne confirma chaque affirmation d'un mouvement de tête appuyé.

— Eugène a toujours eu un fort caractère. Solitaire, orgueilleux, muré dans son monde comme une huître. Il méprisait les villageois, la campagne et le reste. C'était un homme supérieur, hautain, il avait ses raisons. On ne l'aimait pas, alors il le rendait bien à ses détracteurs, ses moqueurs, ses railleurs, son mépris, son noble mépris de gentilhomme.

— Vous l'aimiez bien, Eugène ?

— Il était assez proche de mon mari. Ils parlaient mathématiques ces deux-là, des heures durant avec des airs de conspirateurs. Lorsque j'approchais d'eux, ils cessaient soudain toute discussion, comme si je risquais de surprendre quelque secret. Je n'entends rien aux nombres premiers, au théorème de Pythagore ou à la géométrie euclidienne... ajouta-t-elle avec un rire.

— Ma mère, comment était-elle avec lui ?

— Elle faisait des efforts, la pauvre. Eugène restait distant, toujours distant, comme si la faute ne se pourrait dissoudre dans leur vie.

— Alors pourquoi sont-ils restés ensemble ?

Jeanne Angély posa son verre à liqueur sur le rebord de la machine à coudre. C'était une Singer de 1920 avec sa marqueterie en merisier qui ne servait plus et qu'elle utilisait comme meuble de décoration.

Ce jour-là, Alexandrine négligea ses visites habituelles à Saint-Gillet, la Taverne ou le Café de Paris. Elle rentra directement à La Ferronnière en se demandant si le moment n'était pas venu d'en finir avec son histoire.

Dans sa voiture, elle attendit la nuit en écoutant la *Sixième symphonie* de Mahler. C'était l'une des moins enregistrées, des moins écoutées, mais elle lui procurait chaque fois plus d'émotion et d'excitation qu'aucune autre. Peut-être parce qu'elle sanctifiait ce « royaume des ombres » dont parle Theodor Adorno, immanent au tragique qui la submerge et la déborde. Elle attendit au bord des larmes le trait final avec ce coup de cymbales qui avait dérouté le public lors de sa création à Essen. Elle se demanda alors si toute quête de la vérité ne se solde pas finalement par ce combat contre les ombres qui peuplent le fond de toute âme. La sienne ne parvenait pas à s'accommoder de cette eau trouble qui remontait des fonds.

Dans l'armoire allemande, elle prit une des boîtes à chaussures, celle qui contenait des documents photographiques. Elle se sentait prête pour cet examen, puisqu'elle avait décidé de rentrer à Bordeaux. En finir donc, refermer l'armoire comme un tombeau, c'était une idée qui l'obsédait désormais.

Une série, en petits formats, se rapportait au mariage. On avait saisi des scènes sur le vif, les unes posées en groupes, les autres en situation : sortie d'église, banquet, bal improvisé. Eugène paraissait aminci dans un costume trop large, tandis qu'Hélène était, à son habitude, fort élégante dans sa robe de mariée. Elle avait préservé son allure d'adolescente. Au passage, Alexandrine fut frappée, sur chacun des documents, par son regard éperdu. Elle se demande bien ce qui lui arrive, nota-t-elle. Je crois qu'elle commence à réaliser la transformation de son existence, que cette alliance suppose une longue vie commune avec un homme qu'on a choisi pour elle et qu'elle n'aime pas.

Il y avait aussi les deux tantes, Augusta et Sybille. Celles-ci étaient sur toutes les photos, à croire qu'elles bondissaient chaque fois qu'un objectif se profilait à l'horizon. Il était de notoriété familiale que les tantes Cazot avaient un sacré caractère. Deux garces, se dit Alexandrine, qui ont participé au complot familial pour jeter ma mère dans les bras d'Eugène. Si elles ont marqué autant d'empressement à marier leur sœur, c'est pour mieux rester vieilles filles elles-mêmes.

Alexandrine chercha dans les portraits de groupes à reconnaître des visages. Aucun ne lui parut assez familier. C'est alors qu'elle comprit ce que signifiait rompre tous les liens avec sa famille, ne plus reconnaître un visage sur une photo de famille. Sinon, elle eût pu inscrire le nom des cousins et des cousines, tant du côté des Cazot que des Delalande.

Des pochettes Kodak et Lumière contenaient aussi un bon paquet de pellicules. Elle en plaça plusieurs, à la suite, sur l'abat-jour d'une lampe. Les clichés se rapportaient presque tous à la noce avec moult flous et surexposés, les inévitables ratés de la journée. En piochant au fond de la boîte, elle dénicha quelques portraits d'Eugène tirés à son retour d'Allemagne. Décidément, chez les jeunes mariés Delalande, on avait fait beaucoup de photos cette année-là, 1945.

Eugène sur une bicyclette, portant casquette et foulard noué autour du cou, faisait plutôt décontracté. Il n'y avait pas de quoi. Il venait juste de découvrir que sa femme avait eu un amant et que sa fille n'était pas la sienne. Pourtant, on se donnait bonne figure. Eugène avait le sourire aux lèvres, la pipe à la bouche. Quelquefois des lunettes de soleil. Quant à Hélène, c'était étrangement une séance de pose savamment étudiée. Plus triste que le jour de son mariage, on devinait qu'elle avait perdu goût à l'existence, perdu la force de rêver. Ainsi un fossé s'était-il creusé entre eux deux. Côte à côte, fixant l'objectif, avec des airs lunaires, le déclenchement de l'appareil tardant sans doute à venir, ils paraissaient être deux étrangers. Leurs épaules se frôlaient tout juste, et rien d'autre. On aurait pu attendre d'un nouveau marié, s'amusa Alexandrine, qu'il prenne sa femme par le cou ou qu'il lui passe un bras autour de la taille. Non. Rien. Un tableau sinistre où se dessinaient déjà les futurs vieux qu'ils ne deviendraient pas. Ainsi en déciderait le destin.

Alexandrine écrasa une larme. Par le journal intime qu'elle avait lu en partie et par les photos souvenirs des années 45, elle se sentait plus que jamais proche de sa mère. Décidément, les Cazot, l'orgueil imbécile des Cazot, se dit-elle, t'ont enterrée toute vivante à l'aube de ta jeunesse, ma pauvre maman !

Elle poussa un cri pour contrôler le chagrin qui l'atteignait jusque dans sa chair, surtout lorsqu'elle exhuma une minuscule photo de bébé dans un berceau. Elle la retourna. Hélène avait noté au crayon gras : *Alexandrine Josèphe Paule.*

D'un geste de colère, elle fourra sa dernière découverte au plus profond de la collection.

— On ne la trouvera jamais, cette horreur, s'écria-t-elle. Je pensais qu'il n'existait de moi aucune trace avant l'âge de ma première communion. Maman me l'avait dit, ainsi : « On n'a pas de photos de toi, ma Chouchou. (Hélène avait l'habitude de surnommer sa fille ainsi.) – Pourquoi ? – Ton papa et ta maman n'ont jamais aimé ça, les photographies. »

Elle fouilla une dernière pochette et en sortit, cette fois, un portrait d'officier allemand. La réponse était inscrite au dos par trois vers de Karoline von Günderode adressés à sa « petite Hélène bien-aimée » :

Laß denn immerhim die Göttin Schicksal walten,
Ob sich dunkle Wolken gegen dich auch balten,
Groß und ruhig siehst du ihrem Gange zu[1].

— Voici donc l'*Oberleutnant* Aldermann, dit-elle en passant les doigts sur la photo.

Comme il portait l'uniforme de la Wehrmacht, la casquette sur la tête et la croix de fer au col, elle isola avec ses doigts écartés le visage. C'est plus humain ainsi, ajouta-t-elle. Puis elle resserra ses doigts sur les yeux, dont elle se promit plus tard de faire un agrandissement. C'est là qu'on perce la profondeur d'une âme humaine, se dit-elle. Ils lui parurent assez distants et plutôt apaisés, sans colère. Quant au reste du visage, ou ce que l'on en voyait, Volker donnait l'impression d'un homme distingué. Elle chercha une ressemblance avec le sien, c'était du moins une parole de Jeanne Angély qui avait enclenché cette curiosité. Elle s'en amusa aussitôt, tout en comprenant que ce serait sans doute la seule image qu'elle conserverait de son père. Pas suffisant pour tirer des conclusions. Pourtant, voici mon cher papa ! se dit-elle en mesurant le ridicule de sa réaction. Un papa certes, mais un nazi tout de même. C'est pas courant, ma chère Alexandrine Josèphe Paule. Pas courant du tout. Quand j'annoncerai la nouvelle à Tobias, il tombera de son tabouret. Pourquoi en parler ? J'ai bien mérité ce secret, tout de même. A moins que j'envisage de faire une recherche en paternité, jusqu'en Allemagne.

Elle calcula mentalement l'âge supposé de Volker Aldermann. Accordons-lui cinq ans de plus que ma mère, se dit-elle, ça lui ferait soixante-deux ans. Fort possible

---

1. *Laisse donc la déesse du Destin régner pour toujours,*
Si contre toi de sombres nuages s'arrondissent,
Grande et calme considère le mouvement de leur cours.
« Rouge vif », Karoline von Günderode.

qu'il soit encore vivant. Un bon bourgeois dans une ville du Bade. Il ne sera pas resté longtemps en Suisse. Le temps que l'amnistie des déserteurs soit appliquée, et hop retour dans sa famille. C'est ainsi qu'en a décidé la déesse du Destin. Chère Karoline, elle règne indéfiniment sur nos jours, nos nuits et bien après notre mort et, face à elle, si l'on demeure grande et calme, ce n'est que par la soumission à un ordre tragique de l'existence.

Alexandrine plaqua ses mains sur le visage. Elle avait envie de sangloter en songeant à ces années perdues, à cet amour sacrifié, et à ce rendez-vous manqué. Ensuite, maman est restée triste le reste de sa vie, pensa-t-elle, triste pour cette belle promesse non honorée. Enfin, prisonnière de son mariage. Comme elle a dû haïr Eugène, lui mener une vie distante et froide. Dans ce désert, je n'ai pu vivre, moi, se dit-elle en sanglotant, et je suis partie pour trouver un horizon respirable, à ma mesure, où je puisse m'épanouir.

Dans cette nuit d'été, Alexandrine parcourut chacune des pièces de La Ferronnière. Cette visite nocturne avec une lampe-tempête à bout de bras lui apprit que les fantômes eux-mêmes s'en étaient éloignés. Il n'était rien que la poussière sur les vieux meubles amassés dans les recoins au fil du temps.

Après la mort d'Eugène, Hélène s'était isolée dans un espace à sa mesure. Une cuisine, un salon, deux chambres. Le reste voué à l'étranglement de l'oubli. Ainsi avait-elle pris congé du lieu où son destin s'était joué en août 44, en se retirant à reculons dans l'étroit dédale de ses souvenirs.

22

Le lendemain était un jour gris. En entrouvrant ses volets, Alexandrine ne se sentait pas en forme. Mal de tête, douleurs au ventre. Elle descendit dans la salle de bains pour avaler deux aspirines, puis remonta se coucher. Elle somnola jusqu'à midi environ. Dans le demi-sommeil, elle avait entendu à deux reprises la sonnerie du téléphone. Puis un cauchemar avait couronné le tout. Elle se réveilla juste à l'instant où l'eau l'étouffait pour la bonne raison qu'elle ne parvenait pas à se dégager des embâcles qui s'étaient amassés sur sa tête. Après son réveil, elle assembla les différentes images qu'elle avait conservées de son rêve. Toutes se rapportaient à la rivière où elle s'était baignée une semaine plus tôt.

Stupide, pensa-t-elle, comme tous les songes. Je n'y vois rien de prémonitoire, moi, ni de symbolique. A la vérité, j'ai toujours eu peur de mourir noyée. Une angoisse d'enfance. C'est tout. Pas de quoi en faire une analyse.

Alexandrine se décida enfin à prendre une douche, puis enduisit son visage et son corps de crèmes hydratantes et d'huiles essentielles. Cela faisait plusieurs semaines qu'elle n'avait pas pris soin de sa personne. Les massages de son esthéticienne de l'allée Tourny lui faisaient défaut pour traverser un été torride et sec. Sa peau fragile n'était guère adaptée à cette rudesse de vie qu'elle s'imposait présentement. Ce jugement sur elle-même était très exagéré. Sans doute prenait-elle quelque plaisir masochiste à se plaindre de sa condition « spartiate » à La Ferronnière, comme elle disait.

Au sortir de la salle de bains, elle enfila une robe aérienne en tissu-éponge jaune qui lui irait bien pour traverser une journée oisive. Elle petit-déjeuna d'un pamplemousse et tira une chaise longue à l'ombre du platane. Désormais, elle ne risquait plus cette folie, s'allonger à même l'herbe, à cause des irritations de la peau et des allergies... Allergies à quoi, du reste ?

Si je commence à me découvrir mille maux, je n'en finirai plus, se reprocha-t-elle. Alors qu'ils ne sont que prétexte à prendre la poudre d'escampette. Tobias doit mener une vie de patachon avec ses « petites marguerites », de celles légères et inconstantes qui se laissent effeuiller, pensa-t-elle.

Le crissement de pneus sur le gravier de l'allée la tira de sa somnolence. Elle redressa la tête et reconnut la Cooper grise de son associé Franklin Schwartz. Sans même prendre le temps de refermer sa portière, il courut vers elle, crinière au vent. L'avocat du cours Victor-Hugo était un élégant en Ted Lapidus, son couturier favori, avec l'hiver des tissus prince-de-galles et l'été des milano fort seyants et légers.

Franklin se fit servir une tasse de thé et profitant de l'aubaine s'allongea aux côtés de sa consœur. Il lui prit la main, la serra avec toute l'affection qu'il vouait à Alexandrine.

— Dire que nous aurions pu nous marier cent fois, dit-il.

Elle lui répondit par un sourire lointain. Il sursauta, vint se pencher sur elle avant de déposer un baiser sur son front.

— Tu as changé, ma chère. Tellement changé.

Elle fit la moue. Ce n'était pas des plus flatteurs, alors qu'elle avait passé une heure au moins à se masser le visage et se pommader.

— Comment cela ?

— Tu n'es plus tout à fait l'effrontée du palais, celle qui claque la porte au nez des juges d'instruction, qui fronde les procureurs avec un toupet inouï. Ne change pas trop, Alexa, reste telle que tu étais, surtout ! Ce serait trop triste.

Franklin Schwartz avait soupçonné sur ce visage ombrageux qu'une tempête était passée, dévastatrice et ravageuse.

— Pourrais-tu dire à ton vieil ami les raisons de ton éloignement de Bordeaux ? Serait-ce exagéré de dire, ma chère, que j'en pince toujours pour toi...

Alexandrine ne se sentait guère en veine de confidences. Aussi détourna-t-elle la question à sa façon.

— Les Reinhart ont-ils fait appel ?

— Oui, dit-il. Rien que pour emmerder leur fille. Pourtant, cette Atride est si attachante.

— Il faut respecter l'argent, reprit-elle, quitte à faire le vide autour de soi et pour quel avenir, une vie désertée. Restent les ombres. Quel poison, finir ainsi, dans une grande demeure XVIIIe avec quatorze pièces. Un jour, la mort viendra frapper à leurs portes et le vieux couple haineux se rendra à la sentence, pieds et poings liés, enfin. J'aurais voulu mener cette affaire à son terme, ce n'était pas possible, Franklin.

— Nous avons utilisé tes notes pour le mieux. Sans doute n'avons-nous pas été aussi persuasifs que tu l'aurais été toi-même devant le tribunal, mais...

— La chose était jugée. A mon humble avis.

— On ne peut pas dire ça, Alexandrine, sinon à quoi servirions-nous ?

— Avec ses accointances dans le milieu de la franc-maçonnerie, monsieur Archibald fait la pluie et le beau temps et sa fille n'avait guère de chances face à lui. Du reste, notre Atride ne se faisait pas beaucoup d'illusions...

Le jeune avocat releva sa chevelure d'un geste. Le vent aimait à chahuter avec ses longues mèches dorées.

— Peut-être pourrions-nous nous consoler de cette mésaventure ?

Elle surprit dans son regard bleu une lueur friponne. Jadis, avant qu'il ne la demande en mariage, ils avaient été amants. Pensée saugrenue. Alexandrine n'était pas prête à sauter le pas. Il en fut blessé, cruellement blessé même. Elle ne sut jamais réparer l'outrage qu'elle lui avait fait, sauf quelquefois en cédant à ses avances lorsque l'un et l'autre se trouvaient en mal d'affection. C'était une parenthèse, une timide parenthèse, sans conséquence, sans suite.

Sa main musarda sur son visage, pleurant une réponse, un tiède acquiescement qui ne vint pas. Elle n'osait le repousser, de crainte qu'il n'en prît ombrage.

— A cause du gratteur de guitare ? Ça alors, je ne comprendrai jamais, s'agaça-t-il.

Chez Franklin, les sautes d'humeur retombaient aussitôt comme un soufflé. Il n'y avait aucune rage ni fureur en lui, comme il est courant chez l'homme transi. Il prenait sa peine avec humour, dernier refuge d'élégance qu'il s'accordait avant d'aller gémir dans son coin.

Côte à côte d'un pas lent, ils firent trois fois le tour du parc de La Ferronnière.

— Tu veux garder tout ça pour tes vieux jours ?

— Non, dit-elle. J'ai refusé d'hériter.

Il parut rassuré.

— Tu es une enfant de la ville, n'est-ce pas ? Comme moi. Nous avons besoin de la vie trépidante, et surtout pas de cet ennui de la province. Rentre donc à Bordeaux. Sans tarder. Tu t'étioles ici.

Elle acquiesça d'un mouvement de tête.

— J'ai trouvé ce que je cherchais.

— Tu as découvert quoi au juste ?

— Ce que mon enfance s'est refusée à voir, par aveuglement, par peur, par commodité. Enfin, je ne sais plus.

A la montée du soir, elle lui montra l'armoire allemande et ce qu'elle contenait, sans entrer dans les détails. Du reste, il n'eût pas été intéressé. Les histoires de famille étaient légion dans leur cabinet d'avocats du cours Victor-Hugo. Le dernier en date, l'affaire Reinhart, eût fait un roman tout à fait convenable avec tous les ingrédients nécessaires, comme dans la tragédie antique avec les Atrides : inceste, parricide et damnation...

— Jette tout cela au feu, ma chère, et partons. Si tu le désires, je puis t'aider à conjurer ce passé.

D'un geste, il fit jaillir la flamme de son briquet, Alexandrine souffla sur la flamme. Il comprit à ce moment que l'affaire qui occupait son amie ne se pourrait oublier aussi promptement qu'il l'imaginait.

Ils dînèrent d'œufs au plat, simplement, et d'une salade.

— J'aurais pu t'inviter dans un restaurant correct à Brive, déplora-t-il.

Elle disposait toujours d'une ou deux bouteilles de bordeaux d'avance. Elle put ainsi améliorer le repas en le servant dans des verres à pied en cristal.

— L'héritier a laissé quelques vestiges des Delalande, ironisa Franklin.

— Bien sûr, on attend que je quitte les lieux pour tout emporter.

Ils éclatèrent de rire ensemble. C'était cette sorte de comédie qui les ravissait dans leur existence d'avocat, toutes les petitesses des familles fleurissant sur les discordes et les compromissions des héritages. Ensuite, les tribunaux démêlaient les intrigues avec force plaidoiries et expertises.

— Ton frère se serait probablement battu jusqu'au dernier sou, sans débander. Tu n'as pas voulu connaître ça, n'est-ce pas ?

— Non. D'autant que je n'ai été ici que la fille d'un officier allemand et d'une mère adultère. Une belle histoire d'amour engluée dans les fractures de l'histoire.

Dans le salon, elle lui montra les cahiers d'Hélène, en les feuilletant sans s'arrêter sur la moindre page. Il n'était pas disponible pour ce côté-là de la vie d'Alexandrine. Sa main vint effleurer ses genoux, puis s'insinua entre ses cuisses. Une caresse brève dont elle se libéra avec gêne.

— Je suis impraticable, dit-elle.

Franklin hocha la tête.

— Me permettras-tu de dormir à côté de toi ? C'est une chose que nous n'avons pas encore partagée, toi et moi, une nuit ensemble, dans l'intimité du sommeil.

— Pâle consolation, reconnut-elle.

— Je ne réclamerai rien d'autre. Juré, craché.

Dans la chambre mansardée, elle poursuivit la lecture de son livre, comme si elle avait été seule. Cette sorte de distance froide embarrassait le jeune homme. Il eût voulu la prendre dans ses bras pour sentir la chaleur de sa peau, l'odeur de son corps, tout ce dont il espérait, en vérité, en venant à La Ferronnière. Cela lui paraissait plus important, en somme, qu'un acte charnel dont elle le privait par nécessité.

— Je parie que Tobias te fait l'amour même durant la période des règles ?

— Tu exagères, Franklin. Ça ne te regarde pas.

— Je suis jaloux de lui, parfois. Puis je me résigne.

— Ne fais pas l'enfant.

Un long silence s'interposa entre eux. Il lui tenait la main. Elle s'échappait chaque fois qu'il lui fallait tourner la page de son livre. A la longue, elle lui donna un autre roman pour occuper son temps. Il le laissa glisser sur le parquet. Ce n'était pas son fort la fiction, surtout allongé près de la plus jolie femme de Bordeaux, l'avocate la plus talentueuse mais aussi la plus capricieuse au monde. Ce mélange faisait de son amie une personne fort en vue dans les salons aux Chartrons et aux Quinconces.

— Cet Aldermann, dit-il soudain, je parierais que tu vas partir à sa recherche ? Tu ne peux pas en rester là. Moi, à ta place...

— Tu n'es pas à ma place, Franklin.

— Ce que j'en disais...

— Je ne comprends pas pourquoi il a laissé ma mère. Elle est allée à son rendez-vous et elle a attendu en vain. Voilà comment s'est achevée son histoire d'amour.

— C'est à pleurer, dit-il. Tant de promesses, de projets, d'espérance. Puis plus rien. Un silence.

Alexandrine sanglotait doucement sous le livre qu'elle avait posé grand ouvert sur son visage pour se cacher.

— Viens donc dans mes bras, supplia le jeune homme.

Il partageait son émotion. Pourtant, que savait-il de l'histoire de son amie ? Pas même de quoi étayer un plaidoyer. Il l'avait écoutée sans grande conviction. Des hommes qui prennent une maîtresse et qui disparaissent soudainement, quoi de plus banal ? Par-delà, il y avait Alexandrine, avec un père inconnu, soudain entré dans sa vie, et qu'il lui faudrait croiser un jour, coûte que coûte.

Franklin Schwartz, n'ayant pas trouvé ce qu'il était venu chercher, repartit aux aurores. Finalement, Alexandrine ne regretta rien et, même, jugea que sa solitude était préférable à toutes les combinaisons emberlificotées que la vie veut imposer faute d'imagination.

En sortant de La Ferronnière pour conduire sa Capri au garage, révision des dix mille kilomètres oblige, elle dénicha dans la boîte aux lettres un message du journaliste. C'était inscrit d'une écriture ample sur un bristol taché de graisse.

Voir Joseph Hébrard à Coutances, lieu-dit Le Malet. Vous m'en direz des nouvelles... Dans le cas contraire, ne perdez plus votre temps, retour à la case départ.

Le journaleux du Courrier

Cet homme est devenu mon ange gardien, pensa-t-elle. Je le soupçonne d'être amoureux de moi. Mais il y a un hic, tout de même. Belle intelligence, certes. Négligé de sa personne. Et enfin, hélas, trente ans de trop.

Pour dégommer sa Ford, Alexandrine piqua une pointe de 170 sur la 701, entre Varetz et le Pigeon-Blanc. A l'entrée de Brive, elle ralentit à cause de travaux. Le freinage brutal avait tendance à déséquilibrer la voiture, et de plus, passé 150 kilomètres à l'heure, le volant vibrait dangereusement.

Tandis qu'on lui faisait le réglage, la Bordelaise s'offrit un Coca et un hamburger au McDonald's du coin, histoire de tuer le temps. Quelques jeunots vinrent lui faire la conversation. Elle les jugea bien entreprenants, ces ados avec la musique sur les oreilles. C'étaient des fans de punk-pop, avec Buzzcocks dans *Ever fallen in love* ou la pop à l'âge adulte avec Brian Eno dans *Golden Hours*. Les types se tortillaient en chantant. Alexandrine pour leur faire plaisir accepta un chewing-gum et leur offrit à son tour un Coca.

— T'es une vieille bien sympa, dit un des gars.

Elle prit la réflexion pour un compliment.

— On passe nos soirées au Tacot Club. Faut pas arriver avant minuit...

On lui dessina un plan pour s'y rendre, elle le glissa dans son sac. Il ne s'agirait pas de les vexer, ces ados ! Au reste, ça lui avait manqué, une vraie jeunesse. Trop sérieuse, trop studieuse, trop, toujours trop, tant elle avait été possédée par l'angoisse de ne pas réussir. Lorsque sa mère lui écrivait, c'était pour lui rappeler qu'elle avait toutes les possibilités pour atteindre son objectif, l'argent, le temps et une sécurité qui n'a pas de prix. Elle n'avait jamais eu à faire des extra, a contrario de tant d'autres, pour se payer un loyer ou disposer d'argent de poche. Cette pression morale avait évidemment exacerbé sa crainte de décevoir une mère intransigeante.

Après son diplôme, Alexandrine s'était décidée à jeter au feu toutes les lettres, espérant s'affranchir d'un lien familial qui avait empoisonné son existence et de même pris ses distances, plus de distance encore, avec La Ferronnière ; ce qui signifiait : « Je n'ai plus besoin de vous, maintenant, je suis libre... Ne m'ennuyez pas à l'avenir ! »

Au retour, elle appuya copieusement sur le champignon, histoire de vérifier si son V6 était bien réglé. Elle eut à peine le temps de faire grimper l'aiguille à 180 que, déjà, elle entrait dans une agglomération encombrée. Pourtant, jusque-là, elle avait doublé, sans vergogne, une kyrielle de voitures et de camions, sous le feu des klaxons. On désapprouvait sa folie. Bientôt, pensa-t-elle, nous perdrons cette liberté aussi, l'ivresse des puissantes voitures.

Une rapide vérification sur une carte verte au cent millième lui permit de trouver le lieu-dit indiqué par Muraille. C'était une route sinueuse dans un état précaire, où il fallait ménager les amortisseurs.

A Coutances, elle se fit indiquer son chemin. Six kilomètres encore et elle parvint à la crête du Malet. Elle se gara près d'une chapelle abandonnée. C'était une miniature cistercienne en granit. Il ne restait que les murs et quelques vestiges fort endommagés d'un plein cintre roman. Elle se faufila entre les ronces et les buissons noirs qui occupaient l'intérieur. On distinguait par endroits les anciennes dalles de pierre et une niche proche de ce qui avait été autrefois l'emplacement du chevet circulaire. Elle tira quelques photos avec son Nikon. Une manie. Pour quel usage ? Ainsi, le promeneur solitaire s'offre l'illusion de retarder l'outrage du temps en immortalisant des lieux oubliés, songea-t-elle. Au point d'ignorer que l'on est soi-même mortel, que ces témoignages de l'instant n'intéresseront personne, comme les cahiers de ma mère, les photos de mariage, les journaux, les lettres et que sais-je encore. Tout cela abandonné en pure perte. Franklin aurait-il raison ? Brûler cette armoire allemande avant qu'elle n'empoisonne mon existence... A cinquante pas, une vieille femme en noir gardait ses trois chèvres. Un chien vint lui flairer les mollets et jappa. Alexandrine posa une main sur son museau et il se mit à remuer la queue. Je me suis déjà fait un ami, se dit-elle.

— Il n'est pas méchant. C'est un corniaud.

Sous un chapeau de paille noir, la sueur perlait sur son visage. Elle a la peau tannée et ridée des vieilles paysannes d'autrefois, remarqua-t-elle en l'observant, de celles qui sentaient l'ail et l'eau de Cologne les jours de messe.

— Un fort bel endroit, dit Alexandrine. Mais hélas à l'abandon.

— On n'a pas besoin de prier, maintenant, ricana la vieille femme. Personne ne croit plus en rien.

La jeune Bordelaise acquiesça d'un hochement de tête.

— Je cherche le domaine du Malet.

— L'original ?

— Quel original ?

— Joseph. Le vieux grigou...

— Hébrard ? insista Alexandrine.

— Ah oui, foutre, j'avais oublié son nom à celui-là.

La vieille femme tendit le bras vers le vallon inférieur, là où la forêt dessinait une aile de rapace déployée et alentour des champs jaunis par la sécheresse, découpés au cordeau, agencés comme les pièces d'un puzzle.

— Vous ne pouvez pas vous tromper. Qu'allez-vous faire là-bas ? Plus personne ne va chez le grigou. Ça vit seul, comme un sauvage. Et pour cause...

Elle se mit à ricaner en fouettant une hampe de ronce avec son bâton de noisetier. Puis elle cracha dans l'herbe haute.

— Pour cause de quoi ? releva Alexandrine. Que voulez-vous dire ?

— Rien ! se récria-t-elle. C'est manière de parler.

Alexandrine gara sa voiture sous les châtaigniers. En cet endroit, la lumière était apaisée par le couvert végétal. Il se dégageait du sous-bois une odeur de mousse. Elle en prit une poignée sur un muret et la porta à ses narines. Ça fleurait bon l'enfance et en quelques secondes des images lui revinrent. Il y avait trois garçons, un feu allumé entre quatre galets, et l'autre petite fille que les vilains garnements avaient attachée à un arbre. C'était leur prisonnière. Ils ne savaient pas encore ce qu'ils allaient en faire. La perdre en forêt ou la noyer, « toute vivante », comme disait Frankie. Ça faisait rire. La gamine pleurnichait. Les cordelettes étaient sans doute trop serrées. Elle se proposa pour défaire les nœuds. « Attends, défendit Frankie, on doit d'abord tenir un conciliabule pour décider ce qu'on en fait. – Vous n'en ferez rien, protesta-t-elle. – Toi, la Delalande, tu commences à nous enquiquiner. » Elle prit un couteau et trancha la cordelette. « Maintenant, c'est ma prisonnière, je l'ai achetée, j'en fais ce que je veux. »

Alexandrine se ficha un bob sur la tête et chercha dans sa boîte à gants des lunettes de soleil, celles d'une Monica Vitti dans *L'Eclipse* – elle avait visité cent boutiques avant de les dénicher. Elle les ajusta soigneusement. Ça lui faisait un visage épatant, idéalement adapté à la situation. Elle rangea son miroir de poche et partit vers la demeure d'un pas décidé.

La porte était entrouverte et ça ronflait derrière. Elle hésita à la pousser. Elle le fit, quand même. S'agirait pas de reculer. Les gonds se mirent à grincer. C'était suffisant pour alerter le bonhomme. Un vieux bouc puant. Le rocking-chair se balança à l'avant, le bras du vieux se détendit soudain, et la main saisit un fusil.

— Qu'est-ce que c'est ?

Alexandrine resta sur le pas de porte dans le contre-jour. Elle faisait ange ou démon dans sa tenue en coton blanc. Elle avait peur, mais ne montrait rien. Son mutisme était parfait. Le flingue se pointa vers elle, insensiblement. Manière de tueur, pensa-t-elle. Elle remercia sa bonne étoile de n'avoir pas concédé la moindre parole à ce moment d'entrée en matière. C'était scabreux en diable. Heureusement que les lunettes de soleil la protégeaient de ce regard furieux, gros yeux de sanglier dans le cerne épais d'une peau en papier mâché bordés par des sourcils broussailleux. Le vieux avait juste posé la main sur le pontet, se gardant bien d'engager un doigt dans la détente. Elle imagina même qu'elle pourrait s'en emparer de cette pétoire, aisément. Elle croisa les bras sur sa poitrine. Grigou, pensa-t-elle, c'est bien le mot.

— Qu'est-ce qu'on me veut ? Je reçois pas.

— Etienne Legendre, ça vous dit quelque chose ?

La tête du bonhomme se pencha sur le côté. Il y avait de la lassitude dans ce geste, comme s'il voulait s'effacer de la scène et disparaître tel un serpent dans un trou de muraille.

— Ça n'en finira jamais, ces questions ? J'ai répondu, il y a vingt ans, devant le tribunal de Bordeaux. On m'a absous, jeune fille. Legendre ?

Il ricana et ficha l'arme contre le buffet d'un geste d'écœurement. Ça fit un choc terrible. Elle sursauta.

— Legendre, reprit-il, il a eu ce qu'il méritait. Ça n'est pas glorieux des choses comme ça, mais ça s'explique. Qui êtes-vous ? Une héritière ? Tout a été liquidé après qu'on a sonné le tocsin à Saint-Gillet. Même qu'on a foutu le feu à sa maison. Y a que sa poule qui nous a échappé. Tout de même, on l'aurait pas descendue pour autant... Même si à l'époque, foutredieu, on avait la détente facile.

Ça partait avant qu'on réfléchisse. Hélas, hélas, mille fois hélas. Des fois, la nuit, j'en fais des cauchemars...

Hébrard tendit un doigt vers sa visiteuse, comme s'il voulait lui faire la leçon en maître d'école péremptoire.

— Notez bien, mademoiselle, que je dis « on », le « on » général de mes gars. Le « on » aveugle et indomptable. C'est ce que j'ai expliqué au fort du Hâ au moment des procès. J'ai pas su les tenir, mes gars. Y voulaient faire des exemples dans la liesse de la Libération. Après, il y a eu la Milice patriotique, ça n'a pas été mieux, plus sournois, hypocrite. J'ai trinqué pour les autres. J'étais leur chef. Six mois de prison. Puis l'amnistie. Ensuite, des années après, on est devenus des héros. Ça, madame, j'ai pas très bien compris. D'abord le procès, ensuite la prison et enfin la grâce... Vous y comprenez quelque chose à cette comédie ?

Il se dressa avec des mouvements éperdus, comme un marin sur le pont d'un bateau dans la tourmente. Elle était dans sa tête, la tourmente. Il poussa un grognement.

— C'est tout ce que j'ai à dire. Ouste, fit-il d'un geste de la main pour éloigner sa mauvaise âme.

Alexandrine demeura sur le seuil, immobile. Hébrard s'approcha pour examiner son visage. Peut-être avait-il parlé trop vite. Ça ne ressemblait pas à une Legendre. Il les connaissait tous les Legendre, ils avaient défilé dans sa turne, avec des menaces et des leçons de morale. « On l'a exécuté, lui et d'autres, et voilà... Si c'était à refaire... On referait. » Voilà ce qu'il avait dit aux frères, aux sœurs, aux cousins, à toute l'engeance Legendre.

— Il y a une vague ressemblance sur votre visage, mademoiselle, qui me rappelle quelqu'un.

— Qui donc ?

— Cette moue-là, ce sourire moqueur, cette manière de toiser... Oh oui, ça me dit. Mais c'est loin, tout ça, dans les brumes du passé. N'en parlons plus.

Hébrard alla s'asseoir à sa table de cuisine. Il y avait des reliefs de repas, épluchures et rognures, le tout épandu dans les flaques de vinasse. Ça excitait les mouches, toutes les mouches du Malet s'étaient donné rendez-vous chez lui. Il en était satisfait, de son monde. Ce bourdonnement continu divertissait sa solitude. Il se disait parfois, quand ça le reprenait le dégoût de lui-même, que ces mouches n'étaient que la multitude des salopards basculés dans la fosse commune. Il ne restait plus que ça, d'eux, âmes et charognes, des grappes collant aux vitres, aux abat-jour, sur les draps de lit, dans les placards et sur le reste du jambon, là où elles se régénéraient en asticots.

— Je suis la fille d'Hélène Delalande, dit-elle.

Hébrard ne se retourna pas. Il ne voulait pas montrer sa surprise, se trahir par un geste, un regard. Il avait appris à se contenir, au procès de Bordeaux en 45, et puis ensuite, chaque jour de sa vie, à se défiler devant les questions, les interrogatoires, les controverses. Un silence d'idiot pour la forme. Pour le reste, c'était une affaire qui concernait sa conscience. Les mouches enfin. Elles l'aidaient à vivre au milieu des cancrelats et des cauchemars. Ça montait aux murs, mille-pattes de fantaisie, mille araignées et mille ombres maléfiques. Ça bordait ses nuits, ses aubes douteuses, ses bourbiers intimes.

— Delalande, dites-vous ? Connais pas.

— Vous mentez, monsieur Hébrard. Vous mentez mal. Elle a eu affaire à vos gars, comme vous dites.

— Pourquoi donc ?

— Elle aimait un officier allemand. Un certain Volker Aldermann. C'était un crime en ce temps-là.

— En effet, c'est vous qui le dites. Un crime tout de même. Ne croyez pas tout ce qu'on raconte, les poules à Boches, on les a épargnées. Sauf celles qui ont livré nos gars. Il y en a eu. Mais pas Hélène Delalande. C'est un nom qui me dit rien, rien du tout.

— Je conçois que dans les premiers jours de la Libération, on ait eu envie de régler des comptes. Ensuite, il fallait bien que la justice reprenne ses droits. L'accusation et la défense, des avocats et des juges... On n'a rien fait de mieux dans notre démocratie. Savez-vous ce qu'écrivait Montesquieu, que les hommes en société perdent le sentiment de leur faiblesse, ainsi commence l'état de guerre. Le basculement qui s'est opéré après la fuite des ennemis a engendré un nouvel état de guerre, hautement justifié par les exactions des collabos et des traîtres.

— Oui, un sentiment d'impunité s'est emparé de mes hommes. Tout se trouvait justifié, à leurs yeux, exécutions sommaires, interrogatoires musclés, brimades humiliantes...

Elle s'empara d'une chaise et s'assit en face de lui. Il se déporta sur le côté pour ne pas affronter son regard. Un héros embarrassé, pensa-t-elle. Puis elle comprit qu'il lui fallait louvoyer. C'était une spécialiste dans son genre au palais bordelais. Elle avait obtenu plus d'aveux qu'à son tour. « Je ne peux pas vous défendre, mon cher, si vous ne me dites pas, à moi, la vérité, toute la vérité... » Formule magique.

— Je ne suis pas venue pour juger quoi que ce soit. Je voudrais comprendre, c'est tout.

— Il n'y a rien à comprendre, répliqua Hébrard. Je ne connais pas votre mère.

— Dites que vous ne vous souvenez pas ?

— Je n'ai pas eu à la connaître.

— Où reteniez-vous les prisonniers à ce moment-là ?

— Dans les caves du couvent des clarisses.

— Comment se nommaient vos hommes ? Dites-moi deux ou trois noms. Ceux qui vous passent par la tête...

— Dans le groupe du maquis de Saint-Gillet, il y avait Nano, Christin, Pedro... Des noms de guerre. Vous pensez bien, dans la Résistance, on ne s'appelait pas par notre nom.

— Bien sûr. De quelle autorité dépendiez-vous ?

— Les chefs FFI sont venus plus tard. Ils ont récupéré les prisonniers pour les envoyer à Brive au triage. C'était un camp où des responsables de la Résistance instruisaient l'acte d'accusation. Triage, ça veut bien dire ce que ça veut dire. On n'y gardait en captivité que les collabos, ceux qui avaient aidé les Boches à arrêter nos hommes. C'est tout.

— Et les autres ?

— La nouvelle cour de justice statuait s'il y avait lieu de poursuivre ou de relaxer.

— Hélène Delalande a-t-elle passé devant cette cour ?

— Je n'en sais rien. Je n'ai pas souvenir d'elle. A mon avis, son affaire n'a pas eu de suite. Vous pouvez partir la conscience tranquille.

Alexandrine éclata de rire.

— Vous lui donnez l'absolution ? Bien tardivement...

Il haussa les épaules.

— Là où elle se trouve, elle s'en fiche bien de votre absolution de chef du maquis, ajouta-t-elle.

— C'est une affaire dont je n'ai pas eu connaissance, répéta-t-il.

— Pourtant à Saint-Gillet, son absolution a été commuée en vindicte populaire, en indignité morale absolue.

Hébrard raccompagna sa visiteuse jusqu'au portail. Alexandrine ne se retourna pas. Elle fit une marche arrière nerveuse, et repartit en trombe, le pied écrasant l'accélérateur.

23

En vidant les derniers rayonnages de l'armoire allemande, ceux qu'elle estimait négligeables soutenant livres et journaux, Alexandrine tomba sur un cahier noir. Il était d'un format supérieur à ceux qu'elle avait consultés et d'une qualité de papier supérieure, d'un grammage de quatre-vingt-dix. Les pages étaient emplies d'une écriture régulière, légèrement penchée vers la droite, sans rature cette fois. L'espacement entre les lignes en rendait la lecture aisée.

Sur la page de garde, Hélène Delalande avait écrit en script : *Livre noir année 1946.*

Alexandrine bénit le ciel. Ce document eût pu se glisser dans les journaux et disparaître. C'est alors qu'elle décida une fouille minutieuse au cas où d'autres pièces, tout aussi importantes, eussent pu échapper à sa vigilance. Les collections de *Signal, La Croix de la Corrèze, La Petite Illustration* ne méritaient que le feu. Aussi les plongea-t-elle en vrac dans un sac-poubelle et le transporta-t-elle dans la remise. Plus tard, avant de prendre congé, il lui faudrait asperger tout ça d'alcool à brûler et attendre que les cendres se consument sous un ciel d'étoiles.

En faisant le tour dans la grange, elle constata que la Dyna Panhard bleue avait disparu ainsi que les ruchers, la faïence et la verroterie. François s'était décidé à tirer le dernier sou de son héritage. Elle s'amusa de cette razzia en se jurant de ne plus revenir à Saint-Gillet, même pour y fleurir la tombe de sa mère.

Alors que le soir descendait en opacifiant les murs de La Ferronnière, elle risqua une courte promenade jusqu'à la rivière. C'était une épreuve pour elle, qui craignait les sortilèges de la nuit avec ses murmures en sous-bois, ses cris de bêtes sauvages et le gargouillis des eaux sur les galets. Elle chercha un recoin paisible et s'y cacha comme une proie craintive.

Elle songea à sa mère dans la cabane du Puits de Marel attendant son amour durant de longues heures, en vain. Puis elle s'était désespérée dans les larmes, à moins qu'elle n'ait eu cette suprême élégance de n'en rien montrer, avec ce souffle de fatalité qui nous porte parfois au-delà de nous-mêmes. Ce sera ainsi. La fin d'un amour. La complainte en sourdine. Il faudra ensuite attendre le retour du mari, faute d'autre chose, partager ce mensonge dans le fil du temps. Rien ne sera épargné à la femme adultère. Ni la pitié ni la colère. Enfin, l'apprentissage de l'oubli éteindra les derniers feux intérieurs.

Alexandrine se rapprocha des eaux pour en capturer dans le creux de ses mains et s'humecter le visage. A cette seconde, elle se sentait en communion avec Hélène, elle partageait avec elle, à trente-cinq ans d'intervalle, la chamade, la torture au ventre, les larmes amères. Puis Alexandrine poussa un cri de bête sauvage, un cri qui fit vibrer l'épaisseur de la nuit, sans espoir d'en réveiller l'ordre. Tout est écrit, tout se consume, se dit-elle. Après quoi, Hélène est descendue d'un pas hésitant par la vigne de Marel. Pourtant rien ne presse. Il ne sera pour elle qu'un souvenir. Comment fait-on pour tuer ce nerf sensible du chagrin ?

Ne rien demander que l'on ne puisse donner, voici ma faute, ma très grande faute, me dis-je à l'instant de fermer les volets. Il m'a rendu ce que je n'ai su dire, ces silences et ces caprices, le tout mêlé. Car j'espérais que mon amour pour Volker était si grand et si fort, à la seconde même où nos regards se sont croisés et se sont accordés, que le reste serait superflu. Répéter sans cesse je t'aime, je t'aime, je t'aime... C'est de l'ordre des prières, des suppliques pour conjurer la crainte que ce sentiment ne s'amenuise.

Jusqu'à la dernière seconde, j'ai cru à son amour. Sa fuite, hélas, m'a démontré qu'il s'était joué de moi, comme les hommes le font, lâchement. Je suis montée à la cabane à l'heure dite, et il n'est pas venu. C'était une belle soirée d'été, calme et limpide. Mon regard s'est brouillé de larmes. La nuit est descendue comme un couvercle.

Adieu donc. Il me faut vivre sans montrer impatience et douleur, comme si de rien n'était, comme s'il ne s'était rien passé entre lui et moi. Le temps d'un mirage, d'un rêve et me voilà éveillée...

Le lendemain à La Ferronnière, jusqu'alors si calme, mis à part les visites intempestives de Christophe Tournet, quatre voitures arrivent en trombe dans mon parc. Il en descend une ribambelle de maquisards. Ils sont jeunes pour la plupart et armés d'une manière disparate. Les uns brandissent des fusils de chasse, les autres des mitraillettes, voire des pistolets. Ça parle haut, fort, ça fait de grands gestes, ça court dans tous les sens. Une telle gesticulation prouve que l'ennemi n'est plus dans le secteur, me dis-je en restant sagement à l'abri derrière mes volets clos.

Alors que je devrais raisonnablement m'interroger sur la présence de ces résistants dans mon jardin, j'observe leurs manigances avec une curiosité distante. Chagrin et désespoir ont fait de moi une chiffe molle, sans ressort. Je me décide à sortir, hébétée. Après tout, je suis chez moi. Je voudrais bien qu'on s'annonce tout de même...

— Messieurs, que me vaut votre visite ? C'est une propriété privée ici.

Je n'ai pu m'empêcher de faire la remarque lorsque deux des envahisseurs ont pénétré dans ma grange sans autorisation.

— Elle ne l'est pas pour les Boches ! clame l'un des types.

Son voisin l'écarte d'un geste.

— Je suis le capitaine Nano, fait-il.

Je lui tends la main, il la refuse. Ça commence mal, me dis-je. En vérité, je n'ai pas prêté attention à la réflexion du jeune agacé. Elle aurait dû éveiller ma méfiance. Mais les événements nous ont accoutumés à supporter, jour après jour, rebuffades, vexations, insultes, comme un prix à payer sur notre disgrâce civile.

— Vous êtes la dame Delalande, Hélène Delalande ?

— Oui, dis-je. Evidemment. Je suis la propriétaire de cette maison.

De son regard bleu, le capitaine observe la façade de La Ferronnière. Il me toise de nouveau, froid et indifférent. Je suis drapée dans un peignoir gris et le déplore.

— Si j'avais pu prévoir votre visite, dis-je d'un sourire, j'aurais enfilé un vêtement convenable.

Un rictus creuse les traits de son visage amaigri. Il ne trouve guère ma réflexion à son goût. N'est-elle pas assez drôle ?

— Nous n'avons pas l'habitude de nous annoncer, dit-il. La guerre n'est pas une partie de plaisir.

Son voisin ricane en m'observant d'un œil tenace.

— C'est une bourgeoise, c'te madame, ça fait plaisir d'en voir. Dans les bois, à s'carapater, y en avait pas bezef. Pas vrai, capitaine ?

Le chef semble n'avoir rien entendu. Il me fixe dans les yeux, je baisse la tête. Je ne sais pas pourquoi. J'aurais dû faire front, me dis-je aujourd'hui, me montrer autoritaire et décidée. Mais je ne l'ai pas fait. Je n'ai pas été à la hauteur. Mes ennuis ont commencé à cause de cette faiblesse, me dis-je encore aujourd'hui.

— Le maquis de Saint-Gillet a décidé de réquisitionner votre maison.

— Pour quoi faire ?

— Un quartier général. Surtout dans les pièces du bas.

Il me montre le salon et dit que ce sera le secrétariat et la bibliothèque, les deux chambres du rez-de-chaussée des bureaux pour les chefs.

— Et moi, où vivrai-je ?

— On va s'occuper de vous, dit le capitaine Nano, n'ayez crainte. On vous trouvera un logement.

Le deuxième maquisard éclate de rire. Là, me dis-je, l'affaire se complique.

— Que me reproche-t-on ?

Nano hésite à répondre. C'est un taiseux, cet homme-là, mal dans sa peau. Il réfléchit longuement, comme s'il craignait que ses propos ne pussent un jour lui être reprochés. Sait-on jamais. La guerre est un balancier, un coup pour les bons, un coup pour les méchants. Lui, il porte la probité des libérateurs sur son visage, avec des airs de commissaire du peuple, assuré de sa vérité.

— Intelligence avec l'ennemi.

Comme je conteste ce reproche en exigeant qu'il m'en apporte les preuves sur-le-champ, il écarte ma demande d'un geste tranchant.

— Allez prendre quelques affaires, ordonne-t-il. Vous avez dix minutes, pas une de plus.

Le second m'accompagne dans la maison, sa mitraillette pointée sur mes talons. J'exige un peu d'intimité, il me la refuse. Des fois que j'en profiterais pour prendre la poudre d'escampette.

— A la moindre entourloupe je t'envoie une giclée, prévient-il.

Il est fier de sa repartie. Il en rigole tout seul appuyé contre le chambranle de la porte de ma chambre, tandis que j'enfile des sous-vêtements. Ça ne tourne même pas la tête de côté, au contraire ça me bigle salement.

— Ben dis donc, marmonne-t-il, le frisé n'a pas dû s'ennuyer.

A cet instant, le sol se dérobe sous mes pieds. Plus rien, ne me sauvera ni des autres ni de moi-même. Cette impression d'extrême solitude me tire quelques larmes. Je voudrais ne rien montrer à mes envahisseurs, tout occupés qu'ils sont, au moment où je traverse la cour, à placer dans mon salon et les pièces voisines des tables, des chaises et des armoires. L'un d'eux déroule une bobine de téléphone de campagne. Dans un des camions, il y a encore plus d'hommes que je ne pensais, une trentaine au moins. Ils déchargent en hâte des armes lourdes prises à la Wehrmacht en déroute.

Dans les conversations, fusant de-ci de-là, il me semble comprendre que les maquis ont libéré toute la région de Brive et qu'ils se préparent à mener une épuration en règle. Ce sont des mots qui reviennent le plus souvent dans la bouche du capitaine, « épurer, nettoyer, purger » les patelins des collabos. Pour accomplir cette mission, les hommes paraissent motivés. Dans ma maison, déjà métamorphosée en PC de campagne, les responsables ont installé des meubles de bureau que les militaires allemands ont abandonnés dans leur fuite. Le capitaine s'emploie à former ses groupes auxquels il attribue des secteurs à nettoyer, sans tarder, « avant que les traîtres ne disparaissent dans la nature », dit-il.

Mon sort est scellé. Je dois rejoindre au couvent des clarisses les autres détenus. On me propulse manu militari dans une traction sur laquelle les résistants ont inscrit au blanc d'Espagne FFI. Ça démarre en trombe. Le jeune chauffeur s'amuse à faire crisser les pneus dans les virages. Pedro est assis à l'avant à côté de lui, une mitraillette entre ses jambes, le canon dressé en l'air. Sur la banquette arrière, j'occupe un espace plutôt restreint entre deux gars qui empestent l'ail. Ils sifflotent, rigolent. L'ambiance de victoire leur va bien au teint, comme dirait Roger Nimier que j'ai lu récemment.

Quant à moi, me voici dans de sales draps. Le capitaine ne me fera pas de cadeaux et ses hommes encore moins. Il y a une forte proportion d'excités, comme la dernière fois que je me suis fait arrêter à un barrage sur la route d'Allassac. A ce moment, le pays n'était pas encore libéré et les types du maquis craignaient les miliciens de Legendre. Entre eux, ils se sont livré une guerre féroce, dans la région de Brive, de Larche et d'Allassac. Pour tout dire, il me faudra soutenir mordicus devant mes accusateurs publics que je n'ai jamais été dans les papiers du chef de la milice de Saint-Gillet. Qui me croira ? Je ne sache pas que dans les circonstances on puisse bénéficier d'une défense.

Le lieutenant Pedro – on n'était point avare sur les grades dans l'armée secrète et même chez les communistes FTP où l'on ajoutait le mot camarade au grade, ce qui faisait une sacrée différence – m'a fait visiter les caves du couvent des clarisses, une geôle parfaitement aménagée avec des matelas crasseux à même le dallage. Il y avait du monde dans tous les recoins. Le peu de lumière dispensé par les soupiraux ne permet guère de reconnaître ses voisins. Moi, j'ai été dirigée vers le quartier des femmes. On a ce souci de séparer hommes et femmes. Nos gardiens ne sont que des hommes, fort brutaux, nous bousculant comme du bétail, cela n'est rien en comparaison des insultes proférées.

— Allez ! Dans la cage à poules ! dit Pedro en me jetant d'une poigne sur les matelas où mes voisines sont assises.

Elles me font place. Certaines ont des regards de bêtes traquées, d'autres marmonnent de colère. Je voudrais leur serrer la main, par politesse, puisque nous devons partager quelques épreuves ensemble, mais ce geste me semble ridicule au point où j'en suis.

— Les poules, c'est nous, dis-je.

On me regarde, hébétées.

— Poules et poulardes, putains à Boches, énumère une jeune femme au teint terreux.

Sa chevelure chahutée lui fait un visage de sorcière. Elle a bien cherché à les arranger, ça ne tient pas sans épingles et pinces.

— T'en fais donc pas, dit une autre prisonnière, tu ne vas pas les garder longtemps.

Mariette se met à rire nerveusement en s'essuyant les yeux. Mélange de poussière et de larmes. Une éraflure lui barre la joue. Le sang est coagulé, ça ne fait plus guère d'effet. Je lui tends un mouchoir qu'elle mouille de salive et avec lequel elle s'essuie la figure sans améliorer sa situation.

— T'as pas besoin de te faire belle, dit Marisa la grosse bougonne, c'est pas notre gueule qui les intéresse. Si ça veut se servir, ça se gênera pas.

L'une des captives se tient debout près du soupirail. Elle a besoin de lumière pour se sentir encore vivante. Je m'approche d'elle par curiosité. De l'ouverture située à ras de la place où l'on distingue en se haussant, par le petit bout de la lorgnette, le va-et-vient des troupes résistantes, se diffuse un air vivifiant aux couleurs et aux parfums de l'été. Nous échangeons un sourire, sans savoir encore si nous avons le droit de tenir une conversation. Jusqu'alors, je n'ai entendu que des jurons et des plaintes, ainsi que le murmure des pleurs chuintant comme l'eau sur les vieux murs de calcaire.

— Je m'appelle Séraphine, dit-elle près de mon oreille.

Je lui rends cette politesse, tandis qu'elle prétend me connaître. Son mari est aussi en Allemagne, dans le STO. Elle aussi est accusée de « collaboration horizontale ». C'est une formule lapidaire et réductrice qui nous jette toutes, sans discernement, dans le même panier.

— Que va-t-il nous arriver ?

Séraphine baisse la tête. Je comprends alors qu'elle va adopter une défense de coupable, exprimer des excuses, demander le pardon. C'est un gratte-papier qui mesurera son degré de culpabilité.

Elle m'explique ensuite que Marisa est la boulangère de la rue Trudaille. On lui reproche de s'être livrée au marché noir et d'avoir trafiqué les farines. Une amende et une bonne correction, voilà ce qu'elle risque, la brave dame. Je l'envie presque. Quant à Mariette, c'est la bonne de l'hôtel Beauséjour. On l'accuse d'avoir couché avec des Allemands et d'en avoir tiré des avantages, en espèces et en nature.

— Moi, dis-je, coupable d'une passion avec un officier allemand.

Séraphine m'observe d'un regard douloureux.

— Ce n'est pas bon ? dis-je.

— Pas bon, murmure-t-elle. Pas bon du tout.

Après six heures d'attente, sans boire ni manger, on me conduit dans la salle des interrogatoires. C'est une chapelle d'où l'on a ôté tous les objets religieux, une chapelle nue et dévastée. Le maître-autel sert de bureau. Il s'y tient un gros bonhomme qui fait office d'accusateur public, entouré de deux sbires. A droite, assis devant une modeste table, se trouve un greffier, bien jeune pour cette tâche, l'air égaré derrière ses lunettes rondes.

— Reconnaissez-vous avoir eu une relation coupable avec le nazi Aldermann ?

La question est directe, et n'appelle guère de commentaire ou de justification. En disant oui, mon cas est jugé, en niant j'encours gifles et horions, jusqu'à ce que j'avoue.

— Oui, dis-je.

L'accusateur Brisseau soupire de soulagement, comme s'il avait craint que ma défense ne soit opiniâtre.

— J'ai peur de vous décevoir, dis-je, si vous estimez devoir faire de moi une coupable. Ou alors, nous ne partageons pas les mêmes valeurs concernant la justice.

Le greffier lève la tête, observe avec inquiétude son maître. Doit-il noter ma réflexion ? Le ballet est bien réglé. L'un des deux adjoints de l'accusateur lui fait un signe de dénégation. Je suis rassurée pour lui, son travail sera simplifié.

— Vous frondez, dame Lalande, s'esclaffe l'accusateur.

Je le reprends sur mon nom. Ce n'est pas de son goût. Les résistants qui protègent la salle, une dizaine en tout, sont là pour le conforter dans sa pratique de la justice expéditive.

— Je m'appelle Hélène Delalande. Mon mari est en Allemagne dans le Service du travail obligatoire.

L'accusateur Brisseau donne le *la* et les ricanements s'enchaînent.

— Vous avez été la maîtresse de cet officier nazi, Aldermann. Je me fous de l'adultère. Pour moi, le vrai crime est d'avoir collaboré avec l'ennemi.

— J'aimais cet homme, je le reconnais. Je l'aime encore. C'est mon seul crime, aimer un homme qui se trouve être un officier de la Wehrmacht. Il aurait pu être tout aussi bien autre chose.

— C'est une hypothèse gratuite. Les faits seuls nous importent.

Brisseau compulse son dossier. Je ne sais quelles pièces il peut bien contenir, mais je doute que cet homme possède à mon égard des éléments à charge autres que celui qui m'est reproché.

— Avez-vous entendu parler d'Etienne Legendre ?

— Comme tout le monde. C'était le président de la délégation spéciale de Saint-Gillet. Rien de plus.

— Avez-vous eu des relations avec lui ?

— Quelle sorte de relations ?

— Allons, madame Delalande. Vous comprenez ce que je veux dire...

Ricanements dans la chapelle.

— Je suis une femme tout à fait respectable, dis-je. Je ne me donne pas au premier venu.

L'un des gardiens s'approche de moi, sans doute sur injonction muette de Brisseau. Il vient me poser une main sur l'épaule, une poigne ferme et menaçante.

— N'insultez pas la Résistance ! s'écrie l'un des voisins de l'accusateur. Vous êtes une putain... Ce qui vaut pour le Boche vaut aussi pour le milicien. Le tout est de savoir qui a passé le premier.

Ma protestation est inutile. Le gardien m'agrippe la chevelure et me tire la tête en arrière.

— Dame Lalande, reprend l'accusateur, Legendre dit que vous êtes venue lui demander un service et qu'il vous l'a rendu. Quel était ce service ?

— Des bons d'essence.

— Pour aller voir votre Allemand ?

Je ne réponds pas. Le gardien m'agite la tête en tiraillant mes cheveux.

— Ça ne s'est pas arrêté là, poursuit l'accusateur. Legendre est venu chez vous pour réclamer son dû.

— C'est un fait que j'ai eu la visite de Legendre mais il n'a rien obtenu de moi. Serais-je la première femme que cet homme ait tenté de courtiser ?

— De l'essence, reprit Brisseau, vous auriez pu en demander à l'officier de la Wehrmacht. Il se serait fait un plaisir...

— Je ne l'ai pas fait.

— La milice et l'armée allemande, c'est la même chose. C'étaient des ennemis de la France. Vous avez traficoté avec des ennemis. Voilà qui aggrave votre cas. Ces faits ajoutés les uns aux autres composent un faisceau de preuves. Vous êtes une collaboratrice…

— Non, dis-je, je ne l'ai jamais été. Je ne me suis mêlée de rien. Vous ne trouverez pas dans mon existence la moindre preuve attestant que j'aie participé à quelque organisation que ce soit.

— Nous trouverons, affirme Brisseau en tapant du poing sur l'autel.

— Non, dis-je, non, vous ne trouverez pas.

— Un peu de respect ! A genoux ! s'exclame le gardien.

Il saisit mon poignet, le tord jusqu'à ce que je m'affaisse sur les dalles de la chapelle.

— Ça mérite le peloton ! s'écrie l'un des voisins de Brisseau.

Visage ossu, moustache finement taillée, front dégarni et regard de rapace, l'accusateur numéro 2 est un adepte de l'exécution sommaire. Sa volonté d'épuration est sans limites. Il veut du sang, encore du sang et toujours du sang. C'est à ce prix que ce modeste directeur de banque voudrait réparer les outrages faits à la France.

Legendre est conduit à ce moment devant ses accusateurs. Il n'est plus reconnaissable. Le visage tuméfié indique que le bonhomme a été torturé jusqu'à ce qu'il avoue ses crimes. Je ne comprends pas pourquoi nous devons être confrontés. Il m'observe en grimaçant, tandis que deux hommes le soutiennent aux aisselles. Brisseau l'interroge sur nos relations. Legendre ne fait que confirmer ce que j'ai indiqué, les bons d'essence, voilà tout. Quant au reste, une relation sexuelle obtenue en compensation de ces fameux bons, je dénie avec force cette assertion. Legendre ne voudrait-il pas se donner le beau rôle ? Vanité d'homme, dis-je.

De nouveau questionné, le chef de la milice n'est plus en état de défendre quoi que ce soit. Il a compris que les dés étaient jetés, qu'il n'échappera pas à son destin. Qu'il veuille m'y entraîner à sa suite me paraît d'une perversité sans nom. Dans son regard, je vois poindre une lueur. Enfin, il la tient sa vengeance. Il hoche la tête en répandant autour de lui des gouttes de sang.

— Oui, oui, oui, fait-il. Elle a été ma maîtresse. Je le jure.

Brisseau va vérifier le registre du greffier.

— On avance, dit-il à voix basse. L'acte d'accusation se remplit. Si ça continue, nous la fusillerons avec le milicien. Ça fera gagner du temps.

Le bigleux m'observe avec pitié. Je comprends ce que signifie son regard, que je ne mérite pas une telle condamnation, et qu'il ne pourra rien pour moi.

Je me sens déjà morte. Je me persuade que les balles ne feront pas trop mal et que la mort sera instantanée. Je déteste le sang. Pourvu que la chance m'épargne cette image désolante, le sang s'étalant autour de moi sur le pavage de la cour.

Le gardien m'ordonne de me lever. Mes jambes sont sans force. Alors, il cogne, cogne, du plat de la main au début et à poing fermé ensuite. A la nuque, dans les côtes, puis sur les seins... Ce sont des coups violents qui me tirent des cris de douleur. Ça fait rire tout le monde, sauf le greffier. D'où vient-il, ce jeune niais ? A croire que cette affaire-là serait une soirée de gala... J'éclate de rire en poussant un cri rauque.

— Faites taire la chienne, ordonne l'adjoint de Brisseau.

Cette fois, j'ai mon compte. Un sale et vachard coup de pied dans le ventre m'a fait perdre connaissance. Petite mort insignifiante à côté de celle qui m'attend.

24

Alexandrine descendit en ville pour distraire son chagrin. Elle avait cru se défaire de l'image obsédante d'une mère, ainsi ses vieilles angoisses mises dans une boîte et enterrées dans un jardin. Jadis, elle avait joué à ce jeu-là avec une poupée en celluloïd aux yeux crevés, comme dans *Jeux interdits*. C'était il y a bien longtemps, quand elle lisait encore les romans de la Bibliothèque Rose. Qu'est-ce qui a changé en moi ? se demanda-t-elle en scrutant les documents éparpillés autour de l'armoire allemande. J'ai déterré ma poupée, se dit-elle, pour y retrouver mes angoisses intactes. Peut-être sortirai-je plus forte de cette exhumation ?

Comme je la comprends cette froide distance que ma mère m'a toujours réservée durant ma petite enfance, pensa-t-elle, et ce soupir de soulagement qu'elle a eu en me serrant dans ses bras lorsque je suis partie à Bordeaux le lendemain de mes seize ans. Enfin s'est éloigné d'elle le fruit d'un amour interdit qui, à chaque heure, chaque minute, lui rappelait Volker Aldermann. Je le sais désormais, Hélène n'a cessé d'aimer cet homme. Elle a enkysté cet amour en son cœur, sachant qu'elle ne pourrait même prononcer son nom.

Au Café de Paris, elle commanda une vodka-orange. Toni la servit sans même croiser son regard. Alexandrine fit de même. Ce n'était pas de ça qu'elle avait envie, ce grand poupon nourri aux hamburgers et qui ne savait même pas lui faire l'amour convenablement. Peut-être n'ai-je pas été assez coopérative, cette nuit-là ? se reprocha-t-elle. Une femme sophistiquée, ça les glace, les hommes.

Peut-être espérait-elle y trouver surtout Pierre Muraille pour lui rendre compte de sa visite chez Hébrard. Elle n'était pas sûre que cette conversation lui apporte plus de renseignements. Tout se trouvait en vérité dans le *Livre noir*. Il lui suffirait de le lire jusqu'au bout et elle saurait tout, enfin délivrée de sa quête et libre de quitter Saint-Gillet. Du reste, elle l'avait emporté avec elle, ce fameux livre, niché précieusement au fond de son sac. C'était une compagnie terrible, sacrée en diable, avec ses révélations au fil des pages, qu'Hélène avait rédigées sans dire mot à personne, pour elle-même d'abord, mais sans doute avec le secret espoir que le destin lui trouverait, au final, une lectrice bienveillante.

— Sauriez-vous où se trouve le couvent des clarisses ? demanda-t-elle à Toni.

— Pourquoi ? Vous voulez vous faire nonne ?

— Ça mettrait un semblant d'ordre dans mon existence. Toutefois, je n'ai jamais été une adepte de la béatitude.

Le serveur repartit sans lui répondre. Alors, basta, elle quitta la terrasse du café pour frapper à la porte du magasin de fringues voisin. La vendeuse mit longtemps à lui répondre. Un couvent à Saint-Gillet, cela l'étonna fort. La cité corrézienne n'avait pas la réputation d'être très chrétienne, plutôt mécréante au vu de la faible fréquentation des offices religieux. Elle finit par trouver dans son entourage un érudit local. Ce dernier fit le lien entre l'ancien couvent des clarisses et sa destination présente. Le bâtiment, déconsacré à la Libération, était devenu le siège du syndicat d'initiative. Pour remercier la vendeuse, Alexandrine lui acheta un boléro bleu marine qu'elle ne prit même pas la peine d'essayer.

Aussitôt, rue Lamartine, passant sous un platane qui ombrageait l'entrée de la chapelle, elle tenta de recomposer la configuration des lieux. Bien des transformations avaient dénaturé le cadre originel. On avait abattu un mur d'enceinte et son porche afin de dégager la vue sur la chapelle dont les arcatures romanes formaient un ensemble harmonieux. Alexandrine poussa la porte de verre et descendit quelques marches. Là, on avait installé le bureau d'accueil avec ses présentoirs garnis de prospectus. Une jeune fille se tenait devant une machine à écrire. Plus loin, on devinait, au-delà d'une cloison de verre, le chœur de la chapelle. Elle s'arrêta net, comprenant que c'était à cet endroit, dans le chœur même des clarisses qu'on avait interrogé Hélène.

— Puis-je visiter l'ancienne chapelle ? demanda Alexandrine. Si possible les caves ?

— Il n'y a pas de caves, assura la jeune employée.

— Il y avait des caves, soutint Alexandrine. Des caves sinistres.

— Nous avons fait des bureaux en ces endroits.

— Croyez-vous ? Des bureaux ? C'était la partie basse du couvent des clarisses. Il y avait des soupiraux qui donnaient sur la cour arrière ?

La secrétaire quitta son bureau, intriguée.

— Vous ne pouvez pas connaître cet endroit. Il a été entièrement réaménagé dans les années 50.

— Moi non, mais...

Alexandrine se refusa à apporter quelques explications. L'employée du syndicat d'initiative était si jeune qu'elle n'avait sans doute pas entendu parler des procès sommaires de la Libération.

— Me permettez-vous de visiter le chœur de la chapelle ?

— C'est en désordre. Nous y préparons une exposition de peinture.

— Quelle peinture ?

— Des artistes locaux. Des portraits, des paysages. Même quelques tableaux abstraits. Il y en a pour tous les goûts.

Elle alla chercher un trousseau de clés dans le tiroir de son bureau et en ouvrit l'accès.

— Pas de lumière, demanda Alexandrine. C'est juste pour me recueillir. Vous ne pourriez pas comprendre. C'est une vieille histoire intime.

La secrétaire se retira pour laisser sa visiteuse seule.

Voici l'endroit où ma mère a été interrogée par l'accusateur public, se dit-elle. Il se tenait ici, derrière l'autel, avec ses deux acolytes, et Hélène face à lui. Quant au binoclard, on l'avait installé à droite, proche de la niche, sur une petite table.

Alexandrine s'assit à même les dalles. Une vive émotion l'étreignit et la jeune femme ne put contenir ses larmes. Jamais elle n'avait éprouvé une telle envie de pleurer. Pourtant, elle faisait mille efforts pour contenir ses gémissements, craignant qu'ils ne traversent la paroi vitrée et n'alertent la secrétaire. Rien n'est pire que les questions auxquelles on ne peut répondre.

Lorsqu'elle eut recouvré sa sérénité, son regard fouilla la pénombre, cherchant le passage étroit qui menait aux fameuses geôles. Le récit de sa mère lui avait permis d'en localiser l'endroit. En effet, elle le dénicha derrière une tenture rouge. L'accès en était verrouillé. Peut-être eût-elle pu obtenir de l'employée qu'on l'ouvrît, mais elle se résigna à ne rien demander de plus. Elle n'avait pas de raisons avouables à offrir.

Elle posa sur l'autel le *Livre noir* et reprit sa lecture.

Cette fois, faute de gardes en nombre suffisant, on a mis les femmes et les hommes ensemble dans un réduit. Il règne une puanteur de fond de cave à laquelle s'ajoute celle de l'urine et des excréments. Chacun se débrouille comme il peut pour se préserver un peu d'intimité. On fait ses besoins la nuit lorsqu'on pense que tout le monde dort. En vérité, les geôliers font peu de cas de notre condition. A leurs yeux, nous sommes la lie de la terre, la fiente d'un régime moribond, la pourriture vichyste. Le moment venu, il ne restera plus qu'à appuyer sur une détente et à mettre en terre. Peut-être sera-ce plus expéditif encore, avec un bidon d'essence et une allumette.

Rabussin supporte avec humour sa disgrâce. Pourtant, lui aussi, à ce que je vois, a été passé à tabac.

— J'ai rien fait de mal, dit-il. Rien que du marché noir. On devrait me donner une médaille. J'ai sauvé des familles de la famine, non ?

— Je ne sais pas, dis-je.

— Mais vous, madame Delalande, je vous connais, et encore plus votre mari. Un homme sympathique, élégant et instruit. Que faites-vous là ? C'est une erreur judiciaire. Ces gens sont fous. Depuis qu'on leur a donné un uniforme et un pistolet, ils se prennent pour des héros. Mais, je vous le dis, ce ne sont pas de vrais résistants. Des profiteurs de la dernière heure. Lorsqu'ils sont venus chez moi, ils ont fait razzia sur toute ma charcuterie, dix jambons au moins. J'ai demandé un bon de réquisition. Faut bien qu'il y ait des règles tout de même. Tout ce que j'ai gagné, c'est de me faire tabasser et embastiller. La milice de Legendre ça valait pas tripette, mais la clique à Hébrard c'est du pareil, ma chère.

Je m'informe au passage. Qui est Hébrard ? Ce serait le chef du réseau. Un homme dépassé par les événements, selon Rabussin.

— Moi, dis-je, je ne connais que l'accusateur public.

— Brisseau ? C'est un Fouquier-Tinville ! Il produit de la paperasse pour justifier ses exécutions. Il craint qu'un jour on ne lui demande des comptes. Comme vous. Ma chère...

Il me prend la main, la baise et me caresse le visage. Il aime les femmes, cet homme-là, en gentleman. Une compagnie inespérée dans ce trou à rats.

— Moi ? soupiré-je. Mon crime est d'être amoureuse d'un officier allemand. Un amour, un triste amour. Je devais partir avec Volker Aldermann. Il a oublié son rendez-vous. Je suis tombée dans le guêpier.

Rabussin rajuste son nœud de cravate sur un col lâche à force d'avoir été tiraillé dans tous les sens au moment de l'interrogatoire. Sa prestance est la dernière chose qui lui reste.

— J'espère qu'on sera fusillés ensemble. Ça sera un honneur, dit-il.

— Vous avez un moral à toute épreuve.

— Il faudra garder la tête haute jusqu'au bout. C'est tout ce qui nous reste.

L'un des gardiens s'approche et me fait signe de le suivre. Rabussin lui dit que je suis une honnête femme et qu'il se porte garant pour moi. Le geôlier ricane et envoie un coup de crosse dans la figure de mon protecteur. Il pousse un cri de rage et l'insulte. On ne tuera pas cet homme sans frais, me dis-je.

— Qu'est-ce qui vous différencie de la Gestapo ? s'écrie-t-il. Réfléchissez à ce que vous faites, bande de salopards ! Vous devrez rendre des comptes. Ce ne sont pas vos paperasses qui vous sauveront. Même Robespierre est tombé le 10 Thermidor.

Le garde me conduit devant les accusateurs. Deuxième journée. Le jeune homme aux lunettes rondes aiguise son crayon. Tout est consigné à la mine graphite. Autant dire que les écrits du greffier de service sont comme les paroles, ils s'envoleront si nécessaire d'un coup de gomme. J'en fais la réflexion. Réponse, deux gifles bien appliquées.

— A genoux, ordonne Brisseau.

— La chienne aboie, la justice passe, dit le second accusateur qui se découvre une âme d'aphoriste.

— Je n'ai rien de plus à ajouter, dis-je comme s'il était dans mon intérêt que les interrogatoires cessent. Après tout, tant qu'on m'interroge, je suis encore vivante.

Le garde me relève avec brutalité et m'expédie sur le banc. Silence, long silence, en attendant le retour de Legendre. On le fait asseoir à côté de moi. Ce n'est pas la compagnie idéale, sur le même siège, ça donne une curieuse impression, un apparentement qui n'est point en ma faveur.

— Je n'ai rien à voir avec Legendre, dis-je de nouveau.

— Avez-vous entendu parler de la ferme de Chatelas ?

Je ne réponds pas. Mon silence éveille des ricanements parmi les gardes et les accusateurs.

— Qu'est-ce que je devrais répondre ? demandé-je.

— Elle se moque de nous, la chienne ! s'écrie l'accusateur numéro 2.

— Qu'on la fusille et qu'on n'en parle plus, vocifère l'accusateur numéro 3.

Le greffier tient son crayon en l'air. Il n'écrit plus rien. Il prie ou il pleure, je ne sais pas. Car j'ai acquis la certitude à ce moment que ce jeune homme ne partage pas les idées de ses camarades. Je me tourne vers lui. Nous échangeons un long regard, ni lui ni moi ne baissons la garde. C'est le signe d'une connivence.

— Soyez témoin, jeune homme, qu'il n'y a rien dans mon dossier, sinon une liaison avec un officier allemand. Quelle condamnation vaut-elle, cette faiblesse humaine ?

— Je vais vous rafraîchir la mémoire, dit Brisseau d'une voix posée. Le 10 juillet au matin, quinze miliciens, un peloton de GMR de cinquante hommes et un détachement motorisé de la Wehrmacht ont attaqué nos camarades retranchés dans la ferme de Chatelas. Après une heure de combat, seize maquisards ont été massacrés. A la tête de la milice, il y avait Legendre et Bonneville. Si nos hommes ont été sauvagement attaqués, c'est qu'ils ont été dénoncés par des Français à la police allemande. On a de fortes raisons de croire que vous faisiez partie de ces dénonciateurs. L'officier allemand que vous connaissez commandait le détachement. Le lien est facile à établir.

— Je déplore ce qui est advenu à Chatelas, dis-je, mais je n'ai jamais dénoncé personne.

Pour la circonstance, je prends un air de repentie comme si j'avais sur ce point quelque chose à me reprocher. Il suffit de paraître devant des juges pour se découvrir coupable. C'est une loi immuable du genre humain. Et il me faut jouer un brin la comédie pour m'extraire de ce piège dans lequel on voudrait me fourrer. Je me fais humble et sage sur mon banc, alors qu'il n'existe aucune preuve contre moi dans l'affaire de Chatelas. Certes, je pourrais tout aussi bien m'offusquer de ces assertions, voilà qui n'arrangerait pas ma cause.

On demande alors à Legendre si je faisais partie du complot. Il se met à ricaner. Il dit que je n'ai rien à voir avec la milice, que les informations ont été obtenues par les voisins de Chatelas, qu'un groupe était signalé dans le secteur depuis longtemps et que, tout compte fait, les « terroristes » avaient été bien imprudents dans leurs allées et venues. La déclaration du chef de la milice apporte de l'eau à mon moulin. Désormais, il faudrait être vicieux pour me coller sur le dos le massacre. Du reste, mes accusateurs sentent parfaitement que l'affaire leur échappe, et qu'il faudra plus que ça pour me plaquer contre un mur.

Legendre ajoute quelques détails sur la manière dont l'opération a été conduite avec les soldats allemands. Vu sa situation, que peut-il craindre de plus ? Alors, il veut apparaître comme un des grands stratèges de la lutte contre le maquis en Corrèze, dans l'espoir d'obtenir que son dossier soit transmis aux instances supérieures de la

Résistance. Il ajoute dans un sursaut d'orgueil que son action est un acte de guerre comme un autre.

— Tantôt des terroristes ont attaqué nos groupes, tantôt l'inverse. Un simple acte de guerre, c'est tout ! s'écrie Legendre. Mais que cette putain ait quelque chose à voir dans notre combat pour la Révolution nationale est ridicule. J'ai servi une cause, celle du Maréchal et du relèvement national, une noble cause. J'entends bénéficier des droits inhérents à tous les prisonniers de guerre, poursuit-il.

L'un des gardes ne semble guère convaincu par ce sursaut d'orgueil, promptement il lui assène un coup de crosse. Le sang gicle à nouveau, jusque sur mon chemisier.

— Voilà tes droits, jure le gardien.

Brisseau demande qu'on me reconduise dans la cave, d'un geste méprisant, comme s'il m'avait assez vue et que ma présence désormais entravait la suite de sa mission. Il en est tant d'autres, collabos, traîtres et trafiquants, aigrefins de seconde zone qui attendent leur jugement. La cave se remplit et les affaires traînent. Alentour, dans les rangs des libérateurs, on réclame vengeance, on exige du sang, on veut que l'épuration aille à son terme. Chacun a sur les lèvres deux ou trois noms qu'on rêverait de voir morts, à tort ou à raison.

— Alors ? demande Rabussin. C'est pour aujourd'hui ou pour demain ?

— Je ne sais pas, dis-je.

Rabu, comme l'appellent les autres prisonniers, peut fronder à son aise, même avec une certaine élégance, il ne risque pas grand-chose de la justice expéditive d'un Brisseau. Ses activités autour du marché noir et les trafics en tout genre lui ont assuré des complicités jusque dans le rang des vertueux résistants. Personne ne peut prétendre sortir indemne de cette guerre horrible. Entre les lettres de fidélité au Maréchal signées par les fonctionnaires et les doléances déposées auprès des services de Vichy par le quidam moyen, il aura fallu survivre durant ces longues années dans la peur et le déshonneur.

A la fin du jour, on nous a fait sortir dans la courette. Le lieu me paraît plus minuscule que je ne l'avais imaginé du soupirail. Il y a quelques hommes en armes déambulant comme dans une salle des pas perdus, dans l'attente, mais dans l'attente de quoi ? Rabussin et Séraphine ont fini par lier conversation. Avec moi, le bonhomme a tiré tout ce qu'il pouvait obtenir, des sourires, des compliments, des gestes appuyés et puis plus rien. J'en ai vite soupé de Rabu, surtout lorsqu'il m'a soufflé au creux de l'oreille : « Si j'avais été à la place de votre mari, je ne vous aurais pas laissée seule dans cette guerre. Tout ça ne serait pas arrivé. » Ce n'est pas exactement ce que j'ai envie d'entendre à ce moment où ma vie est sur une pente dangereuse.

Séraphine l'écoute avec complaisance, bien plus que moi encore, il semble que les hommes, les bonimenteurs, exercent un certain pouvoir attractif sur elle. J'aurais envie de lui dire qu'il faut se méfier d'un Rabussin, après tout ça ne me regarde pas. Je me tiens à l'écart, rasant les murs du couvent. Quand je m'approche du porche d'entrée et de l'ombre bienfaisante des platanes sur le pavage de la cour, l'un des maquisards me fait signe de rebrousser chemin.

— Pourquoi ?

— On ne discute pas.

Sous une bâche verte, il y a une forme confuse qui m'intrigue.

— Qu'est-ce donc ?

Le type me dévisage avec bonne humeur.

— Tu veux voir ?

Je ne réponds pas. De la pointe de son arme il relève le haut de la toile. Je reconnais à peine le visage de

Legendre. Il a les yeux entrouverts, vitreux, la bouche tordue et du sang un peu partout. Je me retourne vivement pour ne plus voir. Le bonhomme rabat la toile sur le corps et sifflote.

— Vous l'avez... ?

Il hoche la tête avec un air de fierté épouvantable. Pourtant, je n'éprouve aucune pitié pour ce milicien. Je sais ce qu'il a fait durant l'Occupation, les gens qu'il a exécutés de ses propres mains, d'autres horriblement torturés. Sans compter les pillages, les viols... Pour toutes ces raisons, on ne lui a pas accordé son statut de prisonnier de guerre qu'il a réclamé ce matin même à cor et à cri. Ne méritait-il pas un procès régulier ?

Rabussin hausse les épaules.

— C'est comme un jeu, un drôle de jeu. Un jour on gagne et on se croit le plus fort. On écrase de sa superbe ses adversaires. On les humilie, on les piétine. Puis le vent s'inverse, et l'on perd, et l'on découvre dans sa propre disgrâce l'étendue du mal qu'on a imposé aux autres.

— Je ne voudrais pas finir ainsi, dis-je, parce que je n'ai fait aucun mal à personne.

— Qui sait ?

Séraphine pleure doucement, les mains plaquées sur son visage. Chagrin en sourdine qui émeut Rabussin. Je m'éloigne du couple ainsi formé. Ils se tiennent l'un contre l'autre, visage contre visage, appuyés au mur du couvent. Ils sont attendrissants. S'ils échappent à la mort, pensé-je, ça fera peut-être une belle histoire d'amour. Le regard bleu de Volker vient me visiter à ce moment. Je ne l'attendais pas si vite. Tout ça pour découvrir au fond de moi que je ne lui en veux pas, que je ne lui en voudrai jamais de sa désertion, aussi lâche soit-elle. Si je dois finir comme Legendre, devant un peloton d'exécution, ma dernière pensée sera pour lui. Dommage, dirai-je alors dans un dernier souffle. Dommage. Si je survis, ce mot « dommage » m'obsédera tout le reste de ma vie. Ce sera la même souffrance, longue et obsédante, avec ses creux descendants et ses vagues montantes. Peut-être serait-ce mieux de mourir maintenant ? Qu'est-ce donc qui m'en empêche ? Il suffirait de courir vers la sortie, de franchir le porche, et l'un des gardes me faucherait d'une rafale d'arme automatique. Eugène ? Est-ce qu'Eugène aurait encore quelque chose à voir dans mon renoncement ?

En cet endroit, coupant soudain le fil du récit, Hélène avait croqué le portrait de son amant, d'un trait fin et appliqué. Ça n'avait rien de créatif, rien d'une impression saisie sur le vif, mais la reproduction d'une photographie de Volker Aldermann en uniforme de la Wehrmacht, au détail près qu'elle en avait supprimé les attributs militaires. Jeune homme élégant dépouillé de sa carapace d'*Oberleutnant*, il était enfin tel qu'elle l'avait rêvé après sa métamorphose, en le rendant plus amène, pommettes relevées, lèvres incurvées. Il paraissait humanisé par les doigts d'une amoureuse, toujours amoureuse sept ans plus tard.

— Surprise ! marmonna Alexandrine, j'ignorais, ma chère maman, que tu possédais ce talent-là.

Elle força ses souvenirs et n'en trouva aucun où Hélène faisait du dessin, paysage ou portrait. Toujours, elle lui avait paru étrangère à la moindre activité artistique, musique, peinture, littérature... Elle lisait des romans en cornant les pages, parfois elle annotait d'un crochet tel passage, c'était pour signaler à elle-même une pensée qu'elle faisait sienne, une émotion qu'elle avait eue ou des raisons intimes indiscernables. Toutefois, ces indications n'avaient aucune utilité dans le temps, elles se perdaient dans les pages à jamais.

Dans sa quête, Alexandrine avait tenté, en consultant les romans que sa mère avait conservés dans l'armoire allemande, d'établir une sorte de logique dans les annotations. Il n'y en avait aucune, mis à part *Les Liaisons dangereuses* où, un temps, elle s'était référée à la perfide élégance de madame de Merteuil.

N'était-ce pas trop demander à sa pauvre mère ? Sans doute n'avait-elle pas assez de recul pour analyser les événements de son existence. Au contraire, elle se laissa emporter par sa passion dévorante et quand elle comprit que son amour était perdu, elle s'enferma dans le secret avec une énergie destructrice contre elle-même.

A ce moment, Alexandrine éprouva un sentiment de pitié, jusqu'aux larmes. Il n'y a rien à sauver d'elle, pensa-t-elle. L'amant a pris la fuite en l'abandonnant aux tempêtes. Il savait, en se détournant de sa promesse, qu'il n'existait aucune place pour Hélène dans sa vie. C'eût même été hautement périlleux que de déserter avec une jeune Française à son bras. On l'eût repéré, l'étrange couple, sur les routes de France, avec ses faux papiers, et comment eût-il pu entrer en Suisse clandestinement pour y couler une vie cachée ? Trop d'obstacles pour un Volker Aldermann. Trop de risques. Trop de déconvenues...

Après avoir enfourné le *Livre noir* dans son sac, Alexandrine quitta la chapelle des clarisses en hâte. A peine salua-t-elle la jeune employée, pourtant si complaisante à son égard.

A la Taverne des Cocus, comme on disait à Saint-Gillet – le mot Druides étant passé de mode –, elle se heurta au journaliste. Il remplissait les grilles d'un Loto avec application.

— Que feriez-vous si vous deveniez d'un coup riche à millions ? demanda Alexandrine.

Muraille ne se laissa pas distraire. Ça faisait des années qu'il composait la même martingale, c'était une méthode assez intelligente pour se rapprocher au mieux de la loi de probabilité.

— Il me faudrait vivre six ou sept cents ans pour gagner à coup sûr.

— N'y songez pas. Avec ce que vous ingurgitez, mon cher.

Il apposa la dernière croix et rangea son ouvrage dans la poche de sa veste.

— J'espère ne pas oublier de le faire enregistrer, sinon...

— Vous réduiriez d'un millimètre vos chances.

— Toujours aussi belle et distinguée.

Elle commanda un soda pour faire monter sa glycémie. Deux repas sautés à la suite et grosse, grosse fatigue.

— Non seulement Aldermann a raté son rendez-vous, dit-elle, mais ma chère mère a passé deux tristes journées d'interrogatoire.

Muraille l'observa en coin, d'un air soupçonneux.

— Pire encore...

— Que voulez-vous dire ? Ils ne l'ont pas fusillée. Tout juste molestée.

— C'est stupide ce que vous insinuez, Muraille, elle a survécu à tout ça, tout de même.

— Bon, dit-il. J'attendrai encore avant de vous montrer quelque chose.

— Ah ça non. Vous creusez ma curiosité. Méchamment ! Tout de suite. Abattez vos cartes. Vos dernières cartes.

Le journaliste s'amusait de sa surexcitation. Maintenant qu'elle était la fille d'un bel officier nazi, que restait-il à découvrir ? Les ultimes péripéties d'un événement noyé dans les brumes du passé. Ce ne serait pas élégant de tout déterrer, il lui faudrait bien garder quelque mystère, pour que l'avenir fût lumineux comme un ciel sans nuages.

Parfois Muraille se découvrait des accents lyriques pour dessiner le monde qui était le sien, et dont Alexandrine Delalande faisait partie désormais. Il avait envie de lui plaire, le vieux journaleux, plaire à cet ange qui embellissait ce bel été. Il n'avait qu'un désir, lui épargner cette épreuve de la vérité à laquelle elle se vouait corps et âme, au risque d'y perdre le sens de ses vertes années. Pierre Muraille avait compris, dès le premier instant, que ce n'était pas seulement un père qu'elle cherchait à connaître, mais surtout une mère, si mystérieuse, si secrète. A mesure qu'elle s'en approchait, il lui semblait qu'elle s'échappait. Un amour indicible, une chute prévisible et un pas de côté pour rebondir, c'était tout ce qu'elle savait d'elle. Elle avait craint qu'elle ne fût lâche et insignifiante dans le jeu des passions, alors que c'était tout le contraire. Cette vérité, elle ne l'avait jamais soupçonnée, ni vue ni flairée. Alexandrine avait passé un quart de sa vie à côté de sa mère et un autre quart à guetter son absence, puis plus rien, comme si Hélène avait voulu s'abstraire de cette relation maternelle dont elle s'estimait, sans doute, indigne. Maintenant que le *Livre noir* était entre ses mains, enfin Alexandrine atteignait la vérité. Il ne faisait aucun doute à ses yeux qu'Hélène l'avait rédigé pour elle, pour que sa petite fille sache un jour ce qui était advenu durant ces années noires. Comment un amour avait été saccagé par le destin.

— Avez-vous entendu parler d'un certain Rabussin ? demanda Alexandrine.

Muraille se prit la tête dans les mains. Il avait bu tout son soûl nuitamment, puis avalé deux ou trois aspirines. Rien ne pouvait interrompre le tambour qui battait dans ses tempes.

— Je suis las de tout ça.

— Vous ne m'aidez pas, mon ami. Vous êtes mon ami ?

— Oui. Même plus que ça. Je vous aime un peu aussi. Mais j'ai passé l'âge.

Elle le contempla avec une certaine tendresse. C'est une manière de parler à une femme qui n'existe plus, se dit-elle. Les garçons d'aujourd'hui se défient de ces mots-là qui engagent pour la vie. Quand ils veulent vous faire partager leur émoi, ça vous plaque la main aux fesses, sans détour.

— Si vous m'aimez, Muraille, dites-moi qui est Rabussin.

— C'est faire peu de cas de mes sentiments, ma jolie.

Elle posa sa main sur celle de son ami. Il baissa le regard, presque intimidé. Il se savait assez laid et insignifiant pour n'attirer que la pitié, cet homme-là. Du moins était-il pathétique à ses heures, ce qui n'est pas donné à tout le monde.

— Ma mère a côtoyé ce Rabussin dans la prison des clarisses.

Il redressa la tête, vivement.

— Aurait-elle laissé derrière elle un mémoire ? A moins que vous ne lisiez dans le marc de café ?

— J'ai besoin qu'on m'éclaire.

— Une canaille ! s'exclama le journaliste. Une sacrée canaille. La guerre a assuré sa fortune. Il a fait un commerce éhonté avec les Allemands. Vins et spiritueux, certes oui. Entre Libourne, Bordeaux et Bergerac. En Corrèze, il a assis sa gloire sur la vache et le cochon. C'est lui qui a fourni le gros des réquisitions pour l'Allemagne.

Alexandrine hocha la tête. Elle comprenait enfin pourquoi, soudain, Hélène s'était méfiée de cet homme.

— Ma mère a même noté dans un récit rédigé des années plus tard que Rabussin avait des amis partout, même dans la Résistance.

— Il n'a eu aucune difficulté à se sortir du guêpier. Je pense que c'est lui qui a fourni des renseignements sur Bonneville et Legendre...

Le journaliste hésita à poursuivre.

— En décembre 44, alors que la milice patriotique faisait encore la pluie et le beau temps, Brisseau et Christin ont exécuté une famille du Chatelas, au motif que les Jonglard avaient dénoncé le groupe de résistants caché dans la ferme.

— Il est encore vivant ? s'informa Alexandrine.

Muraille hocha la tête.

— Bastien Rabussin vit dans une gentilhommière à Mareyssac, reclus et solitaire. Il a épousé deux femmes, la première s'est noyée dans le Lot, et la seconde a mis fin à ses jours dans des conditions bizarres.

L'avocate inscrivit avec application dans son carnet d'adresses les coordonnées du sieur Rabussin. Muraille haussa les épaules. Elle est comme une éponge, pensa-t-il, elle absorbe tout ce qu'elle trouve, avec une avidité maladive. Pourtant...

— Ça ne vous servira pas à grand-chose de le rencontrer. A supposer qu'il vous reçoive. Il ne dira rien. Rien, insista le journaliste. J'ai eu l'occasion moi-même de l'interroger pour un reportage en 72. Je n'en ai rien tiré. Il m'a même menacé de lâcher ses chiens sur moi. Il est entouré de trois molosses. Cet homme n'a pas la conscience tranquille.

— Pourquoi ?

— La guerre a fabriqué cette sorte d'homme, entre l'oubli et le mensonge. Si les uns préfèrent enfouir au plus profond d'eux-mêmes ces événements, les autres se délectent dans la mystification.

— Ma mère a préféré l'oubli dans sa forme la plus aiguë, celle qui compose avec le silence. Vous êtes d'accord, Muraille ?

— Oui. Parce qu'elle n'est pas arrivée à se faire pardonner, ni d'elle-même ni des autres.

— C'eût été héroïque et tragique pour elle de conquérir un pardon.

— Son mari d'abord, il ne fallait point y songer, ajouta Muraille. Je l'ai connu, Eugène, c'était un type droit et inflexible.

— Ma mère n'a pas bataillé avec lui. Elle a préféré glisser dans sa faute comme on se noie.

— En effet.

— Peut-être s'est-elle sentie délivrée au moment de sa disparition en 1975 ? Elle n'avait plus ce regard accusateur posé sur elle jour après jour.

— Vous y croyez vraiment, Alexandrine ? Hélène était trop croyante pour cela. Même si ce con de curé Lamothe a refusé de l'entendre en confession, elle a fait sa contrition toute seule. Elle s'est absoute. Qu'on lui ait refusé un enterrement religieux ne change rien, les curés ne sont que les perroquets des évangiles. Ce ne sont pas eux qui accordent les bons d'entrée au paradis, n'est-ce pas ?

L'avocate se mit à sourire. C'était tout ce qu'elle avait envie d'entendre. Décidément, Muraille était un ami, plus qu'un ami, un confident, un homme à l'esprit si raffiné qu'il savait trouver les mots d'apaisement.

Alexandrine se décida à prendre congé. Elle se pencha pour l'embrasser sur les joues. Il fit des mouvements désordonnés pour se lever. Elle le retint sur son siège. Il lui prit la main et la garda dans la sienne quelques secondes, la lâchant enfin à regret.

— Promettez-moi de ne pas aller voir Rabussin. Il n'y a rien à espérer d'un mystificateur… Sinon des chemins qui ne mènent nulle part.

25

Piètres jours que ceux de la disgrâce bue jusqu'à la lie. Des années plus tard, je me suis fait violence pour en narrer les péripéties. Ne sachant si un jour ces événements, ici rapportés, seront lus, j'en entreprends la rédaction malgré tout, cet exercice me sera profitable en ce qu'il mettra en lumière tant de détails refoulés. La honte, le déshonneur, l'opprobre, l'humiliation, rien ne m'aura été épargné. Alors, que faire de ce temps après que les tempêtes sont retombées ; apprendre les bienfaits de l'oubli, courtiser l'indifférence et faire comme si rien ne s'était produit et que tout cela n'aurait été qu'un mauvais rêve ?

Ce matin-là, me croyant enfin quitte de mes juges, j'écoute avec ravissement les propos rassurants de monsieur Rabussin. Cet homme a des oreilles partout. Il suffit qu'il croise un de nos gardes pour que les chuchotements s'emballent, à croire que toute la résistance de Saint-Gillet est à sa botte et que son affaire parmi nous n'est qu'une formalité. Il me dit dans un chuchotis, près de l'oreille :

— N'ayez crainte, votre affaire est une broutille. Vous sortirez aujourd'hui.

— Comment en êtes-vous sûr ?

— Je le sais.

— Puissiez-vous dire vrai, monsieur Rabussin ! J'ai peur. Je ne parviens pas à la juguler. Regardez comme je tremble de la tête aux pieds. Je tremble sans parvenir à interrompre cette frénésie de tout mon être. Depuis que j'ai vu le cadavre de Legendre dans la cour du couvent, la certitude de mourir ainsi m'obsède.

— Votre histoire n'est pas un crime. Tout au plus une situation scabreuse, susceptible d'exciter les maquisards. Mais la mousse retombe d'elle-même à mesure que le temps passe.

Rabussin a promis le même sort à Séraphine. Rassurée, elle fredonne de vieilles complaintes pour passer le temps, tandis que son protecteur la couve d'un regard énamouré. Moi-même, je ne lui suis pas indifférente. Par quelques tournures ambiguës de compliments, il espère bien m'inscrire parmi ses prochaines conquêtes. Une femme prise au filet, acculée dans la nasse, n'est rien d'autre, rien de plus, qu'une proie facile. On se donnerait à lui, le beau Rabussin, pour sortir de la cave et courir à la lumière du jour. Tant que l'on est ici, dans la prison, me dis-je, tout peut advenir, malgré les assurances de Rabu. Il suffit qu'un des jeunes fous du maquis veuille essayer sa mitraillette anglaise pour prendre une rafale et finir dans une mare de sang sous une bâche vert-de-gris. Ces gens, livrés à eux-mêmes, possèdent tous les droits.

Au-dehors, le soleil d'été dore la place et caresse les pierres. Les gardes font les cent pas en rigolant. Des gourdes de pinard circulent de bouche en bouche. Le temps est à l'ivresse pour fêter la victoire. Parfois, le souffle rauque d'un clairon soulève des applaudissements. Quelques gaillards s'essaient à des sonneries bizarres, une *Marseillaise* massacrée, un *Chant du départ* enroué, une *Madelon* désuète. Ces hommes n'ont pas été préparés à la discipline militaire. Ils se sont attribué tous les galons disponibles qui traînaient à droite et à gauche. Je ne suis pas sûre non plus qu'ils ont tiré un seul coup de feu contre l'Allemand. Ils ont l'air d'être entrés dans la carrière tardivement, en dénichant un uniforme de circonstance et une arme dont ils ignorent le maniement. Faute d'avoir flairé la poudre au combat, ils la flairent pour de rire, en tirant en l'air. C'est de tout cela que j'ai peur, que leurs chefs ne puissent contenir cette armée d'amateurs.

Au milieu de l'après-midi, branle-bas dans les caves. On nous fait mettre en rang, nous les femmes. Rabussin a déjà disparu. Séraphine pleure, alors qu'il lui avait promis, son joli cœur, de lui servir de garde du corps. Nous sortons sur la place, là où la veille on nous avait autorisé une courte balade entre les murs. La lumière nous brûle les yeux. On s'observe l'une l'autre, la femme de chambre de l'hôtel Beauséjour, la boulangère de la rue Trudaille, l'épouse adultère du prisonnier Mortois et la bourgeoise de La Ferronnière... Que veut donc l'excité en tenue FFI ? Il nous toise d'un regard hautain, la badine courant sur nos têtes, comme s'il avait envie de nous cravacher savamment.

Derrière lui, deux types font la roue. La figure rougeaude, ils paraissent passablement avinés. La marche est chaloupée.

— Qui c'est la boulangère ? demande l'un des deux types.

Marisa se tourne vers lui, le front buté, la mine honteuse. Elle a toute raison de croire que c'est peut-être un signe d'apaisement, cette interpellation.

— C'est toi ?

Il ricane. Elle baisse la tête. Pardon, pardon, semble-t-elle dire. Ça ne veut rien entendre. La chose est jugée à mes yeux, jugée, bien jugée. Qu'il s'agisse de grandes passions ou de petits accommodements de circonstance, tout fait crime et appelle la vengeance.

Le type pose les mains sur les seins de Marisa. Elle ne se défend pas. Ce qu'un salaud d'Allemand a fait, un bon

Français peut bien se l'autoriser. Une reconquête de territoire, en somme.

— La boulangère a de belles miches, fait-il.

— Alors, ma poule, il s'est bien amusé le Teuton ? dit l'autre type.

Tout le ban et l'arrière-ban se marrent à peu de frais. Surtout que la suite des réjouissances n'est pas triste non plus.

L'excité en tenue FFI s'appelle Christin. C'est un dur, un sacré dur. Un maître de cérémonie. Il a l'air d'avoir la situation en main. Il suffit qu'il jette un ordre, un geste impérieux, un petit coup de sifflet, et ça marche droit. Un petit Napoléon du maquis, me dis-je. Il a gagné ses galons dans les vignes de Saint-Gillet, à traquer le collabo. Il en a descendu quelques-uns, réglementairement, c'est-à-dire au combat. Des soldats allemands, pas trop. Tirer sur une colonne, même en repli, c'est hasardeux. Mais le collabo qui fuit en débandade, qu'on traque comme un gibier, c'était son affaire. D'autant que dans l'armée de Legendre et Bonneville, il y avait de sacrés salopards, violeurs, tueurs, malfrats, et peu d'idéologues maréchalistes. Qui les plaindra, même si, parfois, le coup est parti par inadvertance à l'interrogatoire ?

— A la tonte ! s'exclame-t-il. Voilà le sort réservé aux brebis galeuses !

Ça rigole, ça bat des mains, ça saute en l'air, ça se tape sur les cuisses, ça danse et ça trépigne.

— A poil, à poil ! envoie un des bigleux qui nous tripote au passage.

Ses sales mains baladeuses tiraillent nos robes, soulèvent nos jupons. Ça voudrait connaître tout de la poularde à Boches, comme ils disent, comme si nous étions d'un genre de femelle spéciale. Marisa a fort à faire avec sa poitrine opulente. Elle croise les bras sur elle pour se protéger comme elle peut, on voudrait l'écarteler, faire jaillir « les têtes, les têtes » comme ils disent avec des sons baveux. Séraphine pleure, pourtant elle n'a rien à craindre. Elle fait trop distinguée dans sa robe à pois bleus. Son corps est trop fin, trop élancé et sa poitrine plate n'inspire rien. C'est une donzelle à pédérastes, comme dit le bigleux qui a l'air de posséder sur les femmes des opinions tranchées.

Aucune d'entre nous n'ose se rebeller. Il semble qu'un mot de trop, un geste feraient exploser les colères. Christin, droit dans ses bottes, ausculte la scène avec ravissement. Il ne prend pas part, lui, à l'allégresse. C'est un homme au regard froid, aiguisé comme celui d'un commissaire du peuple. Il appartient par son genre à la longue tradition des révolutionnaires sanguinaires. Plus tard, qu'entendrons-nous de lui, si ce n'est des justifications sans appel, au nom de l'honneur de la France, la grandeur de la République, la sauvegarde de la Patrie. Christin a la bouche empâtée de ces phrases toutes faites, répétées et assénées à l'envi. Ses hommes, héros de circonstance, n'en veulent plus. Ça réclame de la bacchanale, du charivari républicain, des orgies vengeresses. On peut tout s'autoriser sur les femmes à Boches, puisqu'elles ne se sont rien interdit, pendant que la France souffrait et perdait son sang.

Le barbier de service, un gros pendard à la moustache fournie, joue de la tondeuse en virtuose. Les longues mèches blondes et brunes descendent comme des serpentins de kermesse. Nono est un perfectionniste. Il en a tondu hier, avant-hier et aujourd'hui, et demain il en tondra d'autres sans se lasser. La boulangère est nue comme un ver. Son crâne blanc, lisse comme une boule de billard, fait pendant à ses gros seins arrondis. Quelle arrogance. Sa beauté énerve, excite. On voudrait la peloter à la file indienne pour que chacun ait sa part. Qui osera la molester ? Quoi ? Ça doit souffrir une femme à Boches ! Sinon, c'est à désespérer de tout.

Séraphine subit la même épreuve sans pour autant qu'on la déshabille. On a pitié pour elle et pour son menu visage dévoré par le chagrin. On a honte de ses larmes. Personne ne veut la voir nue, elle, si gracile et distinguée. Ce serait faire triompher la dégueulasserie ambiante sur la beauté.

Mariette s'assoit sur la chaise et offre sa chevelure blonde à Nono. Le barbier est tellement excité, à ce que je vois, qu'il en perd sa salive. Ça goutte sur son menton tandis qu'il se délecte de son œuvre, passant et repassant sa langue, limace obscène, sur ses lèvres. J'ai hâte qu'on me tonde moi aussi, pour en finir avec cette comédie. Nono fait ça avec rapidité. Je l'entends rigoler en douce. Des mèches ont glissé dans l'échancrure de mon corsage. Il vient les quérir de ses gros doigts affamés et pour le coup me pince les seins, le saligaud.

On nous fait mettre en rang, toutes les quatre, sous les quolibets des héros du jour. Puis on nous jette à la rue, à la foule, dans la meute rigolarde et endiablée. C'est la kermesse des tondues. Christin nous a bien prévenues, ça sera une bien belle balade sur la plate-forme d'un camion que les résistants ont raflé aux Allemands.

Il faut se tailler un passage dans le flot des gens de Saint-Gillet. Toutes les familles sont venues à la fête, les pères, les mères, les enfants et même les vieux. Un torrent d'insultes jaillit de ces bouches, mais aussi des crachats. La pluie de salive, nous la supportons, sans broncher, la tête haute. Il n'est que la pauvre Séraphine qui pleure et se lamente. Elle ne voit dans cette disgrâce qu'une injustice, et plus elle tente de se défendre et plus la colère déferle sur elle.

Dans l'assistance, je distingue mon amie Jeanne Angély et son mari. Ils voudraient partager mon sort, je le sens dans leurs regards éperdus. Ils forcent le passage tandis que je me tourne vers eux en hochant la tête pour les remercier – mais je ne sais plus de quoi en vérité – et les gifles me projettent en avant.

Maintenant, le ton est donné. Aux insultes et crachats s'ajoutent les horions. Des mains avides de vengeance s'en viennent caresser nos têtes rasées, des mains poisseuses et conquérantes. D'autres nous frappent encore et encore, sans répit, tandis que la houle humaine nous brinquebale de droite et de gauche. Entre gifles et coups de poing, il semble que chacun tient à sa part dans la distribution. Il en est enfin qui resquillent en revenant à la charge, insatiables dans l'outrage. Ça fait tellement de bien.

Le plateau du Hotchkiss est décoré de drapeaux tricolores. Sur des pancartes, on a écrit « Filles à Boches, Raclures de Teutons... » On nous fait asseoir en ligne sur un banc. Des types sont montés sur la plate-forme pour compléter leur ouvrage. Au charbon de bois, ils dessinent sur nos fronts et nos joues une croix gammée. L'infamante marque nous jette à jamais dans le brasier des enfers. L'aube nouvelle se lèvera sans nous, les filles perdues, les poules à Boches, et même si nous survivons, comme je veux le croire, l'indignité morale nous accompagnera le reste de nos vies. Il ne sera plus un sourire, un salut, une parole apaisante, un geste fraternel, pour nous ramener au monde ordinaire, tels les lépreux du Lévitique, condamnés à errer en jurant « n'approchez point, nous sommes impurs ».

Soudain, Edmond Angély se hisse, lui aussi, sur le plateau du camion. Les maquisards veulent l'en empêcher, il demande la parole. L'accusateur Brisseau la lui accorde, de bonne grâce.

— Ces jeunes femmes n'ont rien à faire ici, proteste-t-il. Elles ont été assez humiliées et pour quel crime...

La foule se remet à gronder et monsieur Angély est emporté dans la tempête. Il ne dira rien de plus. Les coups s'abattent sur lui. Jeanne s'interpose et se fait molester à son tour. Le sang sur son visage ne fait que renforcer son courage. Cette épreuve réveille sa vertu de paroissienne outragée.

— Où est-il, le curé, pour ramener tous ces fous à la raison ? demande-t-elle dans un ultime sursaut de résistance.

On dira plus tard que Lamothe a préféré se cacher dans sa cure plutôt qu'affronter la vindicte populaire. N'était-ce point son rôle de venir ici, une bible à la main, lire le verset de l'Evangile de Jean sur la femme adultère ? Tout cela, bien sûr, reste assez théorique face à une marée humaine déchaînée par la haine et la vengeance. Du reste, même s'il en avait eu la volonté, le curé de Saint-Gillet n'aurait pas réussi à écarter de la main le vent de colère soufflant sur le village. Personne ne pourra lui en faire grief, moi-même je lui ai pardonné cette lâcheté, toutes les lâchetés des autres aussi.

Jusqu'à la fin du jour, la parade court la cité, avec mille haltes pour enivrer le bon peuple. Tantôt on crie à mort, tantôt on réclame nos corps nus, mais les crachats ne s'épuisent, ni les insultes. *Haec fiunt, dum vacat arena*[1].

A dix heures du soir, un des chefs du réseau Combat, Joseph Hébrard, arrive à Saint-Gillet flanqué d'une douzaine d'hommes armés comme des janissaires. Brisseau et les siens sont rapidement écartés, après une vive altercation à laquelle nous nous trouvons mêlées.

— Ce n'est pas ça, la Résistance ! s'exclame Hébrard. Une bande de justiciers qui martyrise quelques femmes. Piètre spectacle. Il faudra rendre compte à l'état-major. Vous avez fusillé cinq miliciens, passe encore. Nous aurions préféré les interroger et les juger. Rendez les armes. Sinon, il vous en cuira.

Bastien Rabussin exulte.

---

1. « Voilà ce qui se fait pour occuper l'arène. » Sénèque, Lettre 7 à Lucilius.

— Ne vous l'avais-je pas promis, que cette comédie prendrait fin ?

Reclus et solitaire, c'étaient les mots que Muraille avait employés pour décrire Bastien Rabussin. Sur ce détail, il ne se trompait guère. Le propriétaire avait choisi un fort élégant mas de pierre jaune, en flamboyant calcaire du Périgord, pour y couler ses vieux jours. On y accédait par un chemin de castine poussiéreux, étroit mais bien entretenu. Les rives en étaient soigneusement taillées, à la machine. On en reconnaissait l'usage à la manière dont les arbustes étaient déchiquetés sur leur base envahissante. Enfin, on atteignait une hauteur suffisante sur un cingle du Lot pour jouir d'un point de vue. Ce n'était pas encore l'arrivée. Il restait à parcourir quelques encablures avant d'accéder à l'entrée. Alexandrine voulait profiter du spectacle sur la vallée et elle ôta ses lunettes de soleil. La violence de la lumière accentuée par le blanc de la pierre éveilla en elle une sensation de vertige. Elle s'assit à même le capot de sa Capri.

Si Pierre Muraille lui avait déconseillé de voir Rabussin, c'était pour une bonne raison. A ce stade de sa quête, elle refusait de se laisser dicter la marche à suivre. L'homme était un témoin trop important pour qu'elle négligeât son existence. Même si je n'apprends rien de nouveau, du moins partirai-je la conscience tranquille vers d'autres cieux, se dit-elle en grillant une cigarette. Elle s'était mise aux mentholées, pour se défaire de cette manie. Ça n'avait guère plus d'effet que le chewing-gum. Elle avait lu ces conseils dans une revue féminine, entre le test psychologique du Connais-toi toi-même et les Dix commandements pour s'attacher un homme à vie. Peut-être existait-il un lien entre ces différentes chroniques, que pour conquérir l'homme de sa vie il vaut mieux ne point se connaître, car ce serait hypothéquer les chances d'avenir.

Elle s'amusa à ce jeu des correspondances fortuites, comme elle le faisait souvent dans son bureau du cours Victor-Hugo, lorsqu'il lui prenait le goût à démonter les certitudes imbéciles de son époque sur le bonheur en prêt-à-porter dont on voulait convaincre sa génération. Alors que nous croyons marcher sur des terres inconnues, d'autres évidemment les ont déjà visitées. Notre seule liberté est de croire qu'elles nous restent vierges. Ainsi, se rassura-t-elle non sans ironie, j'ai fait le tour de toutes mes conquêtes masculines en un mois de rang. Elle songea à Tobias. Vais-je le garder, celui-ci ? Même si nous nous accordons dans le plaisir... Il devance assez souvent mes désirs. Cela peut passer pour du talent, mais ce n'est que de l'instinct de mâle. Tant que l'homme veut plaire, il expérimente, ensuite il s'endort. Le mien ne tardera pas non plus à s'assoupir dans le conformisme.

A ce moment, Alexandrine envia sa mère. Du moins a-t-elle aimé un homme qui n'a pas eu le temps de la décevoir. Il est parti comme un voleur. S'agirait-il d'un malentendu ? Ou d'autre chose ? Voilà ce qui m'importe, cette vérité. Je ne supporte pas que Volker lui ait fait faux bond au dernier moment. Ça ne lui ressemble pas, du reste. Volker aurait tout aussi bien pu quitter Hélène par la voie ordinaire, sans éclat, avec trois ou quatre arguments légitimés par le cours tragique des événements. Cette fuite soudaine est insensée. Je comprends que ma mère soit restée dans le désespoir. On ne peut vivre un tel amour et y renoncer subitement, avant qu'il n'ait produit ses premières flétrissures.

Le mas Rabussin était clos par un mur d'enceinte orné de lierre, comme des vagues sur la ligne haute du rempart. Alexandrine se surprit à rêver devant ce décor romantique. Il ressemblait assez peu à ce qu'elle connaissait du propriétaire ou du moins ce que le *Livre noir* de

1951 en rapportait. Mais le Rabussin de sa mère n'était qu'un jeune homme en 1944. Ensuite, la vie s'était chargée d'en remodeler le contour. De même, pensa-t-elle, il est difficile de croire que le Joseph Hébrard, chef du réseau Combat de 44, ait pu exister tel que le décrit ma mère, lorsqu'on sait ce qu'il est devenu présentement, une épave d'homme taraudée par le remords.

Elle fit tinter la cloche de bronze près de la grande porte et attendit. Elle avait annoncé sa visite par un bristol laconique. Au demeurant, Alexandrine s'était bien gardée d'y faire figurer son pedigree professionnel. Une avocate, ça inspire de frileuses pensées, surtout lorsqu'on s'appelle Rabussin.

Mus par un mécanisme électrique, les deux battants s'écartèrent devant elle avec des grincements sinistres. C'était une invitation à entrer avec sa voiture dans la cour. Au bas de l'escalier en rotonde, un homme en costume de service l'attendait. Il avait la tête de l'emploi, un Nestor comme dans la célèbre bande dessinée. Elle ne put s'empêcher de l'observer tant cette présence lui paraissait insolite. Alentour, la pleine campagne chauffée à blanc et, là, dans le parc d'une gentilhommière égarée sur les hauts du Lot, en tenue de majordome, un larbin ressemblant à un figurant de comédie bourgeoise. Elle cacha sa surprise en ramenant le bord de son chapeau sur son visage. L'homme tendit la main pour récupérer les clés de la Capri, Alexandrine les lui refusa.

— Monsieur n'aime pas que les voitures déparent la façade de Panereuille.

Elle haussa les épaules, puis dit d'un ton pincé que sa visite serait sans doute de courte durée. Le larbin l'accompagna jusque dans le salon où il y avait pléthore de meubles dans tous les styles. Monsieur Rabussin avait acheté sans discernement le plus cher, et de même les tapis d'Orient se chevauchant dans des couleurs chamarrées. Nestor fit asseoir la visiteuse qu'on allait faire patienter plus de dix minutes. C'était dans la règle, une manie de riche qui veut que le temps d'un bourgeois est plus précieux que n'importe quel autre. Elle en profita pour ausculter les lieux. Les pièces étaient vastes. La pierre nue en soulignait l'aspect rustique et provincial ; on y avait adjoint le bois sombre du noyer pour des crédences, consoles et autres panneaux décoratifs. La porcelaine et la faïence étaient mises à l'honneur, entre des tableaux de nus inexpressifs. Sur le coup, Alexandrine crut reconnaître la patte d'un artiste corrézien qui s'était fait dans les années 60 une spécialité des nymphettes androgynes. Ce peintre assez prolixe avait connu un certain succès pour s'être déclaré en guerre ouverte contre les abstraits.

Je sais pourquoi j'ai quitté sans regret ce paysage d'enfance ennuyeux, pensa-t-elle, où l'on aimait penser et créer à contre-courant de l'époque... Qui peut dire où se logera la vérité ? Entre ceux qui résistent aux modes et ceux qui les suivent docilement.

— Vous observez les tableaux de Lareygnie. A une époque, je lui ai presque tout acheté, à ce génie local. Je pensais qu'avec le temps ça prendrait de la valeur. Je dois vous confesser que ça ne vaut rien du tout. En salle des ventes, on n'y mettrait pas un kopeck.

— Avec le temps, ajouta Alexandrine, sait-on jamais.

En observant attentivement Bastien Rabussin, Alexandrine comprit pourquoi sa mère avait noté dans son *Livre noir* que c'était là un personnage avec qui une femme devrait se garder d'entretenir le moindre commerce. Grand et svelte pour son âge, il portait de fines moustaches à la Douglas Fairbanks. Le temps avait creusé sur ce visage avenant des rides profondes. Mais il lui restait, de toute évidence, un beau regard gris-bleu, caressant et rêveur.

— Lareygnie a perdu mon estime lorsque j'ai découvert qu'il ne savait pas dessiner.

Il éclata de rire, un rire porté par une voix grave.

— Est-ce si important ?

— Pour moi, oui, dit Rabussin en hochant la tête.

Il s'approcha d'un de ses tableaux, représentant une jeune fille nue les jambes négligemment écartées. Le regard aux yeux de biche paraissait si innocent qu'Alexandrine s'en amusa. Rabussin enveloppa son acquisition d'un geste, puis s'en écarta de deux pas.

— A voir ce tableau, on pourrait croire que Lareygnie a travaillé sur son modèle. Mais non. Le paresseux en a fait une diapositive qu'il a projetée sur une toile et il n'a eu qu'à suivre les contours avec un fusain. C'est une épouvantable tricherie que j'ai payée cent mille francs en 1955.

— Pourquoi ne pas vous en débarrasser, alors ?

Il parut réfléchir, bras croisés.

— C'est curieux, j'ai fini par m'y attacher. Cette jeune fille fait partie de ma famille. Je la croise chaque jour, et lorsque je m'ennuie, je viens lui parler. Vous savez, ce n'est pas si souvent que j'ai une visite comme la vôtre.

— Vous êtes seul ?

Il hocha la tête avec un air de chien battu.

— Seul, ajouta Alexandrine, avec un majordome.

Rabussin rattacha prestement les boutons de sa veste blanche ornée d'un écusson fantaisie. Puis il sortit de sa poche le carton qu'Alexandrine lui avait adressé.

— Ainsi devrais-je connaître une certaine Hélène Delalande ?

— C'est ma mère, ajouta Alexandrine.

L'un et l'autre firent quelques pas dans le salon, des pas feutrés sur les tapis épais. La visiteuse guettait la réponse, inquiète. Se pourrait-il que Rabussin ait un trou de mémoire ? songeait-elle. Si bien que je serais contrainte d'entrer dans le détail de ces journées terribles au couvent des clarisses. Elle voulait s'éviter cette corvée. Se placer sur la défensive, en quémandant des informations sur une époque que son voisin aurait délibérément choisi d'abstraire de son existence...

— Vous êtes avocate à Bordeaux, n'est-ce pas ?

— En effet. Mais c'est au titre de fille Delalande que je viens vous voir, monsieur Rabussin. L'avocate n'a rien à voir dans ma démarche.

— Vous me rassurez.

Ils sortirent sur la terrasse, cherchant l'ombre d'un pin qui surplombait l'aile droite de la demeure.

— Je suis un homme riche, dit Rabussin d'un sourire contrit.

— Qu'est-ce qui a fait de vous un homme riche ?

— C'est une question redoutable.

— A laquelle vous n'êtes pas obligé de répondre.

Il prit le bras de la jeune femme et l'attira vers le bord de la terrasse, là où le propriétaire avait planté des oliviers et des amandiers dont il était si fier. Il fit quelques discours sur cette passion des arbres du Sud, regrettant de n'avoir pas choisi jadis Ramatuelle ou Nice pour s'installer.

— Comment avez-vous associé mon nom à celui de votre mère ?

Alexandrine se montra évasive. Elle n'avait aucune envie de parler des écrits de sa mère et de l'armoire allemande.

— J'ai fait fortune pendant la guerre, reconnut-il. Avec les « bons Français » comme on disait en ce temps-là, aussi avec les envahisseurs. J'ai vendu au prix fort tout ce qui se vend, les vins, les spiritueux, mais aussi le bétail, les cuirs, les peaux. Je me suis fait un réseau par-dessus les autorités de Vichy, si bien que j'ai failli y laisser ma vie à la Libération.

— C'est là que vous avez croisé Hélène Delalande, affirma Alexandrine.

— J'ai sauvé ma peau en donnant des informations aux gens de la Résistance. Mis à part quelques hurluberlus de la gâchette qui voulaient faire justice eux-mêmes, j'ai bénéficié de la protection des nouvelles autorités. Heureusement, l'ordre est revenu, la justice. J'ai eu un procès de façade et écopé de l'indignité nationale. Mais, ma chère, l'indignité nationale, c'est comme les oreillons, on en guérit.

— Je crois que ma mère ne s'en est pas remise, remarqua Alexandrine au bord des sanglots.

Rabussin tourna la tête de côté pour ne pas saisir son regard et la détresse qui s'en dégageait. Bien sûr qu'il avait connu Hélène Delalande. Bien sûr qu'il ne l'avait pas oubliée. Sinon, le visage de sa visiteuse la lui eût rappelée.

— Nous avons passé des heures difficiles ensemble au couvent de Saint-Gillet. I'ai même dû intervenir pour qu'elle ne subisse pas le même sort que Legendre. Entre parenthèses, lui, il ne l'a pas volée, sa condamnation à mort. C'était un salopard de la pire espèce.

— On a tondu ma mère et on l'a conduite par le village comme un animal où elle a dû subir des outrages.

— Il y avait quatre ou cinq jeunes femmes comme elle qui ont été tondues. Ces sévices ont tourné court lorsque les FFI sont arrivées. Votre mère a été conduite à Brive. Son dossier a été examiné. Puis elle a été libérée. On n'avait aucune charge sérieuse contre elle.

— Son seul crime fut d'aimer. Un Allemand certes.

Rabussin invita sa visiteuse à le suivre dans son bureau.

— C'est un journaliste, Pierre Muraille, qui m'a donné votre adresse.

L'homme hocha la tête en grimaçant.

— Il ne m'aime pas, celui-là. Il a voulu enquêter sur mes histoires du marché noir. Des broutilles. Car sur l'essentiel de mes activités entre 41 et 44 il n'a rien su. Sinon, je crois que j'aurais dû quitter le pays, ma chère. On n'aime pas les gens de mon espèce depuis la Révolution française. Les gens du Directoire se sont enrichis et ont préparé le retour de la démocratie après les excès de la Terreur. C'est ce qui est advenu en 46. On a voulu en finir avec les règlements de comptes, et enfin remettre la France au travail. Qui peut fonder un avenir sur la haine et le ressentiment ? Qui peut juger les Français sur ce temps où l'on ne s'aimait pas ? Sans le marché noir, on aurait crevé de faim dans ce pays. Je vous le dis. J'ai peut-être été un profiteur, ni meilleur homme ni pire que la moyenne.

— Je ne suis pas venue ici pour juger, mais pour comprendre, dit-elle.

Rabussin déballa son dossier des blessures intimes. Il y avait en vrac lettres, photos et vieux journaux. Alexandrine examina ces documents distraitement. Ça ne l'intéressait guère. Son armoire allemande en était pleine. C'était une partie de son héritage qu'elle enverrait au feu, sans la moindre hésitation. Si Rabussin conservait ses dossiers avec soin, c'était sans doute dans l'attente hypothétique d'un jour où l'on viendrait lui demander des comptes.

— Qui était Volker Aldermann ? demanda soudain Alexandrine, les yeux mouillés de larmes.

Rabussin redressa la tête, la fixa intensément dans les yeux. L'émotion de sa visiteuse l'embarrassait si fortement qu'il ne put s'empêcher de dire dans un souffle, du bout des lèvres :

— Votre père...

— Je le sais.

— Chez les clarisses, pendant la longue nuit où nous étions ensemble, dans une infâme cave infestée de rats et de cloportes, Hélène m'a raconté son histoire avec Aldermann. Elle m'a même confié qu'elle était enceinte. Elle était au désespoir. Elle songeait à mettre fin à ses jours. L'idée de voir réapparaître son mari, de retour d'Allemagne, la terrorisait. Comment lui expliquer l'inexplicable ? Toute sa vie future avait été basée sur cette passion. Mais Aldermann ne fut pas au rendez-vous. Sans doute a-t-il rejoint sa famille en Allemagne ? Pourquoi alors lui avoir joué cette comédie ? Je ne sais que vous dire.

Alexandrine se leva, les mains enfouies dans les poches de son jean. Rabussin lui offrit de rester pour la nuit, qu'il allait ordonner à son domestique de préparer une chambre. Elle refusa.

— Je voudrais retrouver mon père. Peut-être est-il encore vivant ? Savez-vous quelque chose sur lui qui pourrait m'aiguiller dans mes recherches ?

— Muraille ne vous a rien dit ?

— Qu'aurait-il dû me dire ?

Bastien Rabussin ne répondit pas.

— Hébrard, l'ancien chef de réseau FFI, ne se souvient pas de ma mère, ajouta Alexandrine.

— Menteur ! s'écria Rabussin. C'est lui qui l'a sortie des griffes des potentats locaux de la Résistance. Du reste, je lui dois aussi d'être encore en vie. Nous avons fait partie du même convoi pour Brive. Nous avons passé quinze jours au triage à attendre la décision de la cour de justice.

Au moment où Alexandrine quittait le bureau de Rabussin, celui-ci la rappela pour lui tendre une carte de visite.

— Nous ne nous verrons plus jamais, monsieur Rabussin, dit-elle.

— Je sais.

Il lui fit signe de retourner la carte.

— Qu'est-ce donc ?

— L'adresse des Aldermann, fit-il en baissant la tête. Je lui devais bien ça, à votre mère. Paix à son âme.

26

Au moment d'atteindre le but, que celui-ci fût porteur de satisfaction ou de désenchantement, Alexandrine en freinait singulièrement la course. Pour atteindre Villingen, il lui restait encore quatre-vingts kilomètres. Une paille. Contre toute attente, au lieu de bifurquer sur Fribourg, elle se dirigea vers Bâle et le lac de Constance.

L'été allemand était empreint d'une douceur apaisante, à peine plus de vingt degrés et un vent de fœhn doux et sec propre à cette région transalpine. Les montagnes bordant le Rhin possédées par le bleu et le vert formaient des couloirs d'ombre majestueux, presque étouffants parfois. Puis elle vint buter à la fin du jour sur l'étale mer intérieure, blanc et gris comme un miroir. Le paysage alentour s'était adouci et la lumière avait recouvré sa sérénité. Elle descendit à l'Insel Hotel et alla s'installer sur la terrasse face au lac pour y contempler la tombée du jour. Elle but à la suite deux Campari-gin et se décida à rejoindre le restaurant, maintenant que le charme était rompu sur le Bodensee. Il n'y avait plus que les lumières scintillantes du port sur les eaux moirées. Ça ressemblait à toutes les villes portuaires du monde, à la différence que les eaux du lac étaient si calmes qu'on entendait à peine le murmure des clapotis sur les contreforts de l'Insel Hotel. Le lieu illuminé comme le pont d'un paquebot un soir de bal costumé faisait entendre en sourdine quelques valses de Vienne.

A ce moment, Alexandrine ne regretta point d'avoir laissé Tobias à Bordeaux. Elle se sentait si bien dans sa solitude, si forte, si apaisée. Il y a des questions auxquelles on ne veut pas répondre quelquefois dans la vie, leur préférant les poussières de seconde qui s'égrènent dans le silence. Ce sentiment jubilatoire la conduisit dans le Stadt-Garten. Les bancs étaient occupés par les amoureux et les allées par des couples bien tranquilles. On ne comprenait pas qu'elle fût seule, cette jeune femme élégante dans sa robe blanche, et elle non plus, bien que cet état lui fût devenu naturel, comme une grâce divine qu'elle avait fini par apprivoiser.

Je suis en deuil d'une mère et à la recherche d'un père, ce n'est pas une situation ordinaire. Pour l'heure les plaisirs futiles me sont interdits. Ma vie est celle d'une nonnette. Les hommes m'observent comme une vierge en se demandant s'il serait convenable de m'aborder.

Après le parc, Alexandrine se rapprocha des quartiers de la gare. Au-delà, l'avenue allait vers la frontière suisse. Quelques centaines de mètres à peine et c'était le quartier des filles tapinant au bord des voies ferrées encombrées de wagons de marchandises au repos.

A son tour, elle se prit au jeu de la marche nonchalante et du sac balancé en sourdine. Une robe élégante, certes, toutefois outrageusement courte, comme ses congénères vivant de leurs charmes. Elle s'en amusa en les croisant, parce qu'elle n'avait tout de même pas le fard de circonstance. Elle essuya quelques réflexions, quelques invites aussi par des vitres de voitures baissées. Elle se décida enfin à faire demi-tour car les quartiers sombres ne lui disaient rien qui vaille. Les promeneurs du soir allaient à l'aventure, la gravité sur le visage.

Comme le sexe rend les gens tristes, pensa-t-elle. Elle calcula mentalement les jours passés sans qu'un homme l'eût touchée. Puis elle retourna à l'Insel d'un pas pressé.

— Un traducteur, dites-vous ? Pour demain ?

— Je ne parle pas l'allemand et je dois être accompagnée. Un étudiant par exemple qui voudrait se faire de l'argent de poche pour une journée.

— Plutôt un homme qu'une femme ? demanda le réceptionniste en se grattant le front.

— Qu'importe, répliqua-t-elle.

Puis elle ajouta pour rassurer l'hôte qu'elle était disposée à y mettre cinq cents deutsche marks.

Une heure plus tard, on lui présenta Gunther. C'était un des employés de l'hôtel. Pour la somme envisagée, il eût travaillé une semaine au moins. Alexandrine lui expliqua la mission qu'il aurait à accomplir à ses côtés. Ils convinrent de se retrouver à huit heures à l'entrée de l'hôtel. Puis elle reprit la lecture de son roman, confortablement installée dans un des Chesterfield du salon.

Si Gunther H n'était pas très causant (elle avait décidé de l'appeler H parce qu'il possédait un nom d'Europe de l'Est imprononçable), ça ne lui faisait pour tout dire ni chaud ni froid. Il suffisait juste de prendre ses précautions et de mettre quelques lieder de Hugo Wolf dans le lecteur de cassettes. Ce silence les accompagna jusqu'à Singen. Là, elle se gara près de la gare, posa les mains à plat sur son volant et poussa un profond soupir.

En trois minutes, Alexandrine lui raconta l'histoire d'Hélène Delalande et de Volker Aldermann. Gunther H parut s'y intéresser par des hochements de tête. Il portait des lunettes noires, un tee-shirt gris imprimé avec le portrait d'Angela Davis et l'inscription *Freedom activist*. Son truc, c'était l'impérialisme américain et la lutte des peuples opprimés.

En fouillant dans sa boîte à gants, elle dénicha une cassette de Bob Marley et lui mit *Easy Shanking*. Cette trouvaille brisa la glace, ce qui réjouit Alexandrine. Elle détestait naviguer en territoire hostile en matière de relations humaines. Pour cinq cents marks, elle estimait que son traducteur pouvait se comporter en gentleman, tout de même. C'est mon côté bourgeoise bordelaise qui transpire, pensa-t-elle. Le fric peut-il tout acquérir ?

En écoutant *Kaya*, Gunther H tambourinait sur le tableau de bord de la Capri. C'est Tobias qui serait satisfait d'une telle rencontre. Les types de ce genre, il les attire comme un aimant. Ils viennent au studio Ozzy profiter du gîte et du couvert. Ça n'a pas besoin de grand-chose, un duvet, un hamburger et une bonne bière munichoise. Roule carrosse.

— Cet Aldermann, jugea Gunther H, après tout, c'est rien d'autre qu'un nazi. Ta mère s'est fait avoir, voilà tout. Toute l'Europe s'est fait baiser par les nazis. Les Allemands ont voulu mettre au pouvoir un petit caporal-chef et voilà le résultat. Chaque fois que le peuple gonfle des biceps, ça finit dans la tourmente. Non ?

— Bien sûr.

— Il y a eu deux totalitarismes en Europe, le fascisme et le communisme. Ces cons d'intellectuels ont cru en 35 qu'il leur faudrait choisir entre Hitler et Staline. C'était la même terreur de masse, l'une ou l'autre, fonctionnant selon d'identiques fondements, l'asservissement du peuple et son endoctrinement... Tu verras, miss Delalande, fit Gunther H, on se débarrassera des deux. Pour les nazis, c'est fait, et pour les bolcheviks ça va arriver aussi. Après faudra s'attaquer à l'hégémonie des Yankees dans le monde. Y a toujours une bataille à mener sur le feu, c'est comme ça, miss.

La musique de Marley le remit en transe, Gunther H. Alexandrine méditait la réflexion pleine de bon sens de son voisin. Pour un peu, elle eût fait demi-tour. Car qu'allait-elle découvrir à Villingen ? Une famille allemande qui avait été du côté d'Hitler et qui s'était reconvertie à la démocratie chrétienne. En France, tous les pétainistes n'étaient-ils pas devenus gaullistes ?

Elle freina sec sur la bande d'urgence de l'*Autobahn*.

— Je cherche mon père ! cria-t-elle. Je me fiche qu'il ait été nazi ou autre chose. Ce qui m'importe c'est de savoir s'il est mort ou vivant. Pourquoi il n'a pas emmené ma mère en Suisse comme il le lui avait promis.

— OK, OK, fit Gunther H. C'est ton trip, miss, je le respecte. Tu m'as embauché pour traduire les explications des Aldermann, je le ferai le plus honnêtement possible. Dès ce moment, je suis avec toi. Fidèle. Mais c'est pas interdit de penser. Nous, les enfants du pardon, on en a gros sur la patate. On n'est pas responsables de ce que nos grands-pères ont fait. On assume, mais moi, Gunther, je ne pardonne pas. Tu comprends ça ? Si Volker Aldermann a enfilé le costume de la Wehrmacht, c'est pas pour des prunes. Il a fait son boulot de tortionnaire. *Das Grosse Reich !* Il a eu une petite amie en France, et puis il a pris la poudre d'escampette pour se planquer ici, chez papa et maman. C'est ça l'ironie de l'histoire. Heidegger a dit : « Seuls les commencements sont beaux. » Le reste, la suite de l'histoire, de ton histoire ou de l'histoire de tous les hommes, des Allemands qui se sont fait baiser par le Führer, c'est un bourbier démoniaque à en crever la gueule ouverte.

— Après la disparition de Volker Aldermann, dit Alexandrine, ma mère a pataugé dans le chagrin et le remords. Je crois qu'elle a vécu un enfer intérieur. Ça l'a détruite, goutte à goutte, comme un poison. C'est pourquoi je veux des explications.

— Heidegger a dit : « Les commencements »... Il n'y a jamais de recommencement, jamais de nouveau départ. Tout s'épuise dans la médiocrité, comme la merde qui fout le camp par le tuyau de vidange. Nous, les Allemands, on a mis plus de vingt ans à vidanger la merde teutonne. Je ne crois pas qu'on en soit arrivé à bout. Ça peut renaître, ici ou là, comme la peste, n'importe où dans le monde.

Parvenue aux portes de la cité, Alexandrine fut prise d'un doute. Faut-il déterrer ce passé ? Quelle place y trouverai-je ? se demanda-t-elle. Paradoxe des paradoxes, c'est Gunther H lui-même qui la décida à aller de l'avant.

— Même si tu te brûles, qu'importe, miss, ce sera comme de toucher le Graal. Une porte s'ouvre avant qu'une autre se referme. N'ayons pas peur.

Il courut au *Gasthaus* de la Niederstrasse. Cinq minutes à peine et il revint avec de précieux renseignements. Rien ne se lisait sur son visage. Rien de rien. Ses lunettes noires en faisaient un zombie, pâle de peau, et passablement ascétique, le cheveu en broussaille. C'était une impression qui sautait aux yeux d'Alexandrine, désormais. Comment avait-elle fait, jusque-là, pour ne rien voir de ce garçon, vingt-cinq ans tout au plus ?

— Alors ?

— Rassure-toi, miss. On n'a pas fait le voyage pour rien. Les Aldermann et les Kaltmeyer, ce sont les rois ici, les rois de l'industrie horlogère.

Elle éclata de rire en posant le regard sur sa montre. Une ancienne Breguet qui battait la campagne de temps à autre. La ponctualité n'était pas son problème. Elle se faisait une obligation de ne pas être à l'heure à ses rendez-vous, comme une politesse rendue à la religion du hasard. Toujours s'en remettre à l'instinct. C'était une fantaisie qui lui avait si bien réussi. Pourquoi s'en priver ?

— Qu'est-ce que vous croyez, monsieur Gunther H, je sais où je mets les pieds. Pour une fois...

Elle se rendit la politesse en se frappant la poitrine.

— J'ai noté l'adresse, ici, fit-il en exhibant un fragment d'emballage de yaourt.

Elle le lui retira des mains d'un geste taquin.

— Aldermann, rue Kirnacher, Villingen-Schwenningen. On ne peut pas se tromper. D'abord les bâtiments de la *Uhrenfabrikation* (il éclata de rire sur sa prononciation à la française) Kaltmeyer. Je sais tout. Presque tout, se reprit-elle en allumant une cigarette.

Gunther H en piqua une dans le paquet de Stuyvesant de sa voisine.

— Je croyais que vous ne fumiez que du shit ?

— Jamais. Je veux garder les idées claires pour combattre les impérialistes.

— C'est une volonté qui vous honore, jeune homme.

Elle démarra pianissimo, se faufila dans les rues étroites de Villingen comme si elle connaissait le pays comme sa poche

— Qui t'a donné toutes ces informations, miss ?

— Je suis avocate à Bordeaux, et là-bas, nous possédons un service de renseignements hors pair. Un vieil ami a fait le boulot pour moi, un certain Franklin Schwartz.

— Un bon ami ?

— Un ami.

— Il a bien de la chance.

— Que voulez-vous dire ?

Pour la première fois, Gunther H ôta ses grosses lunettes. Elle lui trouva des yeux bleu-vert. Elle s'en étonna. Il les remit prestement pour les cacher.

— Quelle coquetterie étrange, nota-t-elle.

— Ça me féminise.

— Mais non.

— Je ne suis pas ce que vous croyez, miss.

— Mais non, je ne crois rien.

Après les bâtiments Kaltmeyer, ils prirent un chemin carrossable bordé de sapins et de bouleaux. Cinq minutes plus tard, la Capri de miss Delalande, comme disait Gunther, aborda le parc. Il y avait tout ce qu'on pouvait imaginer de romantique, une pièce d'eau cernée de roseaux, un pont japonais enjambant le torrent, quelques statues de jardin figurant des ondines et des géants.

— C'est à mourir de rire, moqua Gunther H. Je ne pensais pas qu'un tel mauvais goût se perpétuait encore dans notre vieille Allemagne.

Alexandrine se voulait plus indulgente. Après tout, c'était un peu de son monde qui se dévoilait sous ses yeux, un monde qui n'était rattaché à elle, pour le coup, que par ses gènes. Le jeune homme comprit ce qu'elle ressentait et il refréna ses moqueries.

— Je ne crains rien, dit-il.

Elle le fixa avec un regard interrogateur.

— S'ils t'adoptent, les Aldermann, je sais au moins que tu ne vivras pas dans ce décor, ajouta-t-il.

La villa familiale occupait la crête de la colline. Seule la façade, blanc et ocre, s'étalait majestueusement sur son socle de verdure. Alentour, la forêt était maîtresse des lieux, oppressante et sinistre avec ses épicéas.

Au début, pensa-t-elle, l'homme était bûcheron et il a commencé par faire une clairière pour voir le ciel. Les dieux du bien et du mal sont venus ensuite, lorsque les bûcherons se sont aventurés dans les profondeurs insondables de la forêt. Puis ils ont tracé des chemins, au plus profond, sans jamais atteindre les confins. Ils ont voulu se rassurer par des prières adressées aux éléments primitifs du monde, l'eau, la pierre, le feu... Mais il leur a fallu du temps encore pour comprendre que leurs chemins ouverts dans la forêt primitive ne menaient nulle part.

— Mon chemin s'arrête ici, murmura-t-elle. Ce serait folie que d'aller plus loin.

Le garçon descendit le premier pour se dégourdir les jambes. L'air était déjà tiède et les insectes bruissaient dans le ciel. Eté convenable, plutôt doux pour un climat transalpin. On pouvait respirer à pleins poumons, crier jusqu'à réveiller un écho se répercutant à l'infini, la nature restait généreuse, mystérieuse et accueillante. Un piège de sensations.

Une grande dame drapée dans une robe de toile blanche vint les accueillir au pied de son escalier.

— Je suis Karoline Kaltmeyer, fit-elle.

Un temps d'attente. Gunther H ne jugea pas utile de faire un commentaire en français. Puis l'hôtesse ajouta avec un sourire :

— La sœur de Volker.

Alexandrine demeura sur sa réserve. Elle avait prévu cet embarras. Comment se bien tenir pour ne pas perdre le contrôle de soi ? Colère cachée, émotivité excessive, froideur déplaisante...

— Alexandrine, fit-elle, c'est donc vous ?

Karoline Kaltmeyer la dévisageait avec attention. Elle cherchait dans ses yeux le regard lumineux de Volker. Elle parut satisfaite.

— Je sais maintenant que vous êtes sa fille, dit-elle avec une maîtrise étonnante.

Elle tendit une main accueillante qui s'attarda, comme si elle désirait la prendre dans ses bras. A la vérité, Alexandrine se montra rétive. Tout ça allait trop vite à son gré. Elle se tourna vers Gunther H pour qu'il lui vienne en aide. Il se tenait deux pas en arrière.

— Votre frère ? demanda Karoline.

— Non, mon traducteur. Je ne sais pas parler allemand.

Gunther H traduisait les propos d'une voix blanche. Cela sonnait comme un écho lugubre. D'un geste enveloppant, Karoline fit signe à ses visiteurs d'entrer dans la maison. Les murs étaient blancs, percés de larges baies donnant sur la forêt et le parc.

— Votre lettre m'a bouleversée, avoua Karoline Kaltmeyer.

Puis un silence. Alexandrine baissait la tête.

— Ce que je vais vous dire va vous bouleverser aussi, hélas.

— Ne dites rien. J'ai compris.

Karoline et Gunther se regardèrent avec tristesse.

— Volker n'est jamais revenu parmi nous. Nous avons de fortes raisons de penser qu'il a été tué en août 44, là-bas, chez vous, en France. Sinon, ma chère Alexandrine...

Elle se reprit sous l'effet de l'émotion qui lui nouait la gorge :

— ... il serait venu ici avec votre mère.

— Comment pouvez-vous en être sûre ? questionna Alexandrine.

Elle traversa son salon d'un pas précipité, se heurtant aux meubles, puis revint avec une lettre jaunie.

— Vous la lirez si vous en avez le courage. Volker évoque sa passion pour Hélène Delalande, une jeune Française, avec laquelle il compte vivre chez son oncle Godfried en Suisse, à Chauvigny précisément, le temps que l'amnistie intervienne pour les soldats déserteurs et qu'il puisse rentrer chez nous. Tout est clair. Un amour. Un enfant qui doit naître. Voilà ce que Volker voulait nous offrir au retour de cette horrible guerre.

Alexandrine prit la dernière lettre de Volker et promit de revenir à Villingen lorsqu'elle aurait digéré toute cette histoire. Dans un jour, dans un an, jamais peut-être.

A l'Insel Hotel de Constance, Alexandrine invita Gunther H à dîner. La tiédeur du soir fleurait le bougainvillier. Il y en avait des rampes entières, des tresses exubérantes débordant la terrasse, roses et rouges. Puis, à la fin du repas, elle lui tendit une enveloppe contenant les cinq cents marks. Il hésita à la prendre. Sans doute estimait-il ne point les mériter.

— On ne peut pas se séparer comme ça, dit-il.

Alexandrine l'observa en un long sourire.

— Je ne veux pas d'une histoire entre nous, Gunther. Ce serait trop simple.

— Miss, tu es trop conformiste. Il faut prendre le temps comme il vient, les douleurs et les douceurs.

Elle posa les yeux sur la nappe, là où le service de l'hôtel avait mis une rose blanche dans un étui de verre. Elle se sentait rougir de honte ou de plaisir. Elle pensait à Tobias. Elle se rassura bien vite en se disant que ce n'était pas pour lui qu'elle se refusait à Gunther.

Je suis libre comme l'air. J'ai trouvé la solution à mon problème. Je devrais rayonner de bonheur. Qu'est-ce donc, ce goût amer qui me possède ? D'où vient-il ? Que je ne puisse m'abandonner à l'amour qui passe…

27

Alexandrine n'aurait pas su expliquer pourquoi, mais, depuis son retour d'Allemagne, elle se passait Bob Marley en boucle sur son lecteur de cassettes. Surtout *Kaya* et *Is this love*. Ça la tenait au corps. Et pour un peu, elle eût arrêté sa voiture pour se dandiner dans un pré proche de la route.

Il y avait eu un orage sur Saint-Gillet, fracassant, des averses torrentielles comme il arrive souvent en Corrèze au milieu de l'été. Cette fois, elle avait eu réellement peur. La canonnade avait rôdé autour de La Ferronnière, sans relâche, toute la nuit. Après cette grande peur, elle méritait bien de prendre du bon temps. *Is this love* encore une fois. On ne s'en lasserait pas.

Elle fuma sa dernière Stuyvesant et chiffonna le paquet. C'était embarrassant de toujours penser à ce Gunther, ça donnait des frissons.

Tant pis, je n'ai pas voulu consommer. Je ne peux m'en prendre qu'à moi-même. La mère qui couche avec un Allemand en 44 et la fille qui récidive en 79, ça fait ringard comme coïncidence.

Pourtant, elle n'arrivait pas à croire que c'était ça, la bonne raison. La vérité, pensa-t-elle, c'est que je suis prude comme une pucelle des années 50. Elles avaient leurs raisons, les filles de ce temps-là, pas de pilule, pas d'IVG. Tomber enceinte, c'était l'enfer.

Puis elle décida de repartir en faisant ronfler le moteur de la Ford Capri, un V6, deux litres trois. Ça faisait son effet sur une route étroite, bien ombragée, avec des hauts talus à droite et à gauche. Pas le droit à l'erreur. Sinon partir en vrille et adieu. Ce n'était pas ce qu'elle était venue chercher sur la piste du Malet. Elle poussa le son à fond dans sa guimbarde, fenêtres ouvertes. Elle se sentait en rage contre elle-même.

Ne t'inquiète pas, se promit-elle, tu le retrouveras, Gunther, si ça te dit, dans un jour, dans un an. Elle avait scrupuleusement noté son adresse et même son numéro de téléphone. Une femme ne fait pas ça par hasard. C'est qu'elle a une idée en tête. Voilà ce qu'il s'est dit, Gunther H. Elle me reviendra et nous ferons l'amour comme des fous. Plutôt comme des dieux. C'est l'expression qui vaut, n'est-ce pas ? A supposer que les dieux fassent l'amour. Ce n'est pas inscrit dans les catéchismes. Ce serait plutôt l'affaire des hommes et des femmes, une compensation après la faute originelle.

Pour retrouver Hébrard, elle s'était habillée en midinette. Une jupe courte à plis, un tee-shirt Chanel et des ballerines Repetto. Mais dans son sac à chaînette, elle avait logé un Colt 45 armé de cinq balles datant de la dernière guerre (ultime trouvaille d'importance dans l'armoire allemande). « S'il ne parle pas, le salaud, je le tue... » s'était-elle promis. Ce côté Clyde sans Bonnie, ça lui chahutait assez les neurones.

Cette fois, Alexandrine fit irruption dans la cuisine du vieux, sans s'annoncer. C'était toujours aussi crado. Le bonhomme seul faisait son ménage une fois par mois. Il vivait ainsi dans cette dégueulasserie par haine de soi. Elle avait compris cela, Alexandrine, dès le premier coup d'œil. Elle eût dû lui pardonner. Un homme qui abomine son passé n'est pas foncièrement mauvais. Mais il s'agissait de savoir ce qui était advenu à Volker Aldermann. Tout le reste était insignifiant. Un état d'âme n'a jamais contrarié la marche de la vérité. L'avocate en savait plus sur les désordres humains et les errements de la personnalité que quiconque. En tout cas, bien plus que Muraille qui avait été lâche jusqu'au bout, et même que Jeanne Angély dont ses rapports au Créateur lui faisaient prendre des vessies pour des lanternes. Croit-on que je suis une petite cruche ? Que je ne comprends rien au sentiment tragique de la vie ?

— Monsieur Hébrard est-il là ?

Sa voix tonna dans le silence de la maison. D'un pas résolu, elle alla d'une pièce à l'autre. Toute la maison n'était qu'un capharnaüm. Le vieux y avait amassé les déchets de sa vie, des journaux, des uniformes, des vieilles pétoires, comme une mitrailleuse de Junker ou des grenades à manche, mais aussi des batteries de cuisine et enfin, pour couronner le tout, de jolies dentelles de femme, une collection troublante de sous-vêtements qui se trouvaient installés sur des mannequins en plâtre. Ça puait le sexe caché et les fantasmagories coupables.

Enfin, elle le dénicha au fond du jardin, penché sur un massif de lis blancs.

— Vous encore ? s'écria-t-il.

— Oui. Je viens de visiter votre musée.

— Ce sont mes souvenirs. Des choses très personnelles.

— Je comprends, fit-elle.

Hébrard l'observait avec lassitude.

— Vous êtes en beauté, comme la jeunesse d'aujourd'hui. C'est nous, nom de Dieu, qui lui avons donné toutes ces libertés.

— Il n'y a rien de vrai dans ce que vous dites, monsieur Hébrard. La notion de liberté est inhérente à l'esprit humain. C'est le seul sens de l'histoire qui vaille. Ce que vous avez conquis en 44 mérite le respect, certes, mais ne comptez pas sur moi pour vous adorer comme un dieu grec.

Le vieux se leva de sa chaise, péniblement. Il chercha sa canne qui était tombée parmi les lis. Elle la lui ramassa. Il dit merci. Il fit deux pas dans son allée, se retourna.

— Comme vous me jugez mal, mademoiselle Delalande... Je n'ai participé à aucune commémoration ni accepté la moindre médaille. Je n'ai plus d'amis. Je les ai tous perdus au fil du temps. Je suis seul, comme un vieux loup solitaire. Croit-on sérieusement que je puisse mordre quelqu'un ?

— Armé comme vous êtes...

— Ce sont des souvenirs. Des armes piquées à l'ennemi. Quand de Gaulle est revenu au pouvoir en 58, tous les résistants se sont débarrassés de leurs reliques, par peur. On savait bien, après les événements de Hongrie, que le communisme ne triompherait pas, qu'il n'y aurait pas un grand soir. Moi, je les ai gardées par nostalgie.

Sous sa tonnelle, il trouva enfin l'ombre fraîche qui lui était nécessaire à cette heure de la journée. Il y passait ses journées, à méditer, sombre et taciturne, se rejouant à l'infini les heures exaltantes de sa vie. Alexandrine s'assit en face de lui, jambes croisées sur un tabouret. Le vieux la contemplait avec une sorte de sourire lointain.

— Pourquoi revenez-vous me voir ? J'ai tout dit.

— Non, monsieur Hébrard. Vous ne m'avez rien dit. Je compte vous tirer les vers du nez avec ceci.

D'un geste terriblement délicat, elle posa le revolver sur la table de vieux chêne brûlée par les intempéries. Il contempla le Colt 45 avec amusement.

— Je pourrais vous tuer.

— Je ne voyais pas ma mort ainsi. Ce serait un luxe. Si toutefois...

Il porta les yeux sur les mains de la jeune femme, ses ongles vernis, la finesse des doigts. Tout lui allait à merveille. Il avait connu des tueurs moins délicats.

— Vous avez sorti ma mère des griffes de Brisseau, n'est-ce pas ?

Hébrard détourna les yeux vers la lumière de son jardin. C'était un spectacle qui l'enchantait, ce carré intime où il allait et venait en parlant tout seul, comme un idiot.

— Rangez donc votre arme. Ça ne servirait à rien. En 43, j'ai été arrêté par la milice, puis torturé. Affreusement torturé. Depuis ce jour, je ne puis plus toucher une femme, si vous comprenez ce que je veux dire. Alors, aujourd'hui, que m'importe. Ce n'est pas votre arme qui me fera parler. Car cette nuit-là, entre les mains de Legendre, de Bonneville et de ses sbires, je n'ai pas parlé.

En voyant les larmes rouler sur ses joues, sans qu'il cherchât à les cacher, ainsi qu'on fixe intensément un disque solaire qui vous brûle les yeux, Alexandrine fut prise de panique. Elle remit son arme dans le sac, puis hésita à partir. Il y eut un si long silence, paralysant silence.

— Oui, dit Hébrard, j'ai sauvé votre mère, ce soir-là. J'ai eu pitié d'elle. Je me disais : elle a vécu une histoire d'amour avec un Allemand, certes oui, ne serait-ce pas insulter l'avenir que de la conduire devant un peloton d'exécution ? Tous les hommes de Saint-Gillet étaient excités. Ils voulaient que le sang coule pour laver celui des nôtres. Je savais qu'entre les mains des FFI elle aurait droit à un jugement équitable. Je ne regrette rien. Votre mère n'a participé à rien. Elle a aimé, c'est tout. Ce fut son seul crime.

Alexandrine voulut prendre les mains d'Hébrard. Il les retira, vivement.

— Et l'Allemand ?

— C'était votre père, n'est-ce pas ?

Elle confirma d'un hochement de tête. La gorge serrée par l'émotion, elle ne pouvait plus parler. Il fallut du temps pour qu'elle se reprît enfin.

— Oui, c'était mon père.

— Je l'avais deviné, dit-il. C'est pourquoi je n'ai pas osé vous dire tout ça.

— Quoi donc ?

— Ce qui est arrivé à cet *Oberleutnant* Aldermann.

Hébrard eut un geste vague comme si, d'un coup, il voulait se justifier d'avoir péché par le silence à la première visite de la jeune femme.

— Il n'est pas retourné en Allemagne, dit-elle.

— Nos maquisards sont tombés sur lui par hasard, alors qu'il se rendait à Puits de Marel.

— Il avait rendez-vous avec ma mère pour partir en Suisse, dit-elle. Il désertait pour elle, il fuyait la guerre par amour.

Hébrard se mit à sourire. Si souvent l'ironie triomphe, se dit-il, lorsque les démons se divertissent avec les âmes.

— Aldermann était en civil. Nos hommes ont cru qu'il voulait ainsi échapper à la Résistance, se fondre dans le paysage. Personne ne s'est en vérité interrogé sur sa présence, seul, par une nuit de pleine lune, dans un endroit aussi désert. Plus tard, j'ai compris qu'il allait à un rendez-vous. Christin l'a interrogé. Aldermann s'est tu, comme il se doit. Le mutisme est le dernier degré de la folie dans une guerre. En fouillant ses poches, on a découvert que c'était un officier de la S-R 95. Puis Nano a trouvé des photographies. Elles représentaient un alignement de maquisards assassinés à la ferme de Chatelas. Sur l'un des clichés, on le distinguait nettement, l'*Oberleutnant*. Ce qui prouvait, à tout le moins, qu'il avait participé à l'opération où seize des nôtres ont perdu la vie. Alors Christin a armé sa Sten et l'a abattu d'une rafale.

— Où a-t-il été enterré ?

— A La Ferronnière, près de la rivière et sous les arbres.

— Alexandrine, qu'as-tu fait de ton temps ? Je t'ai cherchée en vain ces jours derniers...

— Pour quoi faire ? dit-elle à son frère, lunaire comme à son habitude, perdu sur la planète Mars.

— Je m'inquiète pour ta santé. Mon petit doigt m'a dit que tu ne tournais pas rond.

Alexandrine se mit à rire. C'était bien la première fois qu'on s'inquiétait pour elle.

— Il y a une semaine, tu avais hâte que je disparaisse, hypocrite. Frère hypocrite, répéta-t-elle en pinçant sa grasse bajoue de poupon bien nourri.

François Delalande fit un geste large et généreux, embrassant parc, demeure et grange dans le même mouvement.

— Tout va être vendu en un seul tenant. Je craignais le morcellement. Tu comprends ce que je veux dire ?

Elle baissa la tête. Elle pensait à son voyage en Allemagne. Motus et bouche cousue. Ce serait son secret. Il insista sur son idée du démembrement qui est la cause de tous les désordres dans la transmission du foncier. On prend ce qu'on aime et on jette le reste.

— La grange intéressait Tournet. Bernique. Il ne voulait m'en donner qu'une bouchée de pain. Et le parc ? A la mairie, on me disait que ça ferait bien un lotissement. Cinq lots au moins. Que d'emmerdements en perspective ! Faire des voies d'accès, installer l'eau, l'électricité, le tout-à-l'égout...

— Ça ne m'intéresse pas, François, déplora Alexandrine. Navrée pour toi, je m'en fiche de tes histoires.

Il n'en attendait guère plus de sa sœur. Cette morgue hautaine de petite-bourgeoise bien installée. Elle n'aurait pas eu à souffrir longtemps pour remporter ses premiers succès, à pleurer devant un banquier, à négocier son bout de gras avec les fabricants de bagnoles. Le monde est injuste, pensa-t-il en mâchonnant son chewing-gum.

— Il n'empêche que j'ai hâte de voir La Ferronnière transformée au point qu'on ne la reconnaîtra plus, ajouta François.

— Qu'est-ce que ça pourra te faire, idiot, puisque tu n'y viendras plus ?

— Quand même, la mémoire de papa et maman...

Alexandrine haussa les épaules.

— Tu as vendu, à ce que je vois ?

— C'est sur le point de se faire. A l'UCPA pour en faire un centre équestre. Les gens de la mairie étaient fous de rage.

Sa femme n'était pas loin, cachée derrière le platane, tourniquant autour du tronc, pour suivre la conversation. Drôle de manière, pensa Alexandrine, autant venir s'installer aux premières loges sans en perdre une miette.

— Approchez, Georgine, approchez donc. J'ai quelque chose à vous dire à tous les deux. Ensuite chacun taillera sa route, n'est-ce pas ?

Elle portait une chasuble en madras fuchsia de contrebande. C'était chiffon cette affaire-là, ça lui ressemblait bien. Alexandrine éclata de rire.

— Où allez-vous vous habiller ? C'est incroyable. Vous devez faire de sacrés efforts pour dénicher ça ? Moi, je vous envie. Une telle constance.

François avait croisé les bras. Ça lui donnait de la hauteur et un quart de plus d'importance. Il aimait à toiser, sa sœur surtout. Il pouvait s'en payer une bonne partie puisqu'on ne se reverrait plus avant longtemps.

— J'ai changé d'avis sur l'héritage.

Le couple devint blême.

— Je te l'avais dit, François ! Jusqu'au bout, s'écria Georgine.

— Ne fais pas chier, maintenant, hein. Sinon je t'étrangle ! Tu as eu tout le temps pour réfléchir.

Il se détourna en piétinant de rage le gazon, fit un cercle d'un pas nerveux, puis deux, puis trois. Il revint, décidé, le doigt accusateur pointé sur sa sœur.

— Combien tu veux ? Ta moitié ? Je me suis tapé les négociations et maintenant tu voudrais racler ta part ?

Alexandrine se surprit elle-même de sa patience.

— Une parole est une parole. Je ne reviens pas là-dessus.

— Mais alors ! s'exclama François en rayonnant de surprise.

— Elle est folle, complètement folle, dit Georgine.

Alexandrine les observa attentivement l'un après l'autre. Ils se tenaient par la main, petit couple gentil, sans histoire.

— Je ne vous ai jamais aimés, confia-t-elle.

— On le saura, dit Georgine.

— J'en connais les raisons. J'ai toujours été une étrangère ici, une pièce rapportée, un vilain canard gris. Maman a essayé de me le faire comprendre. C'est normal, elle savait, elle, que je n'étais que ta demi-sœur, mon pauvre François.

Il se mit à rire, nerveusement.

— Pourquoi demi-sœur ?

Alexandrine ne répondit pas. Georgine insista, avec une sorte de curiosité malsaine. Madame Hélène Delalande aurait-elle fauté ? soupçonna-t-elle. Alexandrine comprit que sa belle-sœur ne savait rien. Mais François ? Elle n'avait plus à s'interroger. Il était au courant de tout, lui, le misérable, depuis qu'Eugène l'avait mis au parfum sur les turpitudes scandaleuses de sa mère. Ils échangèrent un long regard. François baissa la tête. Il comprit que l'affaire entre eux était entendue pour toujours, pour l'éternité.

— Je voudrais conserver un peu de cette terre de La Ferronnière, demanda Alexandrine. A peine vingt mètres carrés.

— Où ça ?

— Avec un chemin de servitude allant de la route à la parcelle en question.

— Ça ne ressemble à rien. Ça va faire capoter mes accords avec l'UCPA, nom de Dieu.

— Je m'en fiche, dit Alexandrine.

François alla chercher dans sa voiture l'extrait du cadastre. Ils entrèrent dans le salon. Georgine se tint à distance. Elle avait compris enfin qu'il ne lui fallait plus se mêler de cette affaire. Alexandrine dessina au crayon à main levée le carré de parcelle auquel elle tenait tant, puis en pointillé la servitude.

— Près de la rivière ? s'étonna François. Ça n'a pas de sens. Ce bout de machin n'aura pas la moindre valeur.

— Tellement pour moi, fit-elle. Tu ne pourrais pas comprendre. Près de la rivière et sous les arbres, murmura-t-elle, j'y reviendrai quelquefois avec un bouquet de fleurs. Une fidélité secrète.

Puis elle sortit aussitôt, en promettant de passer dès le lendemain chez le notaire. Au moment où Alexandrine s'installait dans sa voiture, François accourut vers elle.

— Qu'as-tu fait de l'armoire allemande ?

— Je l'ai brûlée, dit-elle. Avec elle tous les souvenirs. Il n'en restera rien. Rien, jura-t-elle en tournant le démarreur.

Romans « Terres de France »

Jean Anglade
Un parrain de cendre
Le Jardin de Mercure
Y a pas d'bon Dieu
La Soupe à la fourchette
Un lit d'aubépine
La Maîtresse au piquet
Le Saintier
Le Grillon vert
La Fille aux orages
Un souper de neige
Les Puysatiers
Dans le secret des roseaux
La Rose et le Lilas
Avec le temps...
L'Ecureuil des vignes
Une étrange entreprise
Le Temps et la paille
Les Ventres jaunes
Le Semeur d'alphabets
La Bonne Rosée
Un cœur étranger
Les Permissions de mai
Les Délices d'Alexandrine
Le Voleur de coloquintes
Les Doigts bleus de la pluie
Le Faucheur d'ombres
Une pomme oubliée
Sylvie Anne
Mélie de Sept-Vents
Le Secret des chênes
La Couze
Ciel d'orage sur Donzenac
La Maîtresse du corroyeur
Un horloger bien tranquille
Un été à Vignols
La Lavandière de Saint-Léger
L'Orpheline de Meyssac
Le Pain des Cantelou
Victorine, le pain d'une vie
Jean-Jacques Antier
Tempête sur Armen
La Fille du carillonneur
Marie-Paul Armand
Le Vent de la haine
Louise
Benoît
La Maîtresse d'école
La Cense aux alouettes
L'Enfance perdue
Un bouquet de dentelle
Au bonheur du matin
Le Cri du héron
Le Pain rouge
La Poussière des corons
Nouvelles du Nord
Victor Bastien
Retour au Letsing
Jacques Béal
Les Ailes noires
Rendez-vous au Sourire d'avril
Henriette Bernier
L'Enfant de l'autre
L'Or blanc des pâturages
L'Enfant de la dernière chance
Le Choix de Pauline
La Petite Louison
Petite Mère
Le Rêveur de l'écluse
Une femme empêchée
Bals, petits bals
Odile Bouhier
Le Sang des bistanclaques
De mal à personne
La Nuit, in extremis
Françoise Bourdon
La Forge au Loup
La Cour aux Paons
Le Bois de lune
Le Maître ardoisier

Les Tisserands de la Licorne
Le Vent de l'aube
Les Chemins de garance
La Figuière en héritage
La Nuit de l'amandier
La Combe aux Oliviers
Les Bateliers du Rhône
Patrick Breuzé
Le Silence des glaces
La Grande Avalanche
La Malpeur
La Lumière des cimes
La Montagne effacée
Nathalie de Broc
Le Patriarche du Bélon
La Dame des Forges
La Tresse de Jeanne
Loin de la rivière
La Rivière retrouvée
La Sorcière de Locronan
L'Adieu à la rivière
Annie Bruel
Le Mas des Oliviers
Les Géants de pierre
Marie-Marseille
Michel Bussi
Nymphéas noirs
Un avion sans elle
Ne lâche pas ma main
Michel Caffier
Le Hameau des mirabelliers
La Péniche Saint-Nicolas
Les Enfants du Flot
La Berline du roi Stanislas
La Plume d'or du drapier
L'Héritage du mirabellier
Marghareta la huguenote
Le Jardinier aux fleurs de verre
Porte-plumes au vent
Daniel Cario
La Miaulemort
La Maison des frères Conan
Les Moissonneurs de l'Opale
Michèle Castelli
La Veuve blanche
Jean-Pierre Chabrol
La Banquise
Claire Chazal
L'Institutrice
Martine Alix Coppier et Jean-Michel Thibaux
Le Trésor de la Nore
Didier Cornaille
Les Labours d'hiver
Les Terres abandonnées
Etrangers à la terre
L'Héritage de Ludovic Grollier
L'Alambic
Adam en héritage
Sur les cendres des ronces
Le Prieuré
Georges Coulonges
Les Terres gelées
La Fête des écoles
La Madelon de l'an 40
L'Enfant sous les étoiles
Les Flammes de la Liberté
Les blés deviennent paille
L'Eté du grand bonheur
Des amants de porcelaine
Le Pays des tomates plates
La Terre et le Moulin
Les Sabots de Paris
Les Sabots d'Angèle
La Liberté sur la montagne
Les Boulets rouges de la Commune
Pause-Café
Anne Courtillé
Les Dames de Clermont
Florine
Dieu le veult
Les Messieurs de Clermont
L'Arbre des dames
Le Secret du chat-huant
L'Orfèvre de Saint-Séverin
La Chambre aux pipistrelles
Retour à Bellemaison
Paul Couturiau
En passant par la Lorraine
L'Abbaye aux loups
Les Silences de Margaret

Annie Degroote
La Kermesse du diable
Le Cœur en Flandre
L'Oubliée de Salperwick
Les Filles du Houtland
Le Moulin de la Dérobade
Les Silences du maître drapier
Le Colporteur d'étoiles
La Splendeur des Vaneyck
Les Amants de la petite reine
Un palais dans les dunes
Renelde, fille des Flandres
Les Jardins du vent
Sylvette Desmeuzes-Balland
Les Enfants de l'école du diable
Alain Dubos
Les Seigneurs de la haute lande
La Palombe noire
La Sève et la Cendre
Le Secret du docteur Lescat
Constance et la Ville d'Hiver
Marie-Bernadette Dupuy
L'Orpheline du bois des Loups
Les Enfants du Pas du Loup
La Demoiselle des Bories
Le Chant de l'Océan
Le Moulin du Loup
Le Chemin des Falaises
Les Tristes Noces
La Grotte aux fées
Les Ravages de la passion
Les Occupants du domaine
Elise Fischer
Trois Reines pour une couronne
Les Alliances de cristal
Mystérieuse Manon
Le Soleil des mineurs
Les cigognes savaient
Confession d'Adrien le colporteur
Le Secret du pressoir
Sous les mirabelliers
Le Rêve de la Grenouille
Les Amours de la Grenouille
Au péril de la vérité
Laurence Fritsch
La Faïencière de Saint-Jean
Le Roseau sucré
Alain Gandy
Adieu capitaine
Un sombre été à Chaluzac
L'Enigme de Ravejouls
Les Frères Delgayroux
Les Corneilles de Toulonjac
L'Affaire Combes
Les Polonaises de Cransac
Le Nœud d'anguilles
L'Agence Combes et Cie
Suicide sans préméditation
Fatale Randonnée
Une famille assassinée
Le piège se referme
Michel Gardère
La Femme sauvage
Mille milliards de pas
L'Insoumise de l'Esterel
Gérard Georges
La Promesse d'un jour d'été
Les Bœufs de la Saint-Jean
L'Ecole en héritage
Le Piocheur des terres gelées
Les Amants du chanvre
La Demoiselle aux fleurs sauvages
Jeanne la brodeuse au fil d'or
Les Chemins d'améthyste
Denis Humbert
La Malvialle
Un si joli village
La Rouvraie
L'Arbre à poules
Les Demi-Frères
La Dernière Vague
Yves Jacob
Marie sans terre
Les Anges maudits de Tourlaville
Les blés seront coupés
Une mère en partage
Un homme bien tranquille
Le Fils du terre-neuvas
Le Secret du docteur Mériaux
Meurtre au château
Hervé Jaouen
Que ma terre demeure

Au-dessous du calvaire
Les Ciels de la baie d'Audierne
Les Filles de Roz-Kelenn
Ceux de Ker-Askol
Les Sœurs Gwenan
Ceux de Menglazeg
Dans l'œil du schizo
Michel Jeury
Au cabaret des oiseaux
Marie Kuhlmann
Le Puits Amélie
Passeurs d'ombre
Les Filles du pasteur Muller
Le Complot des indienneurs
Ceux de la Grande Vallée
T.1 *Les Liens du sang*
T.2 *Vent de colère*
Les Revenants du Haut-Barr
Guillemette de La Borie
Les Dames de Tarnhac
Le Marchand de Bergerac
La Cousette de Commagnac
Le Double Secret de Bigaroque
Passions romaines
Christian Laborie
Les Rives Blanches
Gilles Laporte
Le Loup de Métendal
La Fontaine de Gérémoy
Cantate de cristal
Des fleurs à l'encre violette
Jean-Pierre Leclerc
Les Années de pierre
La Rouge Batelière
L'Eau et les jours
Les Sentinelles du printemps
Un amour naguère
Julien ou l'Impossible Rêve
A l'heure de la première étoile
Les Héritiers de Font-Alagé
De longues fiançailles
Une vie retrouvée
Hélène Legrais
Le Destin des jumeaux Fabrègues
La Transbordeuse d'oranges
Les Herbes de la Saint-Jean
Les Enfants d'Elisabeth
Les Deux Vies d'Anna
Les Ombres du pays de la Mée
Eric Le Nabour
Les Ombres de Kervadec
La Grande Combe
Louis-Jacques Liandier
Les Gens de Bois-sur-Lyre
Les Racines de l'espérance
Jean-Paul Malaval
Le Domaine de Rocheveyre
Les Vignerons de Chantegrêle
Jours de colère à Malpertuis
Quai des Chartrons
Les Compagnons de Maletaverne
Le Carnaval des loups
Les Césarines
Grand-mère Antonia
Une maison dans les arbres
Une reine de trop
Une famille française
Le Crépuscule des patriarches
La Rosée blanche
L'Homme qui rêvait d'un village
L'Auberge des Diligences
Le Notaire de Pradeloup
Les Encriers de porcelaine
Dominique Marny
A l'ombre des amandiers
La Rose des Vents
Et tout me parle de vous
Jouez cœur et gagnez
Il nous reste si peu de temps
La Conquérante
J'ai cherché celui que mon cœur aime
Crystal Palace
Pascal Martin
Le Trésor du Magounia
Le Bonsaï de Brocéliande
Les Fantômes du mur païen
La Malédiction de Tévennec
L'Archange du Médoc
Hubert de Maximy
Le Destin d'Honorine
Alice la flamboyante

Jacques Mazeau
Brumes de sang
Claude Mossé
Les Brûlés du Luberon
Louis Muron
Le Chant des canuts
Charles Nemes
La Bastide endormie
Henry Noullet
La Falourde
La Destalounade
Bonencontre
Le Destin de Bérengère Fayol
Le Mensonge d'Adeline
L'Evadé de Salvetat
Les Sortilèges d'Agnès d'Ayrac
Le Dernier Train de Salignac
Pierre D'Ovidio
Le Paradis pour demeure
Patrice Pelissier
L'Homme qui en voulait trop
Le Testament noir
Pierre Petit
La Folie d'Albert
Le Rêveur et le Brigadier
Michel Peyramaure
Les Grandes Falaises
Un château rose en Corrèze
Frédéric Pons
Les Troupeaux du diable
Les Soleils de l'Adour
Passeurs de nuit
Geneviève Senger
Un cœur entre deux rives
Jean Siccardi
Le Bois des Malines
Les Roses rouges de décembre
Le Bâtisseur de chapelles
Le Moulin de Siagne
Un parfum de rose
La Symphonie des loups
La Cour de récré
Les Hauts de Cabrières
Les Brumes du Mercantour
La Chênaie de Seignerolle
Le Souper de l'abbesse
Bernard Simonay
La Fille de la pierre
La Louve de Cornouaille
Alexandre Suval
La Ville éphémère
Jean-Michel Thibaux
La Bastide blanche
La Fille de la garrigue
La Colère du mistral
L'Homme qui habillait les mariées
La Gasparine
L'Or des collines
Le Chanteur de sérénades
La Pénitente
L'Enfant du mistral
L'Or du forgeron
La Fille du templier
Jean-Michel Thibaux
et Martine Alix Coppier
L'Héritière de l'abbé Saunière
Jean-Max Tixier
Le Crime des Hautes Terres
La Fiancée du santonnier
Le Maître des roseaux
Marion des salins
Le Mas des terres rouges
L'Aîné des Gallian
L'Ombre de la Sainte-Victoire
Brigitte Varel
Un village pourtant si tranquille
Les Yeux de Manon
Emma
L'Enfant traqué
Le Chemin de Jean
L'Enfant du Trièves
Le Déshonneur d'un père
Blessure d'enfance
Mémoire enfouie
Une vérité de trop
Louis-Olivier Vitté
La Rivière engloutie
L'Enfant des terres sauvages
L'Inconnue de la Maison-Haute
Le Secret des trois sœurs
Guinotte et le chevalier

Colette Vlérick
La Fille du goémonier
Le Brodeur de Pont-l'Abbé
La Marée du soir
Le Blé noir
Les Terres chaudes
Rue Frézier
L'Herbe à la reine
Frédérique Volot
Le Rucher du père Voirnot
Pour l'honneur de Blanche
La Vierge-Folle

Composition et mise en pages : FACOMPO, LISIEUX

Cet ouvrage a été imprimé en France par

FIRMIN-DIDOT

à Mesnil-sur-l'Estrée (Eure)
en août 2013

N° d'impression : 119014
Dépôt légal : août 2013